大中原文化读本

寻根中原：
老乡，你贵姓

《大中原文化读本》丛书编委会 编

文心出版社
·郑州·

图书在版编目（CIP）数据

寻根中原：老乡，你贵姓 /《大中原文化读本》丛书编委会编. —郑州：文心出版社，2018.3（2019.1重印）
（大中原文化读本）
ISBN 978-7-5510-1267-6

Ⅰ.①寻… Ⅱ.①大… Ⅲ.①散文集-中国-当代 Ⅳ.①I267

中国版本图书馆CIP数据核字（2016）第091238号

《大中原文化读本》丛书编委会人员名单
（按姓氏音序排列）

白军峰	陈传龙	陈 洋	陈光福	陈晓磊	成 城	崔运民	董素芝
段海峰	郭良正	郭艳先	韩晓民	郝淑华	侯发山	胡 泊	贾国勇
李 涛	李 颖	李俊科	栗志涛	刘树生	刘永成	逯玉克	骆淑景
马维兵	石广田	睢建民	孙 兴	王 剑	王 涛	王剑冰	王永记
武冠宇	姚国禄	易怀顺	张超我	张充波	张俊杰	张树民	张相荣
赵长春	郑长春	庄 学					

选题策划：齐占辉
责任编辑：齐占辉
责任校对：马俊晓
装帧设计：青禾设计　李莱昂
出 版 社：文心出版社
　　　　　（郑州市经五路66号）
发行单位：全国新华书店
承印单位：北京博海升彩色印刷有限公司
开　　本：710×1000　1/16
字　　数：300千字
印　　张：12
版　　次：2018年3月第1版
印　　次：2019年1月第2次印刷
书　　号：ISBN 978-7-5510-1267-6
定　　价：42.00元

王剑冰/序

王剑冰，河南省作家协会副主席，河南省文艺评论家协会副主席，河南省散文学会会长，中外散文诗协会副主席，曾任《散文选刊》副主编、主编。

透射历史辉煌　展现中原文明

河南人爱说"中"，为什么？有人说，"中"就是因为中国姓"中"，中国的中就在中原，中原在中国之中，中原在黄河之中，中原人干事儿没有说不中的。有地方说"对"，有地方说"是"，有地方说"行"，有地方说"要得"，都没有"中"听着来劲儿、瓷实、肯定。"中"是民族味儿，"中"是中原风。

中原无论是过去还是现在在中国都是常住人口最多的地方，说明什么？说明中原是最宜居之地，人们喜欢往这里集中。得中原者得天下，中原一占住其他事情就好办了。你没见一条大河流经九省区，波澜曲折，唯到中原变得漫漶壮阔，山峡中憋屈的风，一遇广阔就尽情尽性。中原给了一切生物以一切的可能。没有哪一个地方被那么多的游子称为"老家"，出了中原你随便问，总能遇到河南人。中原人爱唱戏，声腔沉郁豪放、婉转悠扬，能拉魂曳魄、惊天泣神。中原人待客都喜用大杯大碗，从来按头等大事对待。中原人爱吃面，能吃出七十二花样，耍出十八般武艺。中原人有愚公般的实在，也有老子样的智慧。在中原，你随便走一地，都会同历史、文化、文明相通连。无数人物、无数遗迹、无数传说使得中原自显博大，沉厚深浑。

我所居住的地方，不远有座版筑土城，上面长满荒草和野木，冬天的时候铺满皑皑白雪，从高处看像一条银色长龙，逶迤折向很远。春天又开满了野花，说不清的芬芳随处荡漾。这就是郑州的商代都城遗址。渐渐地，我越来越知晓郑州的一些细节的东西。在城墙的一个角落，有标志是"李诫故里"，李诫是谁？一查资料方知此人了得。我还寻找过李商隐在郑州古城墙附近的居所，以及他常登临并赋诗的夕阳楼。那首诗后来被刻石而名扬天下："花明柳暗绕天愁，上尽重城更上楼。欲问孤鸿向何处，不知身世自悠悠。"我站在一片古城废墟上，面对西下的落日一阵感慨。我去寻找过陈胜故里，年代久远，只有一点可以追寻的痕迹，那是在阳城也就是现在的告成的老墙围子里。我当时一阵惊喜，那个辍耕之垄上怅叹久矣、怀有鸿鹄之志搅乱历史风云的猛士，竟然是郑州登封人。还有黄帝、子产、列子、韩非、杜甫、郑虔、白居易、申不害、郑国、高拱、许衡、李商隐……也都是郑州人。这是一个怎样的队列啊，这些风云人物，竟都在一个地方聚齐了，他们之中有中国历史上最伟大的政治家、军事家和文学家，由他们串起来的故事，可以说就是半部中国史。

我出郑州，刚过了圃田的高架桥，就看到一个"列子故里"的牌子，牌子虽然不起眼儿，但让我猛一激灵。列子何等人物？那个讲说了《愚公移山》《杞人忧天》《郑人买履》等故事的"寓言大王"原来就在这里！而他的主要创作来源，大都是取自中原的生活与传说。我经过光山，才知道司马光是在光山出生，司马光的"光"就是取自"光山"。我一直没有到过获嘉，到那里才知道有个同盟台，武王伐纣时曾在那里会盟然后展开的牧野大战。去偃师，本来是去看二里头遗址的，在一个学校的角落发现一堆土，荒草蓬茸，颓然不堪，里面掩埋的竟然是吕不韦。

因为地处中国之中，中国八大文明古都，中原就占了四个。《诗经》三百篇，一半以上内容都与中原有关。中原地下文物堪称第一。这么说吧，你到中原游走，无论顺哪个方向都不会让你失望。咱们就从郑州往东西两线说说，往东，中间经过官渡，那是历史上有名的官渡大战的地方，然后是中牟，中国的美男子潘安的老家，再说开封话就多了，再往东有朱仙镇，有老子故里，有花木兰故里，有芒砀山（汉高祖刘邦斩蛇起义的地方）。再有商丘，里面的历史也能让你流连忘返。那么拐回头再往西去，又会有邙山历代陵园，其中就有宋陵，有杜甫故里、二里头文化遗址，洛阳更不用说，洛阳往西到三门峡，还有老子走过的函谷关。这只是差不多顺两条直线说一说，如果论片说就更多，还有南面北面呢，可以说哪条线都串联着无数辉煌的珠玉。

到底中原有多少好？我这里不细说了，那么看看这八卷书吧，看完再告诉我你的感觉，你一定说我没有妄言。我感觉，文心社出这套书是大手笔，数百位热心文友参与撰稿写作，以随性、自由的笔法，以极具个人成长印记的独特感受，来写中原传统文化，构成宏大的一套可供参考、学习、欣赏的"大中原文化读本"。这套书按照编者的说法，是把被史学专家、文化学者把玩的中原文化，以文艺范儿的通俗化理念，搞出来美食、民俗、戏曲、寻根、问宗、故都、古镇、非遗八个分册，每个分册选取中原文化的一个独具特色的亮点，是想展现中原生活风俗，体现中原人文精神，传承华夏文明，突出正义与精神，追求向上向善的力量。这就有意思了，也算是文心出版社精心打造的文化盛宴。

中原正在发生着变化，而且是很大的变化，这或许同你的印象或概念不大一样了，这些不一样，在这些书中也有反映，总之这些文字会给你带来回味和惊喜。这也是在多个方面给你引出了一个参观线路，就像一个增乐趣、长知识的导游图，在导游图上你可以随意找出想看到的那些细部特征。实可为旅途伴侣，枕边挚爱。这样，中原人会对家乡有更多的了解、自豪和自信，外地人也会对中原有更多的感慨。如此，当是我们为之满足的，快乐的。

王剑冰于郑州形散庐

丛书编委会 / 序

邀您共赴
这场中原文化的饕餮盛宴

　　无论是为新书推广，还是为最确切地表达我们内心最真实的激动，我们都为这套"大中原文化读本"书系想象了很多的广告语。无奈，我们这些河南人都过于朴实，也不好意思说些太过花哨与夺人眼球实际上却早已失去了事情原本面庞的"豪华"字眼儿。最终，我们只是就这样掩去自己太过激动的内心，带着满怀的诚挚与真情，道一声：四百多名河南老乡，邀您共赴一场关于中原地区传统文化的饕餮盛宴，您约不约？

　　写这篇编委序时，恰是2016年的立夏。此刻，"大中原文化读本"全套八本书的内容已全部定稿，责任编辑也为它们申请了书号，它们正大光明的、合法的"身份证"也即日将由国家新闻出版总署发放到位，我们的内心又该如何不激动呢？回想一下这套书的成书历程，我们又该如何不感慨良多呢？从2014年年底，到2016年的立夏日，这个中的曲折、努力、激动、欢喜、欣慰……又怎是一个"好事多磨"能解释得了呢？

　　从一开始，"大中原文化读本"的策划方向，即是为河南省、中原地区优秀传统文化立传立言，发动所有能够以文字代言、表达真实内心的河南老乡，无论是作家还是文友，无论是"术业有专攻"的专家、学者，还是名不见经传的普通乡民，用文字来一场关于中原传统文化的"集体回忆"。让为生计而远离中原故土家园的河南老乡们，有这样的一套书以解乡愁；让对河南人有误解的外乡人，通过这样的一套书来深刻认识中原地区优秀、灿烂的文明，以及河南人至情至善的人格内核。

　　因着这样的大志向，2015年年初，征稿伊始，"大中原文化读本"便引起了河南文化界的极大关注。有知名作家把自己正在整理、打算出版的整部书稿都直接发给我们，让我们随便选用，从始至终连稿费多少都未曾问过。普通文友也是热情高涨，有文友大笑着说"作为一个土生土长的河南人，中原文化的盛事又怎么能少了我呢"，继而一篇接一篇地把稿子投给我们。征稿六个月，我们共收到来稿七千多篇，至于其中有多少河南老乡甚至省外作家、文友参与进来，我们无法做出精准的统计。虽然，因为图书版面有限，编委会从这海量的来稿里优中选优，敲定了八本书的全部内容，最终仅选用了四百多篇，但是，我们依然可以任性地说：这套书至少是河南老乡共同创作的，我们实现了"河南老乡集体回忆"的初衷。

截稿之后的2015年下半年，我们开始既紧张又欢欣的选稿阶段。之所以紧张，是因为投了稿子的作者们急切地想要知道自己的作品是否被录用而每每催问；是因为关注"大中原文化读本"的老乡们一直在催问什么时候见书；是因为我们自己怕漏过每一篇佳作，怕一丝一毫的不负责任就无法做到把中原文化的最美面貌呈现出来，毕竟，正像翘首以盼的读者所说的那样："这套书势必会成为河南文化的一张名片，甚至是脸面。"我们又怎敢掉以轻心？

之所以欢欣，是因为我们这些人虽然冠以"文化人"的名号，到底是不敢妄言什么都懂什么都明了的，而恰恰是在边读边选稿件的过程中，对中原文化知识进行了恶补。能学习到新的文化知识，让人如何不欢欣？另外，还是因为在选稿读文时，我们往往会发出"当年我也经历过"的感叹，那似曾相识，那有着共同的中原文化背景的乡愁情结，在文字间得到了共鸣，获得了纾解。能亲切到彼此像共同成长、一起生活的伙伴一般，让人如何不欢欣？

《美食中原》——我们流着口水，回忆着母亲做的咸菜疙瘩和蒸卤面的香甜在看；《民俗中原》——我们回忆着很多习俗尚且还在时日子艰难却家庭温馨、乡邻和睦的童年往事在看；《戏曲中原》——我们伸长了耳朵，听着马金凤威武的"辕门外，三声炮"，听着唐喜成嘹亮的"风萧萧马声嘶鸣"，听着任宏恩让人忍俊不禁的"月光下，我把她仔细相看"，于乡情乡音乡戏的沉醉中在看；《故都中原》——我们忍着被文字撩拨得几乎要夺门而出，来一场说走就走的故都之旅的冲动在看；《寻根中原》——我们带着对自己的祖上的追根问底，带着对老宅旧屋的浓得化不开的乡愁在看；《问宗中原》——我们沐浴着深山佛寺的清净之味、函谷关道家的自由之风在看；《古镇中原》——我们是看几篇文章就被文字吸引了，带着非要去那些散布在中原地区的文化名镇、传统村落里走走看看的回归感在看；《非遗中原》——我们带着对很多先辈留给我们的民间文化精粹几乎今已不见了踪影的遗憾，以及部分得到了重视、发掘且被继续传承的欣慰在看……

而当您来赴这场关于中原文化的饕餮盛宴，把这"八大件"的套餐拿在手中的时候，您又会如何看呢？

辛苦不再赘言。感谢所有曾给予"大中原文化读本"支持与帮助的人们。感谢上苍，让我们有这样一个共同赴"宴"的机会，约不约？等您，不见不散。

《大中原文化读本》丛书编委会

目 录 | 寻根中原：
老乡，你贵姓

姓氏宗亲

探索姓氏之源 / 2
寻根问祖记 / 5
我的寻根之路 / 9
河南内乡寻根记 / 13
同根 / 18
栗姓寻根记 / 24
邓氏寻根记 / 26
林姓中原寻根 / 30
封丘之边 / 32
烂郭 / 34
齐家根缘 / 36
康氏家训 / 41
修家谱 / 44
祭祖 / 46
上坟 / 50
乡土古寨家族深情 / 53
姚家祠堂的春天 / 56
依洛而居的崔氏祠堂 / 58
迁坟 / 62
家风 / 65
脉路 / 69
辈分 / 72
门庭 / 74
三代人 / 79
父亲这一生 / 82

乡关何处

我是河南人 / 86
河南老乡 / 90
回河南 / 93
乡关河南 / 96
故乡在河南 / 98
我的寻根之路 / 100
河南"寻根"记 / 102
回乡偶书 / 104

故乡行 / 108
回乡漫记 / 112
遥路地 / 115
我的家乡在八迭 / 118
淮河岸边是家乡 / 122
家在河洛 / 124
家乡口音 / 128
乡情、乡音,还有家乡戏 / 130
那一片院落 / 132
阳光来了 / 134
老屋纪事 / 138
姥姥家 / 142
寻找家乡的根 / 146
怀念与死亡无关的那些年 / 148
你是谁的日渐苍老 / 152

追根溯源

寻根母语到中原 / 158
孔子还乡祠堂访古 / 160
赫赫始祖,吾华肇造 / 165
寻根伏羲陵 / 169
河洛郎的乡愁 / 173
寻找一段丢失的历史 / 176
汉字寻根 / 178
礼拜商祖 / 180
不要问我从哪里来 / 182

姓 氏 宗 亲

沿着姓氏的源流"寻根问祖",我们可以祈福于祖先,更可以明白我们自身:我们与祖先血脉相连,祖先曾经的在苦难与辉煌之中铸就的不屈与自强不息,一定会通过这血脉,流传到我们身上。

寻根中原：老乡，你贵姓

探索姓氏之源

王 剑 | 文

【作者简介】

王剑，河南淮阳人。周口师范学院教授，陈楚文化研究所所长，中国作协会员，周口作协副主席。出版有《陈楚文化》《万姓同根》等作品。在陈楚地域文化研究方面有丰富的学术成果。

当文明的演进勾起了每一个人无限的怀旧，一种对往昔岁月的怀恋和对生命本原的追思促使我们踏上了寻根的旅途。

寻根，是现代人内在的生命欲求，是一种难以释解的情结。

生命之根何处寻？

人的生命之根在于我们的血脉传承。而对我们血脉传承最生动最具体的展示是我们的姓氏符号和宗族谱系。

姓氏是血脉渊源的记录符号。

一个姓氏，包含着一个民族、一种血统，是一部鲜活的历史，是一条绵延不绝的生命之河。让我们从有形的空间走入无形的时间中，沿着姓氏这条血脉之河溯流而上，在寻根的旅途中，去追寻祖先们渐行渐远的背影，去揭开一个个被岁月的尘埃遮蔽了的存在！

中国人见面常常尊问一声："你贵姓？"这一声询问，不仅是对你个人的尊敬，还包括着对你的出身及你的家世、家族的尊崇，因为在你的姓氏中，有一条绵延几千年的生命之河！

沿着姓氏的源流"寻根问祖"，我们可以祈福于祖先，更可以明白我们自身：我们与祖先血脉相连，祖先曾经的在苦难与辉煌之中铸就的不屈与自强不息，一定会通过这血脉，流传到我们身上。

可以说，"寻根"意识不仅是人类，也是中华文化的一个悠久的传统，更是我们生命过程中不可或缺的组成部分。为了掌握自我的命运，为了规划我们的人生，也为了使我们获得生活的幸福、摆脱孤独，我们应该突显寻根意识，立足现在，回溯过去，展望未来。

姓氏文化、宗族谱系，是一个家族发源、生息、繁衍的历史。它是种族传递的血脉，是民族生长的根系。

"参天之木,必有其根;怀山之水,必有其源",是谓"寻根"。

"草木祖根,山祖昆仑,江河祖海",是谓"问祖"。

寻根问祖是人生根本的诉求,清代人张澍在《姓氏寻源》中说:"不此之求,是谓之昧。"

人生短短几十秋,来到世上不容易,如果不知自己的血脉传承,弄不清自己的祖根来源,稀里糊涂,度此一生,岂不悲哉?

姓氏,是人的符号标志,又是一种超越时空的文化现象。

小儿呱呱坠地,便有了自己的姓氏和名字,然后带着它进入社会活动,使之起到代表自我而与他人相区别的最实际的作用,其价值简单到可以用"符号"一词来概括。

但是,对于一个中国人来说,姓名,尤其是冠在姓名之前的姓氏,其意义却不仅仅是如一个个人的名称符号这么简单。

一个姓氏,从其发端发展、嬗替演变的漫长历史看,从其包罗宏富、形式纷繁的复杂构成看,从其义连礼制、普及世俗的广泛影响看,它曾是中华民族物质生活和精神生活的主要环扣之一,在政治、文化诸领域中,都发挥着极其重要的作用,从而成了举世无双、特色独备的中国传统姓氏文化。

重生报本,寻根问祖,是中华文化的光荣传统。姓氏谱系是中华民族血缘的延续,寻根认祖是一种民族文化的认同。而当代世界各地华人华裔回到祖国故土寻根祭祖,正是我中华文化和民族血缘强大凝聚力的生动体现。

这是一次历史之旅、生命之旅、精神之旅,是一种无形的力量,它牵引着我,穿越漫漫岁月的风烟,去感受陈地先民们生生不息的生命律动,去解读先民们在这块土地上演绎的悲欢离合、爱恨情仇,去体味这块土地的神奇与丰饶,和她奉献给我们伟大民族的不息的血脉、永享的福荫和无比强大的生命力量!

"万涓成水,终究汇流成河",这是来自祖先遥远的血管里的神秘力量,一年又一年,五千年奔流不息,它把亿万中华子孙凝聚在一起,血脉相连;它让我们心中充满自豪和希望，也让我们感到责任的沉重。

陈地是中华文明的主要发祥地之一，也是中华姓氏的主要发源地。现代学者在解释"民族"的意义时，越来越多地倾向于从种族血缘和文化传统两个方面来进行分析。也就是说，构成一个民族，起码需有两个要素：一是文化传统；二是种族血缘。在陈地这块古老的土地上，太昊伏羲画八卦，开启中华文明的先河；正姓氏，汇聚中华民族的血脉。

中华民族血浓于水，中华子孙根脉相连。中国传统文化以群体为本位，以家为中心，强调的是家、族、宗、国、人际关系，注重人伦和乡土情谊。陈地丰厚的姓氏文化资源吸引着众多海内外华人来陈寻根祭祖、认祖归宗。

太昊伏羲建都于陈，在陈地"正姓氏，制嫁娶"，并自定为风姓。陈地是中国姓氏最早也是最重要的起源地，风姓是中国第一个姓氏。

相传太昊伏羲氏都陈，在这里始正姓氏，中华姓氏自此肇始。一源百流，万姓同根，根源于此——人祖伏羲为万姓之根，古陈淮阳是万姓之源。

据《史记·陈杞世家》载："陈胡公妫满者，虞帝舜之后也。"胡公妫满本姓妫，或姓姚，后在陈地立国，他的子孙或以国为姓，为陈氏；或以其字为姓，为胡姓。陈姓到战国时分化出田、孙、袁等六十余姓。胡公妫满是天下陈、胡、姚、田、孙、袁等中华大姓共同的血缘先祖。

胡公子孙遍天下，每年都有来自海内外的陈、胡、田等姓子孙来淮阳认祖归宗、朝祖进香。

许多中华大姓也是从古陈淮阳起源，然后播迁到全国，乃至世界各地的。当今中华姓氏中人数最多的李、王、张、刘、陈五姓之中，陈姓直接在陈地得姓，据统计约占全国人口的4.53%，从陈姓分支出的姓氏达六十多个，其中胡、田、孙、姚、袁、夏、陆等也是中华大姓，在中华一百大姓中，孙姓列第十二位，胡姓列第十三位，袁姓列第三十三位，夏姓列第五十五位，田姓列第五十八位，姚姓列第六十四位，陆姓列第八十位。王姓的一支妫姓王也是从陈姓中分化出来的。李姓起源于今河南鹿邑，鹿邑古为苦县，乃陈国属地，李姓今列中华第一大姓，约占全国人口的7.94%。

除直接在陈地得姓之外，陈地还是一些中华大姓的郡望之地。

郡望在陈地的姓氏有：阳夏谢氏、太康袁氏、长平殷氏、宛丘符氏、南顿应氏等。这几个姓氏，除袁氏外，并不直接得姓于陈地，但世居陈地，在这里成为中华望族。

如果我们把这些得姓于陈地和郡望在陈地的姓氏人口加起来，数量将会十分惊人。所以我们可以毫不夸张地说，正是从陈地走出去的姓氏和家族，构成了中华民族的主体血脉！

春秋末年到战国时，陈国被楚国吞并，陈城成为楚国的北方重镇。战国后期，楚国国都北迁，陈作楚都38年，史称"陈楚"。

陈、楚文化在这里交汇，孕育出了伟大的哲学家、"中国哲学之父"老子（李耳）。一部《老子》慰天下，老子和以他为代表的道家思想，是我国传统思想文化中的一条巨川。它与产生于齐鲁大地上的儒家思想一起，构成了中国传统思想文化的主流。

时间挟带着历史，如这条滔滔不尽的颍水河，滚滚东流。当我们寻根溯源，面对着陈地先民留下的深不可测的文化遗产时，不能不感喟于这块古老土地的神奇与丰厚，感喟于她贡献给我们伟大民族的不息的血脉、永享的福荫和无比强大的生命力量！

寻根问祖记

刘永成 | 文

随着经济的快速发展，人们之间的亲情淡了，宗亲观念淡了，续家谱的就更少了。但人总是有根的，总要知道家族的来龙去脉。我们村姓氏多，一个五六百口人的小村庄就有六个姓氏，除了王、艾两个大姓，其余的都是人口少的小姓氏了。姓氏杂乱也就造就了村民的不团结，不同家族之间的貌合神离、明争暗斗，我小时候就耳闻目睹，小户人家自然要受到大户人家的欺压。我不知道我们刘家人在村子里生活了多少年，是不是村里的原始居民，这些一直是谜。

2011年冬，父亲在郑州看病期间，我听他说起我们老家在项城市付集镇刘冢村。我高祖父生在刘冢村，他先是在离家四五里东北角的大刘庄给地主家当长工，由于忠厚勤劳，后来被人请到了离家约二十里、东南角的刘庄店严庄村做长工。高祖父性情忠厚，深受东家的赏识，东家说："大老刘（排行老大），如果你不想回家，百年之后你想埋在我哪块地里都行，哪怕埋到我祖坟地里也行，只要不离我祖坟太近就行。"足见东家对他的厚爱和尊敬。后来高祖父和另一位祖上果真葬在了东家的祖坟地里，我父亲和我大伯父以前清明节还去上坟，1960年平坟时坟被平了。高祖父兄弟四人用多年的积蓄在严庄西北七八里，即刘冢村东南十里的王艾庄买下了百十亩地，从此落户王艾庄村。四高祖父是当时一个很有名的中医，方圆百里的人都来请他看病，大户人家赶着马车来请他，小户人家也要牵个毛驴，要不然他不肯去的。四高祖父只有一女，可惜他精湛的医术没能传下来，否则我学习中医就方便了。

34岁的我总算知道了自家祖籍，自然兴奋无比，我恨不得当即去刘冢村寻根问祖。2012年春节前的一个下午，我去刘冢村寻访刘氏宗

【作者简介】

刘永成，河南沈丘人。自幼酷爱戏曲、文学、交友。因鼻窦炎学业未成，在上海打工。在《河南戏剧》《东方艺术》发表戏曲文章数篇。

亲，但不知道要拜访谁。在离村约一里的黄庙集街上，我问一个修自行车的五六十岁的老人："到刘冢怎么走？"他说他就是刘冢的，问我要去找谁。我说："我高祖父是从刘冢迁移出去的，我要去寻找最年长的刘氏宗亲寻根问祖。"刚好他就是刘冢的刘氏宗亲，他告诉我找村里最年长的九十多岁的刘瑞臣。

刘冢村位于项城市东南六十多里，因村子原建在冢子上而得名。泥河支流从村西边流过，向南汇入泥河干流从村南边向东流去。村子出入都要向北走，村西头河堤上和村东头各有一条通往村后面的大道。刘冢村虽不大，八九十户，四百多口人，但却有着深厚的历史，《项城县志》就有记载。

刘冢遗址就位于刘冢村西头，泥河支流的东岸，刘冢村就坐落在遗址上，南北均为河滩地，西临河水，西南至马蹄窑，北至洪河闸，东边南至村内池塘北岸，北至排水沟。根据刘冢遗址出土文物判断，其文化最早的为龙山文化、商代文化、西周文化。文物多为瓷器、陶器及其残片。遗址对研究龙山、商代、西周文化具有重要的科学价值。1978年被定为县级重点文物保护单位；2006年第五次文物普查时再次进行了复查，并拍照和卫星定位测量；2008年6月16日被省政府定为省级文物保护单位。

走进村子，我敬重地张望村子里的一草一木，很快就找到了刘瑞臣老爷爷家。老人96岁了，有些耳背，他和百岁的老伴相依为命，子孙们都外出打工去了。我大声说起家史他才能听清楚。老人激动地说："人回家了，来看家的。"我问老人有没有家谱，他说有，随后老人带我去73岁的刘忠芳家看家谱。进门的时候我害怕狗咬，刘忠芳说："自家狗不咬自家人。"或许是一家人血性相同吧！狗果真没有叫。纸页淡淡发黄的家谱让人看着无比亲切，上面记载有刘氏的辈分序列："毓瑞维忠厚，贻谋乃孝宗；持经棉世泽，乐善继家声。"据说，老家谱在"文革"时被一看破红尘的刘姓私塾先生带进了坟墓。刘忠芳伯父说每年都有人到刘冢寻根问祖。村里人原都姓刘（1954年发洪水后，几户他姓人家才搬迁到村里），人丁兴旺，为了生计，许多刘氏宗亲早在一百多年前就迁移他乡了。远的有迁移到外省湖北及省内的驻马店的，近的有迁移到周围村庄及沈丘老城东、刘庄店东南的……刘冢村东南角的刘湾村和南边隔河相望的刘庄村，不仅全村都姓刘，而且都是从刘冢迁移出去的刘氏宗亲。

傍晚时分，两位老人带我到河堤东岸村子南边的地里看了刘冢先人的三座祖坟，刘冢村刘氏宗亲分老三门，那就是刘冢三兄

弟的坟，年代久远，坟不太大。刘瑞臣是二门的后人，刘忠芳是长门的后人。回家后我问父亲，父亲说我们是长门的人。刘忠芳提供的家谱辈分与我们现在的辈分不一致，我们现在的辈分是：福、国、文，父亲说袁家村（与我们一个行政村）刘福廷的父亲叫刘瑞章。依此推算我应该是"厚"字辈的，刘瑞章一支也是从刘冢村迁移出来的，与我们同是刘氏长门宗亲。我父亲和我大伯父许多年前，多次在春节时回刘冢村给祖上烧纸，以前刘庄村的同宗清明节也会回刘冢村为祖上上坟。遗憾的是在2012年周口的"平坟运动"中，刘冢村刘氏先人三兄弟的坟被平了，几年来，其他近亲祖的坟早都被拢了起来，但始终没有人把三兄弟的坟拢起来。

据刘瑞臣老爷爷说，我们刘氏祖先是明朝年间从山西大槐树下迁移而来的，在刘家安家立业已数百年了。刘家风水好，刘家人勤劳能干、家兴人旺财也旺，后来造了48所楼房，养了48头牛，富甲一方，曾出了个八贡（古代官名），还在村里逮住过金鸡和金马驹子。

传说，巫婆南蛮子见刘家风水好，心起歹意，以为刘家治风水的名义搞起了破坏，她让人在村子的四个角修四座庙，村中央打一眼井。头一天修庙挖出来的坑，到了次日早上又都长平了，一连几天都是如此，后来晚上把铁锨插在土坑里，土才不长。井打好后，把鸭子放进井里，竟然从村西边的河里游了出来。经南蛮子这一搅和，刘家的好风水算是被破坏了，不久刘氏家族便穷困潦倒，家家户户都拿着要饭棍儿要饭去了。

这就是在我们刘氏家族中广为流传的48所楼、48根要饭棍儿和南蛮子治风水的故事。南蛮子也是项城人，长大后嫁到南方，日久说话变侉了，人称"南蛮子"。后来项城老县城修城墙用的砖头就是从刘冢48所楼上扒下来的，人们一字排开，从刘冢一直排到项城，长达60里，你传我，我传你，把砖头一直传递到项城。可惜当时没有文字记载，代代口头相传下来，到底也不知道那是何年何月的事情了。

2015年出正月，我听娘家是刘湾村的一位老大姑说，她小时候，也就是20世纪50年代，一拖拉机在犁地时不小心把刘家祖坟的棺盖掀开了，里面的老奶奶尸首完好，嘴张着，露着獠牙。司机当天就被吓死了。刘家人害怕再坏了风水，不许人把事情传出去，当即就把坟拢了起来，这位老祖宗或许是在时兴"60岁活埋"的朝代里被活埋的吧。

前些时候，古稀之年的刘冢村村长刘忠恒伯父在电话中告诉我，现在村子里还总是可以挖出一些雕有花纹、旧文字的汉砖，河滩上也随处可以见到古时瓦片，河里挖出来的石雕或砖雕形象逼真、神态各异，有像骑马的，有像坐轿的。

刘家村西一里的黄庙集上有一古庙，名为"黄庙"，庙内供奉阎王神位，数百年来香火旺盛，香客络绎不绝。泥河穿黄庙集而过，泥河河南属沈丘县，河北属项城县，黄庙位于河南岸。清同治末年，庙主李金路居士为方便河北岸群众来庙院进香，亲自到各地化缘集资，派刘忠恒的高祖父携银钱到山西购置石雕栏杆等石料。路途遥远，水运缓慢，三年后才把石料运回。庙主感激他忠诚可靠，在庙院西数里外，赐他一片外庄地，并赐庄名"老实刘庄"（今"老刘庄"）。清光绪二年（公元1876年），石桥建成，至今仍存在。

我高祖父兄弟四人显赫乡里，但只有二人有后。高祖父和另一位先人葬在了严庄，高祖母和四高祖父等人葬在了我村西边自家的地里，加上合葬的共五座坟。2009年，我二伯父（单身）去世后葬在了高祖母所在的坟园。高祖父有一子二女，一女夭折，一女嫁到我村东边的孙营肖姓人家，无子。

我曾祖父叫"刘学增"，听我祖母常讲，他高高的个子，读过书，算账很快，一个姓王的算不好的账都去找他算，他随即就能口算出来。我曾祖父曾祖母去世后，合葬于村子南边自家的地里。

我爷爷刘金升（1904-1981）有一个哥哥、两个姐姐。大姐嫁到我村西北四里的孙庄，无子；二姐嫁到孙庄西边的陈老庄，三女一子，她和儿媳生气投了她家屋后的池塘自尽了。

我大爷爷刘金斗（1902-1980）是个单身汉，在富贵人家做了一辈子的管家。那户人家是个当大官的，家里的银元用芡子芡，可我大爷爷正直得连一块银元也没有带回家过，最后客死在他做了一辈子管家的大刘庄村，被抬回来葬在了父母坟前。我大爷爷年轻时也定过亲，还没有过门的媳妇向我们村一艾姓家妇人打听婆家人怎么样，那妇人说："你怎么愿意跟那家人家啊？你婆婆厉害得很。"一个玩笑，害死了我那未过门儿的大奶奶（上吊），也断送了我大爷爷的美好姻缘及子孙后代。祖母说，我曾祖母是很善良的。我每想起这事儿，都觉痛恨不已！

从我高祖父四兄弟离开刘家村，去大户人家做长工，到最后定居王艾庄，估计有一百多年了。历经七代，世代躬耕务农，直到第六代才出了大学生。至今，我们这一支的刘姓人口加起来也不过区区50人。百年风雨，百年沧桑，我们刘家人受过他姓人家太多太多的欺凌。而族人不和、几多恩怨，也是刘家人走到如今这步田地的主因。家和万事兴，但愿刘氏宗亲能早日化干戈为玉帛，和睦相处，人丁兴旺，共创美好的生活！

刘姓，中国第四大姓氏。人口众多，遍布全国，分支繁杂，早已无法续家谱了。而刘家村和从刘家村迁移出来的刘氏宗亲也自是不计其数。前些年南边的刘堂村的宗亲去刘家村续家谱，由于老家谱早已遗失，自是无从续起。这确实是我们项城市刘家村刘氏家族的一大憾事。我一直很羡慕个别姓氏，至今仍保留着续家谱、祭祖的传统。可惜我们刘家村以及搬移出去的刘氏宗亲早已无法做到这些了。

我们刘氏先人曾以其聪明才干创造了辉煌的历史，也饱经了艰辛的苦难岁月，先辈的故事我们将代代相传下去。我们刘氏后人继承了先辈们勤劳创业、不畏艰难的品格，以及忠厚、诚信、仁义的家风，正在创造着新的辉煌！

希望所有从刘家村迁移出去的刘氏宗亲，每年春节都派一两个代表回刘家村祭祖、聚会，叙叙亲情、谈谈家事。

我的寻根之路

姚 勇 | 文

家族也称"宗族",是由同一姓氏的祖先及后代人组成的群体,是中华民族的重要组成。家族主要以血缘和地域为生存基础,以权利和义务形成成员间的关系,以成文或俗成的制度界定行为的规范,以谱牒、祠堂或礼仪作为存在的表象,以文化和观念维系成员的认同。

家族文化是中华民族文化之源,内涵极其丰富,包括祖先崇拜、宗族感情、宗族观念、祖训族规、寻根问祖、宗族联谊等。家族文化以儒家文化为内核,长期形成的长幼有序、尊老爱幼、尊师爱生、爱家爱乡、寻根拜祖、叶落归根、追远报助合作、人与人和谐相处等传统,凝聚成了中华民族的传统美德,是祖先留给我们的一份宝贵的遗产,是中华民族的根。

姚屯,原名"胡赵屯",明洪武二年(公元1369年)至永乐十四年(公元1416年),姚姓怀德、怀连、怀法、怀行兄弟四人迁至此居住繁衍,遂改名"姚屯"。

姚屯姚姓十分崇尚家族文化。在我的记忆里,每逢春节或红白事族人相聚,总是在谈论这个话题。我从小就知道我们的祖先是姚文献、姚文忠,他们是元朝的大官,墓地就在县城北的小官庄附近。以前的家谱上有他们的画像。只不过许多人是按照字面的意思,把文献、文忠当成了"文"字辈的两兄弟。遗憾的是,这本老家谱在"文革"中丢失,姚屯四始祖系姚枢公几代子孙,何时从何地迁来姚屯,都成了不解之谜。

1989年,我到县城工作后,经多方打听,在当时的小官庄建筑公司

【作者简介】
姚勇,网名"峪河垂钓",河南辉县人。辉县市太阳石纺织有限公司副总经理,河南省姚姓文化研究会常务理事。

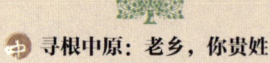

院内找到了祖先的墓。两个墓冢一前一后，全部用红砖砌过，墓前是高大的石碑。前面的墓碑上刻的是"赠推忠秉德佐治功臣光禄大夫河南江北等处行中书省平章政事柱国鲁国姚文忠公墓"，后面的墓碑碑文是"有元嘉猷程世旧学功臣太师开府仪同三司鲁国姚文献公之墓"。

经过查阅资料和走访当地群众我才知道，文献公叫"姚枢"，文忠公是他的儿子叫"姚炜"，"文献""文忠"是他们的谥号。当年墓地向南一直延伸到城北街，前有御赐石牌坊（在今城北街人民旅社处），文官经过下轿，武官经过下马。神道两侧整齐地排列着石羊石马，左有大官守灵三年，右有小官守灵五年。后逐渐发展为村庄，取名就叫大、小官庄。直至20世纪六七十年代，墓地还有一定的规模，当地人称"大坟地"。后来经过数次政治运动，及随着城市的扩张，墓地屡遭破坏，最终淹没在钢筋水泥的丛林之中。

后来，拜读了《辉县市报》连载的，由西关退休老教师姚成麟先生撰写的介绍姚枢的文章，我对姚枢有了进一步的了解。

姚枢（1201-1278），祖籍柳城（今辽宁省朝阳市），后迁居洛阳。因父亲调任许州（今河南省许昌市）录事判官，举家迁许。姚枢自幼读书，禀赋不凡，受窝阔台委派随元军南下，寻求各方奇才，后担任燕京行台郎中。因不与贪官同流合污，辞官携眷迁居辉州（今河南省辉县市）。"城内修建家庙，云门粪田数顷，平日读书悟道，闲暇抚琴百泉。"又与许衡、窦默在百泉开办太极书院。忽必烈闻其才，招至官邸，动则必问。后协助忽必烈建立元朝，历任东平宣抚使、太子太师、大司农、中书左丞、翰林院大学士等职，78岁卒于任上，谥号"文献"。1296年迁葬于辉州菊山之阳。子炜，谥"文忠"，附葬于此。

据姚成麟老先生介绍，元顺帝时期，姚枢第四代孙触犯律条，被判满门抄斩。由于提前得到消息，全家从居住地南姚固、姜姚固逃至今辉县市冀屯乡前后姚村（当时是一片树林）。后被官府知道追杀，兄弟四人分四支分别逃往山东聊城、上海、江浙和黄河南岸。明初，黄河南岸一支返回辉县，居住在胡赵屯（今峪河镇姚屯），也就是我们这一支了。

对家族历史的了解，激发了我立志解开家族身世之谜的浓厚兴趣。

2006年，辉县市北环路开通，小官庄建筑公司拆迁，枢公父子墓就孤零零地横卧在道路上，任凭隆隆的车辆粗暴地从身上碾过。针对这种暴殄天物的行径，我愤然上书辉县市委书记，介绍了姚枢父子的历史地位和历史作用，强烈地谴责了践踏文物的行为，对墓地保护提出了方案。但是，因为身微言轻，所提建议根本就没有人理会。

2010年，根据姚成麟老先生文章的线索，我连续在"百度贴吧"发出了寻找山东聊城、浙江湖州等地枢公后人的帖子，可惜都石沉大海。

2013年5月，内乡县史志办主任姚文书通过网络联系我，并受河南省姚崇暨姚姓文化研究会常务副会长兼秘书长姚学谋，和"姚氏宗亲网"总版主姚建中宗亲的委托，与长期从事姚氏族谱研究、洛阳石化的姚义宽宗亲，专程来辉县考察枢公墓地现状和姚姓宗亲情况。我专门抽出两天时间，开车陪同他们拜谒了枢公父子墓、石门口姚学瑛祠堂和墓地，组织姚屯宗亲座谈，拜访姚成麟宗亲等。通过与他们的交流，我拓展了视野，丰富了知识，对姚姓的起源和发展有了更进一步的了解。

姚姓产生已有四千多年历史，是中国人数排名第六十二位的大姓，始于"五帝"之一的舜，舜因生于姚墟（今河南省范县濮城镇），因地而氏，取名姚重华。姚姓与姜、姬、任合称"中国四大古姓"。目前，全球姚姓华人有四百多万，遍布海内外。

春秋时，姚姓就已南迁江南，望族出南安（今福建南安）、吴兴。南北朝时期，吴兴人姚宣业，随父徙陕州（今河南省三门峡市陕县），任南朝梁陈征东大将军，屡建奇功，武帝最倚重之。辞官后，日亦耕读教训子孙，其出为名臣，处为名士，将仰承乎先烈，不愧神明之遗，亦启佑我后人，光前裕后，被尊为"姚姓陕州宣业世系"始祖。其后人涌现出了唐代嶲州都督、文献公姚懿，及武则天、唐睿宗、唐玄宗三朝宰相兼兵部尚书姚崇等历朝历代的辅国栋梁之材。现有充分证据证明姚枢是宣业二十二代孙，其后代足迹纵行大江南北，建业横贯华戎东西，几涉全部中华大地。

在河南省的各个地市，几乎都有姚姓族人居住。其中，热衷于姚姓文化研究的大有人在。2007年成立的河南省姚崇暨姚姓文化研究会，就是姚姓宗亲自己的组织。几年来，研究会先后组织了姚姓暨姚崇文化的研究和开发；积极参与大唐贤相姚崇墓园及其他姚姓先贤遗迹的修复和保护；多方筹款修建、保护姚姓先贤的历史遗迹；以姚姓文化为纽带，加强同全国姚姓宗亲的联谊交流。

2007年6月，全球姚姓人自己的网站——"姚氏宗亲网"正式上线运营，为姚氏宗亲寻根问祖、交流信息搭建了一个平台。

至此，我才知道姚姓文化研究不但有自己的组织、网站，同时还有大批的志同道合者在并肩前进，这更加坚定了我投身于家族文化探索的信念和意志。

近几年来，我以枢公隐居地和枢公墓所在地的后代的身份，充分利用"姚氏宗亲网"这个平台，向广大宗亲网友介绍姚枢的历史贡献，加强姚枢的宣传力度，提高姚枢的知名度；呼吁广大宗亲网友献计献策，积极参与姚枢墓地的保护；综合大家的意见，拟订了保护方案，再次上书市委书记，并多

次与辉县市文物局进行交涉，推动枢公墓地保护措施的早日实施。

同时，我对手头所掌握的枢公家族的有关资料进行分析、整理，结合自己的观点，在"姚氏宗亲网"先后发表文章十余篇，其中《姚屯西姚为姚枢后代的佐证》《辉县姚家坟传说》《重修姚文献公祠堂记》《姚炜为懿公家族题写的谱叙》《枢公先祖墓志铭》等被版主确定为"精华"。参与的部分主题讨论，以独到的见解，受到了宗亲网友的好评，引起了有关专家的关注。中国唐史学会会员、河南省姚崇暨姚姓文化研究会常务副会长兼秘书长、《大唐贤相姚崇》作者姚学谋先生亲自和我通电话，发展我加入研究会，并增补为常务理事。2013年11月3日，在广东潮阳召开的世界姚氏宗亲联谊会成立大会上，我又有幸被推选为理事。

和研究会及"姚氏宗亲网"接触短短几个月时间，除了分享姚姓自家人浓浓的亲情和收获大量的历史文化资料外，广大宗亲血液中固有的那份执着、认真、奉献精神，也在深深地感动着我。比如，年过七旬仍热心宗亲文化事业的道信宗亲，几十年矢志不渝钻研姚崇文化的学谋宗亲，先后跋涉数千公里寻祖的能宏宗亲，默默无闻潜心宗谱研究的义宽宗亲，经常发表具有独到见解文章的文书、立行宗亲等。还有寒松宗亲，为了实地考察枢公墓的情况，起早从淮阳出发，乘客车辗转近300公里到辉县，拍了几张照片，连口水也没有喝，就原路返回。特别是年已82岁高龄的姚成麟宗亲，从年轻时就立志研究枢燧文化，退休后更是放弃了享受天伦之乐，全身心地投入其中。几十年来，为了完成心中的夙愿，他不惜牺牲休息时间，甘守那份寂寞，自掏腰包四处奔波，通过查阅历史文献、实地走访、向全国各地有关部门发出无数封信函等方式，积累了大量的枢燧资料，多次在报刊杂志上发表文章，以独到的见解引起了学术界的高度关注。然而，让老人心寒的是，他竟还要时常面对来自族人的不理解和冷嘲热讽。所有的这一切，都在深深地感动着我，潜移默化地影响着我的人生观和价值观。

由于年代久远，大量的历史资料已不复存在，给家族文化研究带来了许多意想不到的困难，任重而道远。但是，只要有越来越多的仁人志士投身于这项事业，一道道历史难题终将会现出满意的答案，姚屯姚姓家族身世终有大白于天下的那一天。

河南内乡寻根记

郭昊英 | 文

人一辈子总想弄清却又总也弄不清的是自己。自己的长相,自己的命运,自己的生与死、对与错。正是由于对自己知之甚少,把握不了自己,才使得很多人常常自寻烦恼,自讨苦吃,自己被自己打倒、搞垮,以至于活得一塌糊涂。我是谁?我从何而来?为什么我是我而不是别人?对于这些问题思考得多了,就会自然而然地产生一些寻根问祖的念头。时间一长,这些念头便会成长为一种愿望,当愿望积淀成一种渴望时,寻根也就变成一种自觉或不自觉的行动了。

说到河南内乡,2005年我去三峡时途经那里。当时,我在内乡县城一家餐馆吃饭,和老板瞎侃,我说我就是内乡的,老板很关切地问:"有多长时间没有回家了?"我很诡秘地说:"整整100年了。"逗得满堂吃饭的人都笑了。那回我才知道在河南内乡县,县城西关姓郭的很多,但更多的是在大桥镇,至于先前听老人们说的大郭沟村,餐馆老板一脸困惑地摇摇头。其实,我那时还没弄清我的祖上过山西的准确年份,总以为是1905年。后来在大哥的《永乐镇郭氏家族历史记载》的笔记本中才知道"民国四年(公元1915年),全家八口人,由河南省南阳府内乡县大郭沟村逃荒到达山西省蒲州府永济县永乐镇"。《记载》中还说:1915年之前,大爷曾在永乐镇附近的西营村熬活儿,言说此地土地宽阔,人缘厚实,二爷、三爷也到此打工了解,果真如此。民国四年,曾祖父、曾祖母率领四个儿子、一个儿媳和一个4岁的小孙女,全家八口人担着两担半家产(另半副担子担着大姑)离开内乡大郭沟村,长

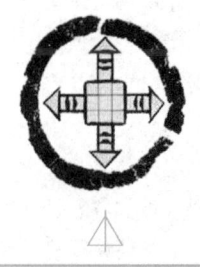

【作者简介】

郭昊英,山西人。做过中学教师、新闻记者,山西省作协会员,现任芮城文联副主席兼《山西文学·古魏文学专辑》杂志常务副社长。

途跋涉35天来到了永乐镇。到永乐镇后，一家人曾先后在镇上壕里土地庙、坡上航庄村废弃的土窑洞居住，四年后终于在永乐镇北村买到宅院（先住后买），西邻左院清，东邻姚升高，院子是从姚升高手里买的，据传曾是镇上一商户造假银元用过的。

大哥作为同辈长子，对于寻根虽然和我的目的不同，但表现出的积极性却要比我高得多。一听我在电话里邀他去内乡，他马上喜出望外，连回答我的声音都变了。在大禹渡码头半天等不来渡船时他说："看看，今天就是不顺，我都没法儿说，你咋就选个二十七的日子出远门呢！"我故意逗他说："那不行咱回，明天再说。"他又立即改口道："吉日不吉日也无所谓，明天办事儿找人却是个好日子。"大哥已快60岁并且还有脑血栓后遗症，说话明显口吃，走路总让人担心会跌倒。看着他谢顶的脑门儿，微曲着背临风站在黄河边凝望的样子，我真的发现他老了，一种沧桑感油然而生。沧桑必然怀旧，怀旧更念已故人的嘱托。看来，去内乡对于大哥来说，实实在在是要了却他的一桩心愿的。因为，大伯临终前只把家族的来龙去脉交代给了他，而他这些年来由于生病，日子总是紧巴巴的，经济的原因使他差一点儿放弃了内乡寻根的想法。我想，这回去内乡，大哥心中不仅仅是高兴，同时对我这个小老弟还存有几分感激呢。要不，平日里凡事他总要强调长子身份做决定，而今天却一切都依着我，甚至连我不忌良辰吉日选择的过错都能原谅。

过了河，20公里就到了灵宝，再南行到了内乡县城。也许是体内流淌着河南人的血液，也许是先人们在冥冥之中相助，这次内乡寻根打一开始就很顺。说实话，到了内乡县城我还真的有了一种回到家的感觉，加之所有被我打听过的人临了总有一句"老乡"的称呼，更加助长了我的有理气长。尽管我是置身于一个陌生的地方。关于祖籍村庄，大哥到了内乡才说，记得大伯曾经说是大郭沟村。大伯在1945年抗战胜利不久徒步回过一次内乡，当年老家有一位和爷爷同辈的堂兄弟叫金贵，他的儿子叫勇，勇可能是小名，正名应该叫勇房。那回大伯受到了叔叔金贵和他的儿子勇的热情招待。我于是在街上见人就问："大郭沟村在哪个乡镇？"这回一伙开蹦蹦出租车的才告诉说："在赵店乡，县城西北十来里地就到。"

我们打算先在内乡县城住一晚，明天再去大郭沟，不管这个大郭沟是不是先人们所说的那个大郭沟，也无论能不能寻到嫡系血脉亲属，我和大哥心情都很激动、很复杂，这一夜直到次日凌晨3点多才有了一丝睡意。关于祖籍，我的概念很模糊，也很遥远。打记事时起，只知道村里老年人说我们镇北郭家是外来户，同辈人则很少提及。记忆中，我们在村里是独姓，很羡慕别的小伙伴们在班里一提一大串。我们家族里，父辈人似乎很亲近、很谦让，全族二十几口人都听大伯的话。缠着小脚一口"咯咯啦啦"河南腔的奶奶，憨厚老实、又脏又倔的父辈四兄弟，还有从小就不大讲卫生、最害怕洗头洗脚的同辈一大群兄弟姐妹，让我总觉得我们这家子人和村里张王李赵别的家子人不一样。最可恨的是村里一位老得都快死了的婆娘，一见我就坏笑着喊"山猴"；还有刘家一个比我大两岁的孩子，我一叫他"刘捣鬼"，他就骂我"河南担"。我虽然不知道"河南担"是什么意思，但却知道这是骂河南人最恶毒的话，于是愤然上前去，用专门为他修剪得很锋利的十个指甲，一边五个掐住他的两个脸蛋，直到掐得他猪嚎才罢休。10岁那年的一天下午，奶奶一边盘着腿纺线，一边对我"痛说革命家史"。其他没记住，只记着奶奶说，我们一大家子住在土地庙里没粮吃，一天三顿吃嫩柳树芽，先把柳树芽在凉水里泡一天一夜，再捞出来拿大蒜一炝拌点糜子面，可好吃呢。奶奶还说，村里一老财东的儿子就是缺德，他看到这种情景后，就到处对村里人说：河南人跟猪一样，一天三顿都吃着烂菜菜。奶奶还说，后来这个坏仔儿和日本鬼子好，在村里欺男霸女，你大伯气不顺，参加了"黑猫"，晚上带着他的一伙人整整戳了这坏仔儿100刺刀。奶奶在说到内乡时，印象最深的是她说在那里一年四季吃红薯。奶奶1974年冬天去世，活了整整84岁。父亲在世时对为什么我们这家子人要从河南过来也很含糊，他说，原先光景很好，只因内乡那里兴起"吃会子"（截至目前还弄不清这个名词），郭家屋里人笨，家产叫人给吃垮了，没办法才担着担子来到山西的。我小时候对"河南担"的理解，就是担

寻根中原：老乡，你贵姓

着担子乱跑。

　　第二天一早7点半我们在楼下对面的饭店吃过早点后，就开始打听去大郭沟的路了。饭店隔壁是一家药店，我在领着中了暑的儿子看医生时，顺便打听赵店乡大郭沟村。竟未料这位坐诊的大夫就是大郭沟人，叫郭有周，一听我们要寻根便说是亲人回来了，由于他坐诊走不开，就告诉我，绕过去楼后边有个做裁缝活儿的是大郭沟村的媳妇。这媳妇叫秋丽，一见面就说弄不清辈分不敢乱称呼，她为我们买来一大堆矿泉水，放下手里的活计，立马带着我们赶往大郭沟村去。路上，秋丽给我们讲述着郭家曾经发生过的一个传说故事，虽然她方言太重我们大都听不明白，但也能听得出是在讲郭家祖上一位奶奶的聪明与智慧的。一路上，只听得她奶奶长奶奶短的，很热闹。

　　路很宽，也很平，不到二十分钟，我们就到了莲花村村委会（大郭沟现在归莲花村）跟前。下车后，我们发现，大郭沟属于下湿子地，到处都是潮乎乎的，或是泥泞，树木和庄稼长得都很茂盛。路北杨树林里，一百多位老年人已坐在树下，主席台上摆了两张课桌和一套简单的音响，西边水泥路上陆陆续续还有老人们搬着小板凳或马扎朝杨树林走来。一问才知道是淅川来了个卖治腰痛膏药的。这时，我和大哥打量着一个个老人，大哥说："没错，肯定是这里！凭这些老人的走路姿势，你看和咱四爷多像。"我仔细观察后，发现老人们几乎都是罗圈儿腿，走起路来东摇西晃，而且男人们个个都是大眼睛。哦，我终于寻找到了为什么我们祖孙几代人走路都爱摇晃的原因了。我对大哥说："嘿，一看就是咱家人，这种摇就是'郭家摇'，标准的'郭家摇'哦！"在莲花村，总共27个居民小组，其中有9个是姓郭的。秋丽找来了比较干练的她的平辈大伯哥郭忠献，这人虽然已经64岁了，但却很精干。郭忠献很快从人窝儿里找来几个老汉，听老人们一说，我们才清楚，很早很早以前，大郭沟姓郭的就有大门、二门、三门之分，好像是祖上弟兄三个的老大、老二、老三吧。来的几个老汉，都是三个门的掌门人。老人们说，郭家家谱曾经修过，但后来一大包袱全让贼给偷了。凭我们提到的曾祖父叫承福以及爷爷辈有叫金贵的断定，我们属三门的后代，于是就由三门的掌门人郭有成带着我们去进一步了解最亲近血缘的根系。郭有成已经81岁，是干过几十年村干部的老党员，脑子清、村情熟，直接把我们领进了已经80岁、耳朵聋却有文化、能看懂《奇门遁甲》的郭天恩老汉家。我和大哥一见到郭天恩就有点儿想落泪，因为他的长相以及一举一动实在和已经去世的我的父亲太像了。郭天恩是父字辈的，比郭有成低一辈，属马的，只有一个女儿叫郭花云，招婿入赘继承香火。一提到金贵，他马上就知道金贵的儿子叫勇，勇的儿子叫洪斌，在白庙居民小组。于是我们直奔白庙组郭洪斌家。

血脉越来越近，招呼就越来越亲热。很快我们就弄清，金贵有三个儿子，老大叫勇，老二叫勇房，老三叫小者。勇房早年参加解放战争，当兵后杳无音信；小者今年68岁，一辈子未娶，跟着侄儿洪斌度日子。勇的儿子洪斌和我们是平辈，今年63岁，洪斌有一个弟弟叫洪义，1959年父亲郭勇因饥饿去世后，洪义随母亲岳凤英去了许昌舅家。洪斌的儿子叫铁敏，儿媳妇叫王丽；铁敏的儿子叫冠雨。铁敏既帅气又壮实能干，王丽既漂亮且贤惠又有一手很带劲的钢笔字。这一家五六口人，所有的家务就靠王丽一个女人来操持，如果没有非凡的苦头和聪明麻利劲儿，是撑不起这个家的。我们进院子时，铁敏小两口儿正在穿又黄又亮的烟叶，王丽一边给襁褓中的小女儿喂奶，一边手里干着活儿，凭直觉就知道这是一个十分勤劳、厚道、和谐的家庭。倒茶、杀西瓜、递烟，叙说一阵后，我们提出要去祖坟祭拜，洪斌兄一边打发铁敏买祭品，一边说不急，坟地很近，就在对面的山梁上。也不知是河南人实在还是我们郭家人实在，铁敏单买回来的烧纸就有约二十公分厚。三十八九度的太阳下焚纸祭祖，被烟火烤得真不是滋味，我的T恤衫外边都流着汗水，为了保持礼节，我仍坚持着跪姿不能变，因为大哥已59岁了都能坚持着风度不倒，我哪敢因为不注意细节而把人丢到老家内乡呢。

郭忠献陪伴我们完成了大郭沟村寻根的整个过程，辛苦了大半天，最后对他的酬谢是年龄长还要叫叔叔。寻根，是在郭忠献爽爽亮亮"大叔，二叔！"的一声声称呼中落幕的。

返回途中，我没有犯神经，大哥也没有犯神经，明明白白的血脉，明明白白的族人，明明白白的大郭沟，明明白白的内乡，明明白白的中原！哦，我用我的激情与行动触摸到了自己的根，我的灵魂将在那里开始寄存和生长，长出一种后辈人永远都无法解释清楚的最古老的植物。

寻根河南内乡，我寻到了"郭家摇"的源头，寻到了郭家人呆板、老实、能吃苦耐劳的根基，寻到了郭家人聪明厚道敢于担当的遗风，寻到了郭家人永远都缺乏变通能力的劣性，寻到了自身生存发展所固有的无法改变的基因。在山西芮城，至少有三分之一人的祖籍在河南，河南人又都言说他们来自大槐树下，河南人与山西人盘根错节、龙脉相连、血脉相通啊！

大郭沟加油，内乡加油，河南加油，中华民族加油！

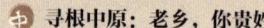

同 根

韩报春 | 文

【作者简介】

韩报春，笔名"历尽沧桑"，河南偃师人。少年因病致残，久居底层，落笔苍凉，发表小说、散文10多万字，文章被多种文集收录。2014年出版个人散文集《碎片》。

一

我家在豫西南部山区的一个小村落里，村里有座韩家祠堂，年代久远，气度森严。20世纪70年代初期，和我同龄的小伙伴，始终对它敬而远之，甚至有种发自心底的惧怕。

记忆里，祠堂的大门上常年有一把大铁锁紧扣着，似乎从没有人打开走进去过。祠堂虽然坐落在村子里唯一的一条正街中间，但却是整个村子最幽静的角落。

有一次，我们几个小孩下午放学回家，路过祠堂门口，二蛋说："看这俩小狮子在看咱们呢。"祠堂斑驳的两扇木门下面，两座石门墩上站着两个威风凛凛的石雕小狮子。几个小孩相互看了一眼，都跑过去抢着抚摸小狮子，光光的、凉凉的，很舒服，但我们的小手上都沾满灰尘，二蛋还把书包挂在了狮子头上。"哗啦！"不知谁推了一下大门，两扇门裂开了一拃宽的缝隙，将近一尺长的锁链，在厚厚的门槛锁鼻上拴得死死的。我们几个小脑袋都挤在门缝间往里看，一条窄窄的过道通往后面的正堂，过道方砖铺地，落满了树叶，两边荒草有半人深，比正堂略显低矮的厢房几乎被掩去了。过道尽头是一个平台，平台中间有个大香炉。香炉后面是正堂，正堂大门紧闭，门两旁的木柱子，风吹雨淋得成了黑褐色。庭院深深，在暮色中显得死寂一片。我们屏住呼吸，面面相觑，脸上都渐渐显出一丝惧色，大我两岁的昌蛋突然喊了一声：

"老巴子出来了呀！"我们都逃命似的尖叫着跑开了。"老巴子"谁都没见过，可谁都知道那是个"红眼绿鼻子，四只毛蹄子"的怪物。

尽管害怕这个地方，我还是走进去过一次的。那年夏天，麦子成熟，一个远门叔叔喊我一起去祠堂取打麦的工具。进门后我才知道正堂前两侧的厢房里堆满了农具，地上放着铁犁、枣木耙，上方的荆条棚子上堆满了木锨、木杈、竹扫帚，满屋灰尘，蛛网在墙角吊得老长。趁叔叔钻到棚子上取农具时，我壮了胆跑到后面的正堂前，顺着门缝往里瞧，一座塑像，肃然端坐，四周围着黄色的帷帐，塑像前面的条几上，放着一口空的瓷香炉。抬眼上望，塑像正眯着眼和我对看，我赶紧咳嗽一声，转身小跑溜掉了。

过了几年后的一天，村子里噼噼啪啪地响起了鞭炮声，我问母亲村子里谁家又娶媳妇了，母亲说："祠堂挂匾呢，热闹得很，去看吧。"

祠堂门前的街道被打扫得干干净净，地面上刚泼洒了井水，湿漉漉的，泛着一股土腥味。祠堂的大门敞开着，大人们进进出出，几个小孩子嬉闹着围在门口朝里张望，进出的大人脸上带着笑呵斥："别耽误事儿，一边耍去。"一会儿两个人从里面抬出一块木匾，匾面被红通通的绸缎覆盖着，到门口，把木匾交给了一个老者。老者胖墩墩的，脸上泛着光泽，和一个身强力壮的青年，各自抬了一边，小心地攀着大门两边的梯子爬上去，把木匾端端正正地挂在门额中间。有人喊了一声："鸣炮！"顿时，浏阳造的大红炮在地上炸开了花，烟雾缭绕中，老者双手颤抖着揭开了红绸缎，匾上雕刻着四个字，圆润流畅，可我一个也认不得。

多年后，我才知道此匾绝非俗物，而是大清康熙皇帝御笔钦赐，"斯文砥柱"四字大气得让我这个"文起八代之衰"的韩愈的后裔，沾沾自喜之余，不免对康熙这个弯弓射雕的满人又多了一分叹服。

我知道了那个胖胖的老者，就是法祥。

二

祠堂的木匾挂上后不久，法祥来到我家里找我父亲。我父亲当时在村子里教书，40多岁。

法祥进门喊一声："老叔，听说咱家有本老家谱，拿出来看看，咱商量个事儿？"

父亲从老式木桌的抽屉底层抽出一本毛边本。纸页早已泛黄，单薄得几乎透明，上面竖写着一列列端正的小楷，早已没有了墨香，像一个风中残喘的老人，似一阵轻风吹来便能将它撕裂。

这个场面后来常重现在我眼前：偏远乡村，屋外寒气逼人，屋内火盆里的火正旺，一位老者和一位中年人，伸出骨节粗大的手指，轻轻地叩开尘封已久的同宗门扉，去溯源渗透血液的根脉长河，他们不是历史学家，但比历史学家们的目光更热切和执着。

法祥解放前读过几年私塾，粗通一点文墨，后又供养大儿子修文念了大学，修文毕业后在县城坐了机关。虽辈分不高，在村子里法祥却显山露水、威望有加，也算是祖上有德了。法祥家住祠堂斜对面，闹运动时，他把祠堂一寸多厚的匾额，藏于家中，当作铺板，从而在解放后的历次运动中躲过数劫，待到政治清明，匾额方又重见天日。

法祥对我父亲说："看，祖上上次修谱留下的'传世有宗法'，按这五个字排辈取名，早不够了，下辈人又繁衍了好几代，该再次重续家谱了。"

重续家谱自然需要资金，而这种自发的民间行为，又往往得不到官方资助。法祥召集了几个同宗族人，挨家上门去收取，每户

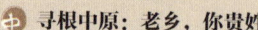

寻根中原：老乡，你贵姓

5元，且详细登记每家老幼男性的名字，常年在外的本姓还要打问地址，发信件一一告知，怕万一疏漏，落得埋怨，然后再逐一汇集、校对……这其中的烦琐，恐村人少知，等把崭新的一本本家谱分发到每家时，已是第二年的秋天了。

乡下习俗，每年三月，麦苗返青，杏花初开，就要去上坟祭祖。法祥备了供品带领族人，去村南河的老坟地三拜九叩，鞭炮齐鸣，烟雾升腾缭绕，小孩争先恐后去领取祭奠后又大又圆的大米"欢喜"，法祥从新缎面夹袄的兜里，掏出叠得方正的手绢，拭拭眼角的湿润，脸上又笑出了春色。

祭了本族祖坟，更不应该忘记本姓的先祖。韩愈，"唐宋八大家"之首，这位曾任兵部侍郎、礼部侍郎的"百代文宗"，自然是韩氏家族历史上光耀千古的明珠，而他卒后的葬身之地，史传就在黄河以北的M县，距此二百余里。法祥不顾年迈，精神抖擞，前去探路，随后带队租车，每年的清明前后都前去上香祭拜，一年又一年，队伍不断壮大，颇有浩荡之势。

而这时却发生了一件让族人意想不到的事情。

法祥在县城的大儿子修文从机关退休，时常回乡探望老父，读了三年大学学得的知识，这时派上了用场。修文细研家谱，翻查史料，发现韩文公之后，排序断代，纰漏迭出，更有惊天发现：韩文公的坟茔，应在黄河以北的XW县，在M县的东北方向，相距近百公里。

这个发现，让修文如坐针毡，他带上家谱瞒着父亲法祥，前去XW县实地考察。不想到了那里，发现那里的世传家谱更为详细，并且在博物馆看到了保存完整的出土石碑，石碑上详细记载了韩愈以及上六代先祖均葬于此地，当地政府专门成立了"韩愈研究会"，史料详尽，证据充分。原来M县和XW县两地政府已纠纷多年，互不相认，而两地同属的上级JZ市，认为不管怎样都在自家的地盘之上，也就多一事不如少一事，懒得介入了。

修文陷入了两难的境地，他深知父亲的秉性，在乡人同族中几十年来形成的威望，一旦坍塌，父亲能否承担？但眼界和知识远在父亲之上的修文，更知将错就错终将落得贻笑大方。

不出所料，法祥在修文谨而慎之的讲解中，先是惊疑，后是震怒，他不能接受这个支撑了他几十年的信念被釜底抽薪，更不能容忍挑战他这个支撑的恰是孝敬有加的亲儿子。他竭力地抗争："你有多大的能耐？读了几年书，你能把天翻过来？你比江泽民还厉害？他给M县题词'韩园'，你有本事去给XW县题个试试！"

修文怎样的千般解释和规劝，可以想象。我们甚至可以想见他怎样把收集的史料，一一摊开在父亲面前，几乎声泪俱下地跪倒在父亲面前。他清楚捅破了这个真相，等于揭了父亲的脸面，可文化的刀锋，始终毫不留情，针针见血。

这实在是一件值得让人深思的事情，它已经超越了单纯的伦理孝道范畴。寻宗祭祖，一脉同源，本是凝聚人心、巩固社会基础的道德之举，它不具备公修史册的政治功能，云谲波诡的历史烟云，单凭一己之力去拨云见日，显然力不从心、难于蜀道了，而这种历史的长藤结出的苦果，让个体去品尝，注定是苦涩难咽，甚至残酷无情的。

后来，此事被同族的几个人知晓，逐渐又蔓延至整个村子，众口难掩，议论飞溅。其他少数族姓则事不关己，冷眼旁观。

再后来，族人商议，既然祖茔一时不能确定所在，就不再去黄河北祭拜了，尽管每年的清明，村子里因此冷清了许多。

大前年，我从外地回乡，看到法祥在自家门口大路边，躺靠在一把柳木罗圈椅里，须发尽白，面目呆滞，胸前挂了一件塑料围裙，椅子的两把扶手前端，用一根宽布条横拦着，布条上似乎荡满了路尘，看不出本来的颜色了。

街上有大人在忙碌，小孩在风中奔跑。

三

我从父亲口中得知，法祥和儿子修文弄得僵持不下，在祖茔的认定上，互不退让。法祥拍了桌子，要和修文断绝父子关系。修文椎心痛肝，委屈隐忍，背地里却更加身心投入，力争找到更为直接的铁证，说服法祥，他日益担心着风烛残年的父亲等不到那一天。

八十多岁的法祥，召集了几个同宗族

人，宣布自己年老体衰，不能胜任同族事务，遂推举我父亲出来接替，父亲推辞不掉，便也应承下了。

不知道在中国的乡村大地上，有多少这样的群体，他们在土地上操持庄稼的同时，还做着一件别人不可替代的事情，就是在管理着同宗族的一些大小事务，诸如乡人红白喜事、同族的矛盾纠葛、对外的一些往来接洽。他们没有任何的机构去任命，也没有组织条例，更没有任何的经济报酬。凭的仅是乡里族人的信任，靠自己的满腔热情和肚里存留的那些墨水，维持着同宗同族的文化血脉。

他们散落在村村寨寨，生活并不富裕，却有一个共同的特点：都多少读过几年书，能识文断字，多少算是文化人，在周围至少是热心人，且一定有相当的声望。

这不是一种职业，也不是他们分内的事情，但他们却执着得心甘情愿、无怨无悔。

父亲接替同族的事务后，每年春节临近，都早早到镇上买了大红纸，夜里，在昏黄的灯下，用一把竹尺比量着裁剪成大小宽窄不一的条块，饱蘸了小瓷碗里的墨汁，写下祠堂厢房、正堂、正门的对联，然后在年三十上午去逐一粘贴。我至今仍记得大门上的对联经常是"祖德振千秋大业，宗功启百代文明"。初一一早，父亲又用条盘端了五碗供品，带了香烛去祠堂焚香祭祖。

比较忙的时候，也是春节前后。周围乡镇甚至邻县的同姓人也来祠堂认祖归宗，多是老年人带了儿孙，提着自制的油炸果子、红点圆馍。有的路远不能当日归程，乡下没有旅店，父亲和几位族人要清点人数，分配到各家住下，家家都拿出了最丰盛的饭菜、最崭新的被褥，来接待这些几百年、上千年前的同根同源人。

有南召一支本姓族人，多年不能确定从何处迁入，四方打探，揣着一丝希望，拿了家谱远道而来寻宗，父亲拿出家谱，相互查阅对照，发现本家谱明确记载韩氏一脉第二十九代迁入南阳，遂又在祠堂的石碑上准确发现迁入南阳南召。来人眼含泪光，激动异常，立马买鞭炮数箱，燃放庆贺，祠堂门口一片欢腾。来人一再表示："老家以后有事，千万不要忘记告知，我们也要尽一份心。"

当然也有没有如此顺利找到根脉的人。

去年秋天，父亲正在院子里忙杂务，本家一个老叔，带来一个六十多岁的老汉，说是来续家谱的。老汉家住伏牛山南的汝阳县，出来半月时间了，一路往北，打听到此，说先祖也是韩文公，只是该支人脉不旺，所在村子他姓杂居，本姓只有几十口人，他的同龄几乎凋敝，唯他读过几年书，辈分又高，只有他担当此任了。

天色已晚，母亲赶紧烧火做饭，老汉从口袋里掏出一包"散花"，给我让烟，我连忙致谢："不会抽，都是自家人，千万别客气。"他涩涩笑着："说是一家人，但没续上根脉，排不上辈分，也不敢乱称呼啊。"

饭菜端上，老汉从随身的布袋子里掏出大半块火烧，父亲一再往他手里递热饼，他说："这是早上在距此50里的另外一家吃剩的，还不硬。"

那一晚，饭菜并不丰盛，但他们谈兴颇浓，老汉一边敲击着饭桌感叹世风不古、人心涣散，一边渴望着有生之年能找到维系家族的根脉。

而最后获知的结局又让他失望：虽是同姓同宗，却年代久远，他的家谱和我们的不能吻合，接续不上。

夜深，凉风渐起，月挂中天，他住在我隔壁的小屋，相信这一夜他不曾睡去。这个地方对他是家，也是天涯，血液里流淌的生命密码，是那样的清晰，却又如此模糊难解。他自己心里都不敢肯定，苍老余年里是否能找到归程。他跋山涉水，走过的村村寨寨的路上，是否叠印过先人的足迹？时光无言，一切都没有答案。

天下之大，不知有几多这样奔走在异地他乡的寻根客，舟车劳顿，跋山涉水，一路风尘，希望不断地在灭寂间燃起，焦灼不断在消解中递增，但这些似乎都阻挡不住他们日益苍老的脚步。

第二天一早，父亲把他送到村口，他迈上了下一段行程。

四

一个多月前，遥在他乡，我正和一个陌生的本姓人攀谈间，收到了一封父亲寄来的信件，内有一张照片，几排人站着的合影，照片顶端写着"世界韩氏恳亲大会留影"，地点在北京。

大国泱泱，江河绵长。人文始祖、三皇五帝从洪荒的原野一路走来，形成了民族众多、姓氏繁杂的巍巍华夏，渗透血液的根脉，为四海游子打上了炎黄子孙的精神烙印，同宗共祖成为凝聚人心的参天丰碑。

我没有问，年逾七旬、久居乡间的父亲，怎样一路颠簸到的京城；在一群西装革履、操着各种口音的同宗面前，最初又是怎样的局促。但我相信他们一开口就能找到内心久远的源头，父亲抻一抻微皱的衣襟，挺直了腰身，向前投去深远的目光。

而我和这位陌生的本姓刚排过辈分，同在韩氏三十九代，恰是同根。

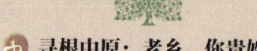

栗姓寻根记

栗志涛 | 文

早听说河南省登封市大金店乡栗村、南天窑一带为栗氏祖坟所在地，小时候也经常听老人们说去南天窑上坟。但始终没有机缘到南天窑去一趟。这次趁休假之机回老家，决心顺便到南天窑去寻寻根。

在一位本家哥哥的带领下，车先是在公路上行驶，在登封市大金店乡段村附近开始向山里行进，沿山路走没多久，便来到栗村南沟。经本家老人指点，很快找到祖坟。坟前有一石碑，石碑由延坡、朝选、长路、金太四人合立于民国二十七年（公元1938年）二月十九日。碑上正中书"栗氏三祖崇林之墓"，左侧为碑文，右侧为栗氏辈分诗，共40个字："致建朝山坡，广贵清岭河；茂德永发秀，润泽远兴和；从周荣华盛，学文福寿多；仁名千载守，善宝万年爵。"

据碑文载，河南省的栗氏祖先于明朝永乐元年（公元1403年）由山西省洪洞县迁来。当时兄弟三人一起迁来，老大志林居住于河南省鲁山县婆婆街焦庄，老二相林居住于河南省汝州马川桃湾，老三崇林居住于河南省登封县大金店栗家村（即今栗村）。崇林以下四辈人没有记载，老家谱无法连续，只有到第六世祖冲箕，七世祖盈聘，八世祖可富、可太才有所依据。在1932年编就的老家谱中已有盈聘和可富、可太的名字，但没有见到冲箕的名字，可富、可太以下栗氏后代即可续上。但据老人口口相传，也有说当时栗氏祖先从山西洪洞县迁来河南时为兄弟五人，兄弟三人已有居住下落，另外兄弟两人不知居住何处。有人传说另两位兄弟可能居住于鲁山县以南的南阳和鲁山县以北的襄县两地，此说没有考证，仅是传说而已。

据1932年编就的老家谱看，当年五兄弟从山西迁来河南的说法更

【作者简介】

栗志涛，河南登封人。中铝中州铝业有限公司党群工作部组织宣传主管，兼任企业文学创作协会副主席、摄影协会副主席。多篇散文入选《中国当代文学作品选》《中华散文精粹》。

为可靠。老家谱第一页即显示河南栗氏明代始祖共有五位，老大德林，老二名字有一"缺"字，疑为后人无人知晓老二名字才做此处理，老三景先，老四景秋，老五潮；第一页旁边还有一行字为"雍正二年十月吉日"。听老人们讲鲁山县栗氏祖坟中有一座记载栗氏祖先名字的石碑，老家谱第一页的内容可能就是鲁山栗氏祖坟石碑的内容。因为没有到鲁山祖坟实地考证，仅为猜测，倘若有人到鲁山祖坟考证方可为据。至于老家谱第一页的明代始祖名字与登封县大金店栗村南沟的祖坟石碑显示的明代始祖名字不太符合，我以为有两种可能：一种可能是由于分别记载了乳名或大名的缘故；另一种可能是不同地方的后人所传有误。

由老家谱可见，鲁山祖坟的这座石碑立于清朝雍正二年（公元1724年），也可以这样理解：河南栗氏始祖于明朝永乐元年的1403年迁到河南，至清朝雍正二年的1724年，共有321年，这期间人员搬迁何处、家族世系均无从考证，在1724年之后才有记载。因此，1932年编就的老家谱即为1724年至1930年家族世系清单，40个字的栗姓辈分诗可能也就是在1724年排定的。因为据老家谱记载，大金店栗村南沟祖坟墓碑上提到的七世祖盈聘为"致"字辈，即栗姓40字辈分诗中的第一字，以上六世均无辈分可考证，栗村南沟祖坟墓碑立碑人之一朝选即为盈聘之后，朝选为"贵"字辈。盈聘为登封县石道乡温楼村栗姓始祖，盈聘以下后人在老家谱上记载清晰。

据老人们讲，我们村的栗姓始祖栗敬生于1763年，为"山"字辈，时住登封县大金店区栗村。因人多宅基面积小，住不下，在他40岁时随父搬至君召区石道镇曹村。当时家系中等农户，田、地、房产、牛马车辆俱全。1810年栗敬之父年迈病危，把亲族和家人叫到跟前，给敬交代："因为你弟弟还没有结婚，以后分家时，让弟弟挑着要家产。"说罢就归天了。由于栗敬分得很少家业，为养家糊口，于1813年搬到登封县石道乡郭沟村南沟居住，弟弟栗明世代居住于曹村，现曹村栗姓即为栗明的后代。

寻根事大，非一人之力可为。先祖来回迁居，实为生计所迫，颠沛流离之际，便无暇顾及迁移记载之事。今人生活富足，感恩当今社会之余，也当寻根考证以报先祖之恩，亦为后人留下点可资纪念的遗产。至于河南栗姓的搬迁和分布状况，如能弄清1724年之前的世系辈分，那将是无量功德。

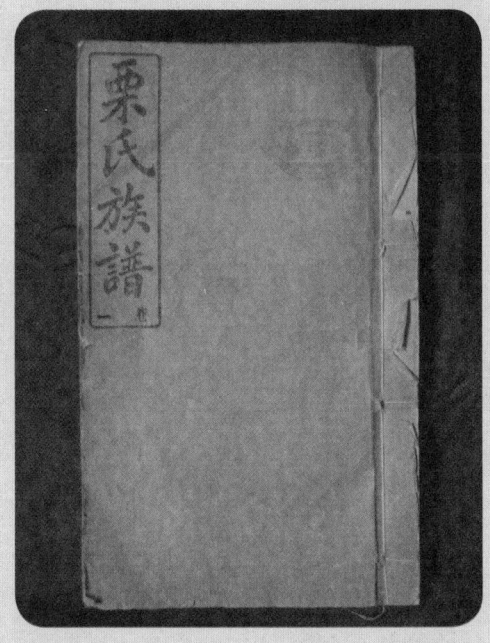

邓氏寻根记

邓延寿 | 文

物之本为天，人之本为祖，慎终追远，溯本思源，皆人之道也。

本人从20世纪80年代初开始查阅、考证、撰写邓氏族本，方知邓氏发祥于邓国（今河南邓州），起源于商朝，始祖曼公在邓国为王，殷武丁商王赐曼公以国为姓，邓氏由此而来。世界邓氏族本云：邓氏裔孙千支万派，今遍布世界各地，归根结底一句话：都是曼公所传，故亦有"天下邓姓源邓国，邓氏后裔邓曼传"之说。

从知情之日起，我便下决心一定要到始祖发祥地河南邓州寻根问祖，无奈一直以来为生活而奔波，俗务繁忙，梦寐以求三十载，时至于今才梦以成真。

9月21日，我专程来到了故里邓州，因事先与炎黄邓氏宗亲联谊总会副理事长邓香云联系过，邓州市文化局局长闫富传、邓氏总会副理事长邓香云、《邓姓文化》杂志执行主编王春玲等早早在邓州车站等候接我，一下车，双方一见如故，故乡人非常热情，一股亲切感、故乡情在我心中油然而生……

我不顾旅途劳累，随即到十九世祖公吾离陵园谒拜祖先。吾离陵园位于邓州市城区东南三公里处的八里王村。吾离，名宣，是继一世曼公后世袭侯爵至第十九世的邓侯，于公元前700年逝世，安葬此地，历经两千七百多年的风雨沧桑，陵墓一直留存至今，是我们邓家现存的唯一一座邓国国君陵墓，故有"天下邓氏第一陵"之称。

我们到了陵园后，只见简易又庄重的陵门上写着"邓国侯吾离陵"，一进门，方见一世曼公、十九世吾离公、四十七世邓禹公的高大塑像，后方耸立着一尊"邓国侯吾离陵碑"，碑后有一个直径约三十

【作者简介】
邓延寿，广东省大埔县邓氏宗亲联谊会会长。

米、高约七米的圆形土堆，土堆上柏树成荫，吾离公的骨骸就安葬在此。

我点燃一炷清香，怀着崇敬的心情，跪拜祖先，心里在说："祖先呀，来自广东远方的裔孙看您来了，我感恩您传下了我……"我望着祖先的遗像，摸着先祖的墓碑，踏着故里的乡土，久久不愿离开……

故里人先把我安排在邓州宾馆住下，中午，邓州市人大常委会主任、邓姓文化研究会会长殷中玲等专门为我接风。她介绍说邓州市委、市政府非常重视邓州的历史文化，尤其是特别重视与邓州历史文化息息相关、密不可分的起源史文化——邓姓文化，还成立了一个专门班子——由她亲自挂帅担任会长的邓姓文化研究会。邓州政府并已征地150亩，决定在吾离陵园处规划兴建一座"邓国春秋园"，并在园中塑邓曼、邓吾离、邓禹等祖先塑像和邓姓历史事迹展馆等。我听完殷中玲会长的介绍后，感慨万千，为之振奋，我在想：该园及祖先塑像建成后，也可使我邓氏裔孙感水源之可溯，怀木本而难忘，寄孝思而无遗，也必将成为全世界邓氏裔孙经常向往、经常祭祀之圣地。

当地政府如此重视文化研究，重视人文兴州、旅游富州，拟斥巨资建大型"邓国春秋园"，我们这些邓氏裔孙们又哪能袖手旁观呢？

我倡议：每个邓氏裔孙都行动起来，哪怕是为"邓国春秋园"捐种一棵草，捐植一棵树，也是聊表我们邓氏裔孙的一点心意，尤其是那些邓家的富豪大亨，你们的发迹是我们邓家的骄傲，这除了你本身的才能智慧外，也有祖先风水的福泽，我们多么希望这些富豪大亨们能为"邓国春秋园"捐资出大力，为我们邓氏祖先争光……

当天下午，邓香云陪我到邓禹公的故里——南阳新野参观考察。

第二天下午，我结束了邓州之行，分别时，刚好有中央、省领导到邓州视察，殷中玲主任非常繁忙，但她在百忙中还连同文化局闫富传局长、邓氏总会邓香云副理事长、《邓姓文化》杂志执行主编王春玲等专门抽空前来与我寒暄告别。短短两天邓州故里行，感受良多，有诗为证：

寻根问祖到邓州，邓姓文化渊源深。
血浓于水故里情，子孙后代莫忘根。

9月24日，我们乘车来到了黄帝故里——河南新郑市瞻拜黄帝，在展厅里看了大量的史料，黄帝对炎黄子孙的贡献、博大精深的黄帝文化，真是让人难以一一言表……

我这次河南寻根还有一个目的和心愿，

就是要找到邓禹公墓,谒拜邓禹公。在邓州时邓香云等介绍说:邓禹公墓在河南省沁阳市城西三公里王曲乡里村村东部。9月26日我们驱车赶到那里,询问当地几个老人,其中有个叫张仁强的老人说他知道邓禹公墓在哪里,他热情地带我到了墓地。这是一座馒头形的大土堆,面积约有两千多平方米,南临里村学校,西北两面为居民区,东面为耕地。世事沧桑,墓地已面目全非,没有墓碑,没有任何文字记载,仅剩一堆土,四周围盗洞无数。我询问了周围好几个老人,他们都说这是邓禹公墓,墓内文物早已被盗墓贼掏空,仅剩地下墓室。我在南端一洞口处烧了香纸。后又到沁阳市文物局了解,该局田局长非常热情地介绍说:邓禹冢规模很大,地下有12个墓室416平方米,因文物等全部被盗光,没有任何文字记载,仅剩一尊石辟邪,邓禹冢已被河南省政府列入重点文物保护单位……

当天晚上,我回到旅馆,查阅了大量的史料,发现在一资料中记载:"邓禹墓位于河南济源漭水河畔南200米御驾村,现有一块高1.4米、宽0.8米的墓碑。"碑文载:"汉先贤仲华邓禹之墓。康熙二十四年知济源县令尤应运立。"这个资料的新发现使我彻夜难眠,巴不得马上到那里看个究竟。第二天清早,我乘车到了济源,先找到济源市文物局,该局副局长曹国正,拿出清代《济源县志》,该县志记载:邓禹墓在县东南漭水岸;邓禹,南阳新野人,而墓一在太康,一在济源……

曹副局长介绍说:去年该局为保护邓

禹墓碑，已经把邓禹墓碑从墓地搬回存放在济源县博物馆内。曹副局长随即带我到博物馆仓库看邓禹墓碑，我给墓碑照了相，并认真看那墓碑上的文字，上面写着："汉先贤仲华邓禹。知济源县令尤应运，儒学教谕，许擢训道王钦，典史马鸣鉴。大清康熙二十四年仲冬吉旦。"看了碑文后，文物局的卢化南先生带我来到御驾村邓禹公墓旧址。观察此墓，南北东向均被建为住宅区，西侧有一简陋的工厂区，四周被蚕食，墓地仅剩下一亩多地。我先采访了御驾村老人杨锦海、杨锦忠、杨长水等人，据介绍可知：邓禹墓冢在"文革"之初还有两丈多高，十四五丈长，冢上有大柏树，粗近两围。墓早已多次被盗，墓冢土堆在"文革"期间更是被生产队取土逐年挖掉。当时杨锦海亲自参与挖土，挖到底部的墓室，还挖有一个猴头印章，是篆字，当时他们看不懂；另还挖出一把腐蚀生锈严重的钢宝剑，印章和宝剑已被当时的公社书记转交博物馆。因当年正值"破四旧"，文物不被重视，也没有人去研究，出土文物被放在博物馆仓库内，猴头印、宝剑现已不翼而飞，公社书记及博物馆保管员等当事人已去世，无从查证。据杨锦海介绍，墓内还挖出一具马骨骸，旁边有一具蹲着的尸骨，可能是马夫，还有二男三女五具骨骸，可能是陪葬者，主墓室很大等。

我跪在禹公的荒冢前，烧着纸钱香烛，仿佛禹公高密侯的高大形象浮现在自己眼前，当年禹公在万人之上一人之下，云台首相，家声显赫，如今却荒冢一堆，杂草丛生，此情此景使我顿感心伤……

寻根中原：老乡，你贵姓

林姓中原寻根

林　华 | 文

中国的姓氏文化源远流长，当每个人呱呱落地时，姓氏就会伴随自己一生。姓氏在人的一生之中无时无刻不被提及，如上学时老师的点名、长大后办理各种证件都是以姓氏为开头。当人们对一个人记忆稍微有些模糊时，也会记住对方的姓氏，人们习惯性地在对方的姓氏前加个"老"或"小"字，这样的称呼显得是那么亲切、那么温暖。

林姓在中国姓氏中排名第十六位，属于人口众多的大姓。林姓的起源有三种：

一、林姓出自子姓，血缘始祖相传源自国神比干。"三代孤忠"的比干以忠正敢言而闻名，后被暴君纣王挖心，他的夫人妫氏逃难到今天的河南卫辉、淇县一带的长林，生下一个儿子。周武王姬发灭商后，赐他儿子林姓，并封在博陵（今河北安平一带），此人就是林坚。林姓由他最早发源，后人尊他为"受姓始祖"。林坚的子孙后来形成了著名的"西河郡""济南堂""下邳""晋安林氏""九牧林"等郡望，还有"问礼""九龙""忠孝"等堂号。

二、林姓的另一个起源是姬姓，是东周周平王姬宜臼的小儿子姬开，他的子孙以他的字"林"为姓。因起源于今河南洛阳一带，林姓谱系中就有了"河南林"之谓。

三、北魏孝文帝迁都洛阳时，将鲜卑族等原先丘林姓氏的都改成林姓，并注籍为河南洛阳人。其他少数民族中有满族的林佳氏和布萨氏也都有改姓林。

史载，殷商太师比干被商纣王所害，正夫人妫氏甫孕三月，逃出朝歌，于长林石室之中而生男，名泉，字长恩（林氏受姓始祖）。周武王牧野之战大败商军，公元前1046年，周武王姬发灭商建周后，旌

【作者简介】
　　林华，河南焦作人。焦作市作协会员。因小儿麻痹致左腿疾，从小酷爱文学，有多篇文章在国家、省、市文学比赛中获奖，著有长篇自传体情感小说《残缺人生更美丽》等作品。

表比干忠烈，征觅其后嗣，命闳夭给比干在朝歌南汲（今河南卫辉）境内封墓，夫人携泉归周。因泉生于长林石室，周武王封比干垄，垄为国神，赐姓林名坚。念林坚乃商汤之后先王之胄，且能远避纣乱而不绝其世，乃拜坚为大夫，食邑清河。后封博陵公，食采二千户，采邑博陵，故林氏总堂号为"西河堂"。

林姓的发源地是今天的河南卫辉以北地区，那里的比干庙是众多林姓子孙前去祭祖的圣地。

三年前，作为我们这支林家的长孙，我有幸在爷爷那里亲眼看到、亲手摸到了那一张张纸张发黄的《林氏族谱》。爷爷作为我们这支林姓族人中年岁最高的长者，一直默默地守护着这本沉甸甸的族谱，呵护着我们林姓家族不断繁衍生息、子孙满堂。每当我们这支林姓家族有添丁添口时，爷爷都会在林姓祖先牌位前上香叩拜，然后十分庄重地用毛笔一笔一画地写上新丁的名字。如果我们这支林姓家族里有子孙结婚的，爷爷也会把新过门的媳妇叫到跟前一字一句耐心地给她讲解我们这支林姓家族的历史，并且认认真真地把新过门媳妇的姓写在《林氏族谱》里。在我们的这本《林氏族谱》里，男丁有姓有名，女子有人数记录却无名，男丁配偶也只写上姓氏，这也许就是古代男尊女卑的体现。

我们这支林氏根脉祖祖辈辈一直生在中原，长在中原，我们这支林氏根脉身体里流淌着中原大地的血脉。每年爷爷都会带领我们这支林姓族人前往河南卫辉的比干庙参拜我们林姓的祖先比干。每隔几年林氏祭祖大典在卫辉比干庙隆重举行时，爷爷都会要求我们这个大家族里的人都去观礼祭拜。爷爷说，我们不仅仅是在拜祭我们林氏的祖先比干，更是在感恩中原大地这片温暖而又富饶的土地养育了我们这些林氏儿女。我们林氏的根在中原，我们林氏的家在中原，我们林氏的血流在中原，我们林氏的心在中原。

爷爷每次从林氏祭祖大典回来都会对我说："若干年后，我们这本沉甸甸的《林氏族谱》会传到你的手上，爷爷不求你像《林氏族谱》上那些'大人物'一样光宗耀祖，爷爷只希望你能把咱们林氏家族的精神发扬光大，因为，我们林氏家族的血脉在黄河，我们林氏家族的魂在中原。"每当听爷爷说这些话时，我的心里都会顿时感到一份沉甸甸的责任压在心头。

作为林氏后人，我始终以我的姓氏为荣，我始终以我的根在中原而自豪。中原大地成千上万和我一样的林姓族人在默默地为中原之崛起而奋斗，我和他们心中都怀揣着一个中原梦。

寻根中原：老乡，你贵姓

封丘之边

卧以游之 | 文

2001年回诸暨边村老家过年，照例参加迎太公的活动。边村边氏的先祖，是北宋大臣边肃。北宋末年与南宋初年，其后裔南迁浙江。边肃是楚丘人，因此边村边氏的根应在河南。在村里举行的祭祖仪式上，我看到一面鲜红的锦旗，上面写着"同根同宗"四个字。这旗是河南封丘边庄送的。1998年，村里曾组织一个代表团，去封丘边庄访问；1999年，封丘边庄派人来诸暨边村回访，送了这面旗。因工作关系，我常去河南郑州，也常有去封丘看看的念头，但因时间紧张终未能成行。今年10月6日，我去郑州开会，刚好有空儿，我就请朋友开车，到封丘去寻一个同样以边为名的村庄。

封丘在开封东，离郑州大约八十公里。到开封过黄河大桥就是封丘了。边庄在封丘县的郊区，离县城只有一二公里。我们没费多大劲儿，就找到了目的地。

10月，正是收获的季节。进村的路上晒满了金黄的玉米，路边堆着玉米秆子。到了村里，我们看到村里的房子大都较旧，灰蒙蒙的。但一家一户都独门独院。种着树木、花草，挂着的玉米棒子，翠绿和金黄相互映衬，更添了农家小院的别致。经打听，我们找到了边庄村委会，门口就碰到了村会计。说明来意后，村会计立即带我们进了村委会办公室，为我们拿出了边庄的家谱。

村会计拿出的封丘边庄边氏家谱，是1924年修制的。他们叫《九修家谱》。封面印有徐世昌的题字。过去我收藏过徐世昌款的笔筒，因此对此人有所了解。徐世昌是河南人，曾是袁世凯的把兄弟，当过

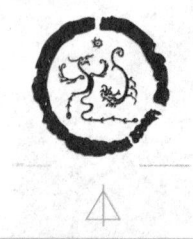

【作者简介】

卧以游之，浙江人。

国民政府的国务卿。为边庄家谱题字时,他已下野,以编书、画画、写字遣兴。《九修家谱》共四卷。看家谱记载,得知边庄始祖为边成,明代由滑县迁入封丘。滑县在封丘北,相距约80公里。诸暨边村也保存有一部完整的家谱,也是民国时期修的,准确时间是1920年。好像是第三十二次重修。边村家谱记载,边村边氏是南宋初期的1129年前后从河南南迁而来的。始祖是边谨。边谨的先辈是边肃。边肃做过北宋的工部侍郎,是楚丘人。楚丘故址即在滑县。

边庄《九修家谱》卷四有附录,是边氏谱系图。边肃为七世祖。其子为调。调有五子,其中有珉、珣、理等。这与我们家谱记载有所不同。边村家谱肃后有三子,为容、守、完。边村边氏属守一脉。完一脉有珣、理、珉。封丘边氏,可能是完一脉的。不管怎样,边村与边庄是同根同宗。不过边村比边庄历史更悠久一些。

看完边庄的《九修家谱》后,村会计又带我们去参观祠堂。祠堂在村东。据称为明代建筑。祠堂规模极小,只有一二间屋的样子。屋内供奉自明代边成之后各代祖先的牌位。边庄边氏共繁衍二十四代,现在辈分最大的是第十六世。现全村一千三百余户人家,大都姓边。

祠堂再往东是一片墓地。村书记得知我们的到来,即骑摩托车过来,陪我们参观墓地。墓地规模很大,周围松柏郁郁葱葱。书记介绍,过去这里古木参天,"大跃进"时砍完了。现在的柏树是后来又栽的。墓地内立着不少墓碑,从墓志铭看,有大学士、庠生等。看来还是重视耕读的。另外我们还发现有不少石人、石马、石羊雕像,为显达人家所能拥有的。一个村的墓地能有这样的规模,也是比较少见的。

参观完毕,我们准备回郑州。但村书记执意留我们吃午饭。我们一起到了封丘县城,找了家饭店,点了几个菜,像一家人一样边吃边聊。席间我朋友出去把账结了。边庄虽地处县城附近,但经济仍不发达,我们不忍心让他们破费。临走时,他们还念叨此事。边村与边庄相隔千里。村民的鼻梁都很挺,容貌有相似之处,有同样耿直的性格和耕读传家的传统,这是同根同源的缘故吧!

寻根中原：老乡，你贵姓

烂 郭

郭良正 | 文

前年，我在洛阳听了一个讲座，主讲是一位二十多岁的年轻人，他自我介绍说姓郭。因同姓的缘故，我对他马上产生了亲近感。趁课间休息，我与他搭上了话："你的课讲得不错呀，一家子。"

"哦，这位老师您也姓郭？"说着，他伸手和我握在了一起。

"是呀，我也姓郭。"我附和道，"郭姓人家就像天上的星星，走到哪里都能够遇到本家啊。"

随后，他又问我一个让我认为不该是他这年龄段的人会问的问题："你是烂郭，还是囫囵郭？"

我哈哈大笑起来："当然是烂郭呀。"我这样一说，他兴奋得竟然直接把我抱了起来："这样咱就更近了。"

为什么一个有关烂郭和囫囵郭的问题，能够引起同姓如此亲近的兴趣呢？其实，这里就涉及中国的姓氏文化了。

据有关资料记载，郭姓来源有四个，简单来讲分别是：夏商时代郭支、郭崇的后代；以外城的居住地为姓；出自姬姓的演变；由冒姓和改姓演变而成。

中华几千年姓氏的演变，大都充满着腥风血雨和喜怒哀乐，郭姓的演变也不例外。传说在大迁徙或大融合当中，某年某月的某天，在某地郭姓的这一支脉人家，面临着分崩离析的现实困境。族长眼看着亲热和睦的众人无望再在一起生活了，就把用了多年的一口大锅，当场摔烂成18块铁，分给即将各奔东西的领路人，并嘱咐道："倘若后代有相见之日，以所带信物——铁锅块相认，碴口对一起吻合者，方认为是一家

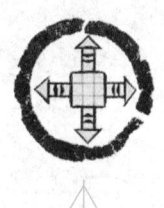

【作者简介】

郭良正，笔名"东壁逸人"，河南泌阳人。中国化工作协会员，鲁迅文学院学员。出版有小说作品集《中山街往事》和长篇小说《山雨欲来风满楼》等。

人。"

  这一传说，传了一代又一代，传了一人又一人。千百年过去了，传说不但没有被淹没在历史的长河里，反而更加发扬光大了。清楚记得二十多年前，我即将赴外地参加工作时，父亲再一次给我交代："咱是烂郭的后代。"看着父亲昏花的老眼，我双眼也湿润了，并牢记了他的嘱咐。

  原本我想，这一烂郭的传说仅限于俺们这一区域而已，没承想穿州过县上千里的外地，照样能够找到烂郭的回音。为了对这事儿追根溯源，我翻阅了有关姓氏的典籍，始终找不到这一说法的出处。于心不甘之余，又到互联网上搜索，结果虽然依旧没有搜到所要的答案，却发现不仅仅是我一个，还有其他不少郭姓人对此也感兴趣，并提出了几乎相同的问题。看来，烂郭，在我们郭姓的人群里，更多的只能算是个传说了。

  多少年过去了，任何一个烂郭的后代，也不可能找到祖辈初始得到的那块铁锅块了。但一句简单的交流，拉近了距离，使原有的生疏变得熟悉起来，文化和亲情就这样通融在了一起。

  在一个笔会上与人闲聊时，一个其他姓氏的文友说起自己姓氏的出处，也讲了一个几乎相同的故事，他们也是18块锅铁的传人。不能仓促地定论谁真谁假，至少是都有这方面的文化基因。即使都有真凭实据，在那个大炼钢铁的年代里，我们为之珍贵的信物——铁锅块，恐怕也早已熔化在火红年代里了。

  在我们强调自己是烂郭的同时，也有人有自己是囫囵郭的真诚表白。无论是烂，还是囫囵，都是构成这个中华大家庭的一员，对谁都没有必要排斥和非议。

  对自己姓氏历史的回眸，也是对中华文明演进史的回眸。没有典籍的口头传承，更能彰显这一文化的强大生命力。毫无疑问，烂郭的传说已构成了非物质口头文化遗产的组成部分了。

寻根中原：老乡，你贵姓

齐家根缘

齐祥林 | 文

第一次见家谱，是在年龄极小的时候，一个堂伯拿给我看的。其时，我好像是刚读了小学，刚识得几个字，堂伯拿了家谱寻了来，至于何事，倒是忘了。那位堂伯如今已是去世多年，他在村子里的口碑并不算是极好的，倒是我，至今想起他，都觉得内心温暖，毕竟，他待我甚至待我们那个穷家，终归是极好的。每每，母亲都会念及他的好，念及极其困难的那些年，他慷慨相助的旧事。在我的记忆里，不止一次，有他带了我去县城里打牙祭的事发生。

后来，及至长大，慢慢对我们的关系理出个头绪之后，我才清楚，他即是我的堂伯，他的父亲同我的爷爷是亲兄弟。他是大房长子，也是唯一的儿子，只是在他这里，竟然生养了五个儿子。二房举家外迁，无需多言。而我的爷爷行三；至我父亲这辈，兄弟三人；再至我这一辈，三兄弟竟然只有我这么一个男娃后生。他家的五个儿子都比我年长，算起来，我竟是这个家族里的"小六"。大抵是最小儿子的缘故，这堂伯对我的好也便顺理成章起来。

那次看我们的齐家家谱，虽然难以记起家谱之中的只言片语，却对有此一事印象深刻，至今未忘。

我是我们这一房三兄弟唯一的男娃，我的儿子便自然成了"三亩地里一棵苗"，我的几个姑姑，外加七个姐姐一个妹妹，都对我的这个儿子宠爱异常。这份异常竟让原本对"家族"之事漠不关心的我，也渐渐地上了心。每每同年迈的大伯二伯大姑二姑三姑闲聊时，我都不自觉地会问起一些以前的事儿，比如，我爷爷奶奶的名字、生平，甚至他们的爷爷……他们的记忆零零碎碎拼凑起来，倒也能让我对我们这个家族

【作者简介】

齐祥林，河南扶沟人。目前供职于新疆克拉玛依油田公司。偶有文学创作，作品散见各地大小报端。碌碌数年，仅出版一本散文集《无言终忘言》。

的历史有了影影绰绰的记忆。而这些，是需要由我在适当的时候，来告诉给我的儿子，然后由我的儿子往下传……否则，终归是会有一天，我们记不起我们的祖宗，记不起我们"来自何方"的。

或许，这是每个中国男人的情结吧。

也因了这个情结，今年清明回家给我的爷爷奶奶上坟的时候，顺便也给不远处我的那个拿家谱给我看的堂伯烧了纸。从坟上回来，一大家子平时难得聚到一起的亲人们闲聊之余，我又念道起那本家谱来。堂伯不在了，那本家谱如今何在？

有人回说，在他家老二那里放着。

有些震惊。他家老二是个跛子，五十多岁，至今未娶。而且，至少在我的印象中，或许因了身体上的异于常人，倒养成了那老二待人极为刻薄的性格，到底不是那种德高望重之人。从小到大，我是极少与他讲过话的。由他掌管整个齐氏的家谱，总感觉有些诡异。

依旧不是很情愿与他多讲话，便派了本家的一个侄子去向那老二讨要来家谱翻看。侄子取了家谱回来，笑笑地说，二伯说了，看的时候要小心些，早看早还。

虽是笑说，听了总免不掉尴尬。听说别的家族的家谱，多是本姓人家各家皆有一册在手的。倒是我们齐家，至少我们这个庄子上，竟然只有这一本。大家都是齐家的人，看看自己的家谱，竟然倒像做了不应该做的事、欠了他偌大一个人情一般。

《齐氏族谱》再次在手，终于能够细致翻阅了。这时，才发现，那家谱竟然是1988年续制的。想想这续制而成的年份，再想及当初堂伯拿给我看的年份，大抵，我第一次看它的时候，它应该是崭新崭新的。转瞬间，竟是匆匆将近三十年的光阴过去。当

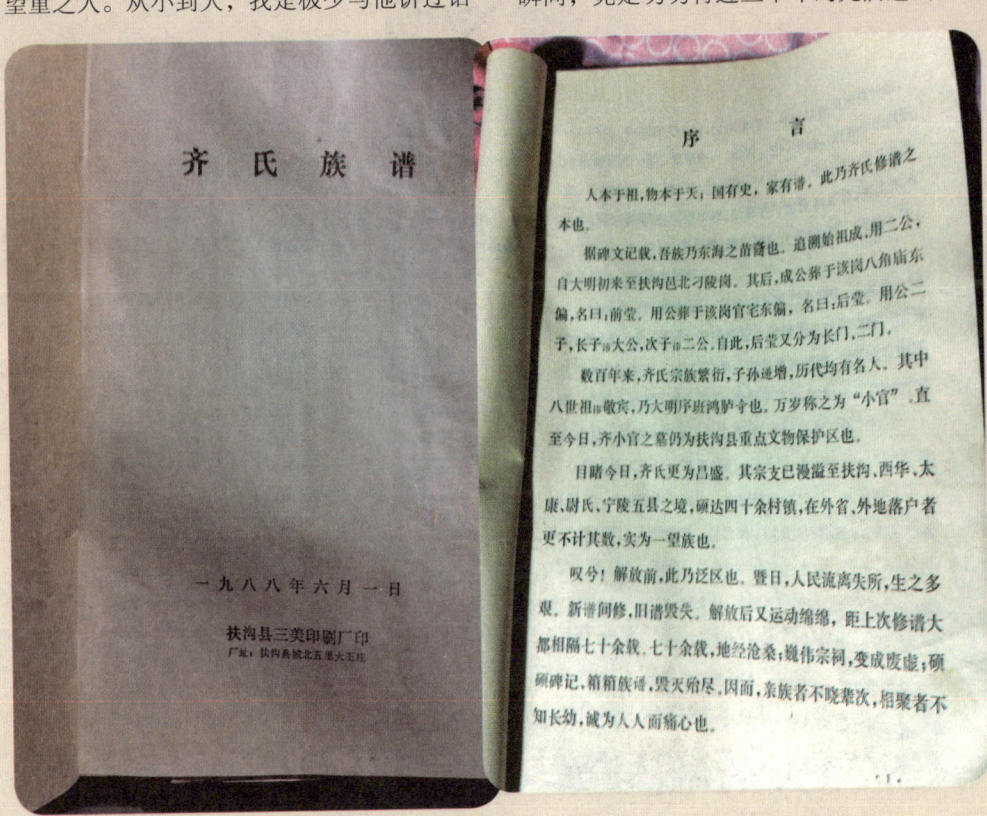

初崭新的《齐氏族谱》，如今也变得破旧不堪，甚至连封皮都用透明胶给修补了起来。

翻看内容，首页是有关1988年修家谱诸事的记述，由谁主持，由谁辅助，经历了何种困难，甚至为修这家谱，各家出了多少份子钱，皆有记录。最后各庄主持人的名录里，有我的那个堂伯的名字在。让我吃惊不小的是，我父亲的名字竟然也赫然在列。关于此事，父亲先前竟是对我只字未提过。事后，我就此事问父亲，父亲依然是一副无所谓的表情回了一句：你以为是个人儿就能在那上面留名字的啊？

再往后翻，便是我们这支齐氏家族的历史综述。据载，我们这支齐姓人家，是在明朝初年，从安徽蒙城迁移而来的。至于明朝之前、蒙城之齐根，家谱之上未言，我更

是无从知晓，这大抵是要留给我们这些齐氏的后人去研究去探求了。家谱上有记载的，是我们这支齐姓人家迁移至此的始祖名讳齐成。他有兄弟齐用，亦一同迁至这里。我们这一支，属齐成之后。至1988年修家谱的时候，已传至第十八世。

在此之前，也是有《齐氏族谱》的。

也是在我读小学的时候，某一年，就在我们庄子后面的土冈上，挖出了一座古墓。据墓里出土的石碑记载，该墓是一座明朝的墓，墓主名为齐敬宾，官至光禄寺卿。在那块出土的石碑上便有"《齐氏族谱》创修于明万历二十五年"的碑文。既然有如此记述，那齐敬宾自然是明万历二十五年（公元1597年）之后的人，自然也是我们这支的齐氏始祖齐成的后人了。只是可惜，这本创修于1597年的《齐氏族谱》，早已失传。

想想，始祖齐成明朝初年（明朝建立于1368年）迁移至此，至1597年创修家谱，这中间，亦是匆匆过去了二百余年。

在另一块同样出土于本地的石碑上记载，始祖齐成，祖上乃"直隶蒙城"人。明朝初年，建都于南京应天府，这安徽的蒙城，被称为"直隶"所属，倒也说得过去。史载，明王朝1421年便已迁都北京。既然齐成祖上乃"直隶蒙城"人，那齐成迁至我们这里，应该是1368年至1421年这53年之间的事。历史即是如此，根据各种线索，推来演去，我们所能明了的细节终会越来越"细节"。

明朝初年迁至我们这里的齐氏始祖，二百多年之后的1597年

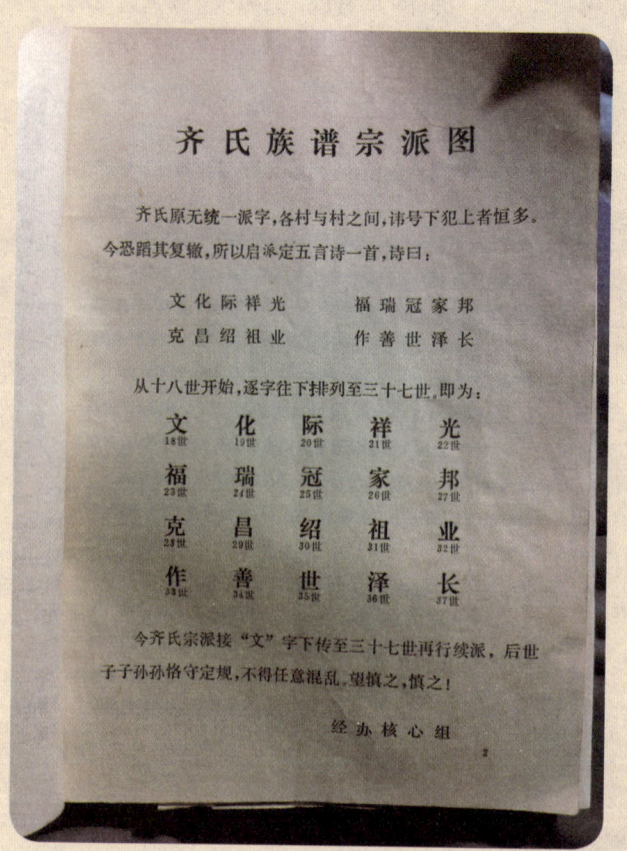

终于创修了至今我们所能知道的第一本《齐氏族谱》，却又不幸失传。再续，竟然又是将近四百年之后的1988年。这中间，"断档"的六百余年，到底发生了什么？又有谁能来回答？六百余年，十八世已匆匆过去。

1988年版的这本《齐氏族谱》之上，齐氏迁移史之后的那一页，便是1988年重新议定的齐氏从十八世排字辈："文化际祥光，福瑞冠家邦。克昌绍祖业，作善世泽长。"

只是，这本家谱上，第十八世的人名记录仅有一人。第十九世，便是我爷爷那一辈了，记述倒还详细。更详细的，便是第二十世，我父亲那一代，因为这本1988年版的《齐氏族谱》能够得以修制，恰是这些当时还正值盛年的他们付出了努力。

翻看这本家谱，我才第一次知道，我属于我们这支齐氏家族的第二十一世，属"祥"字辈；我才知道，我的名字的由来；我也才明白，当初我给儿子取名字的时候，为什么我的父亲一直坚持要在孙子的名字里带个"光"字。

只是可惜，这本1988年版的《齐氏族谱》至今也有将近三十年没有更新换代了。翻看家谱，铅印的人名后面，竟然发现有各种各样的手写体人名，想来，这些年里，借看家谱的齐姓族人不只我一个。大抵是某一

户齐姓本家里新添了男丁，无论是当了爷爷还是做了父亲的，内心底里都会有件事让他念念不忘，那就是找来家谱，把自家新添的这个男娃的名字续写在自己的名字后面，那是生命的延续。没有丝毫炫耀的意思，只是想让自己辛苦半生甚或一生的某些东西，能够有所归有所续有所终。

我喜滋滋地把这一发现告诉给周围的老一辈亲人们，老人们怂恿着我，赶紧把我儿子的名字也写上。郑重地拿笔写了，不仅是儿子的名字，也同样学着别人的样子，把女儿的名字也赫然写在了自己的名字后边。

家谱之上，女性是只有人头数而没有名字留下的，即便是妻，也只是一个"徐氏""刘氏""王氏"的符号。这是几千年男尊女卑中国社会的真实体现。只是，到如今的这个年代，在我们这第二十一世的一代齐家子弟的眼里，女儿跟儿子一样，是自己最心疼的那个孩子。怎么能够，在我们自己的家谱上都找不到她的片点影子呢？

如今，庄子里的年轻人越来越少，守望着这座六百余年老庄子的，大都是这些个齐家的老人们。像我这样的青壮年，大都一个接一个地远走高飞，落户他乡，生儿育女。我们的儿子的身份证号都不再带有故乡的任何信息。可是，有些东西，真的是无法断得了的。

1988年的《齐氏族谱》就这样随着日月的久深而泛黄着，定格着我们父辈的故事；近三十年了，还要再过多久，才会有像我们父辈当年那样的人再次出面，主持修制、更新这本老家谱？不得而知。如今，正值青壮年的我们，大都混迹于异地他乡的城市里，户口虽迁移他乡，但我们心底的故乡却终究不在那里，终究还在那片我们的族人辛苦耕耘了六百余年的田野；我们为着生活终日在他乡奔忙，偶尔闲暇，或念会起，但要让我们像我们的父辈当年那样细致地完成续制家谱的事儿，谁又会有那样的大块时间呢？

我想象着，如果，当我老了，当我退休之后，我定会像妻所说的那样，回到老家，把老屋修缮一下，倒饬出一块小菜园，打理菜园之余，笼着袖筒，坐在院外墙根儿处的阳光下，和齐家的乡里乡亲话家常，念念逝去的人，道道那陈年旧事。如果，真的有那样的时候，如果，到那时候，这本1988年版的《齐氏族谱》依旧是我们这支齐家的唯一，我定会出面，迈开我年迈蹒跚的步子，走东家串西家，听取每户齐姓人家的故事，记取每户齐姓人家新添人丁的名字，把那家谱细致地修订。不为别的，只希望我们都能够有所记得，记得我们这支齐姓人家的根缘，记得把我们这支齐姓人家的朴素的家风一代一代传下去，永不忘却。

康氏家训

袁炳龙 | 文

【作者简介】
袁炳龙，河南封丘人。现居江苏南京，新媒体人。

不久前，我带着父亲和儿子，到位于河南巩义康店镇的康百万庄园转了转。

康百万庄园位于河南巩义市康店镇，距市区四公里，始建于明末清初。由于它背依邙山，面临洛水，因而有"金龟探水"的美称。

康家从明朝中期以经营店铺起家，靠漕运发家，土地兴家，耕读传家，留余治家，以地为本，亦农亦商。凭借黄河、洛河舟楫之便，做漕运运输，陆地采用高脚队运输，经营盐业、木材、粮食、棉花、丝绸、钱庄等业。到清代中期，康百万家族富甲豫、鲁、陕三省，船行洛、黄、运、泾、渭、沂六河，两次悬挂"良田千顷"金字招牌，土地达18万亩，财富无以数计。民谚称其"头枕泾阳、西安，脚踏临沂、济南；马跑千里不吃别家草，人行千里尽是康家田"。明清时期，康百万、沈万山、阮子兰被中国民间称为"三大活财神"。然而，世事沧桑，好景难留。康家盛极一时的辉煌，挡不住时代洪流的席卷，最终走向衰亡，徒留下一座古民居群落。

康百万庄园是17、18世纪华北黄土高原封建堡垒式建筑的代表，它靠山筑窑洞，临街建楼，濒河设码头，据险垒寨墙，是一个各成系统、功能齐全、布局严谨、等级森严的大型封建地主庄园。庄园以寨上主宅区为核心，向寨下其他区域以扇面形式展开，建成功能不同、形式各异的群体院落。深宅大院，重脊高檐，垂花门楼，间或以假山、曲廊的"障景"作点缀，达到移步换景的艺术效果，一派庭院深深的幽雅与宁静。既保留了黄土高原民居和北方四合院的形式，又吸收了官府、园林和军事堡垒建筑的特点。在20世纪六七十年代，它与四川刘文彩庄园、山东牟二黑庄园被列为"全国三大庄园"，而康百万庄园在时间跨度和

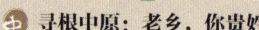

占地规模上均居首位。

庄园宏大,一圈儿转下来,倒也了却了不少疑问。至少,就此得知,"康百万"并非特指某一个人,而是明清以来对以康应魁为首的整个康氏家族的统称。另外,也对这个康氏家族的兴衰有了全面的了解。康氏家族纵跨明、清、民国三个历史时期,富裕十二代,历经四百多年的辉煌,堪称历史上豫商的杰出代表。常言道:"富不过三代。"可康氏家族,从明代到现代有功名的人物有412位,上自六世祖康绍敬,下至十八世康庭兰,一直富裕了十二代、四百多年,让我不得不对康氏家族教育子弟的家训产生了极大的兴趣。

康氏家训,如果总结起来,就两个字——"留余"。这"留余"家训最明显的体现就是康百万庄园里的"留余匾"。

"留余匾"是康家珍藏的中华名匾之一,现悬挂于康百万庄园主宅区一院过厅内,是康家教育子弟的家训匾,也是儒家"财不可露尽,势不可使尽"中庸思想的集中体现。"留余匾"造型独特,形似一面展开的上凹下凸形的旗帜。上凹意为,"上留余于天,对得起朝廷";下凸意为,"下留余于地,对得起百姓与子孙"。匾上共172个字,正文为:

留耕道人四留铭云:"留有余,不尽之巧以还造化;留有余,不尽之禄以还朝廷;留有余,不尽之财以还百姓;留有余,不尽之福以还子孙。"盖造物忌盈,事太尽,未有不贻后悔者。高景逸所云:"临事让人一步,自有余地;临财放宽一分,自有余味。"推之,凡事皆然。坦园老伯以"留余"二字颜其堂,盖取留耕道人之铭,以示其子孙者。为题数语,并取夏峰先生训其诸子之词,以括之曰:"若辈知昌家之道乎?留余忌尽而已。"时同治辛未端月朔,愚侄牛瑄敬题。

大意为:留耕道人王伯大的《四留铭》中说:"留有余地,不把技巧使尽以还给造物主;留有余地,不把俸禄得尽以还给朝廷;留有余地,不把财物占尽以还给老百姓;留有余地,不把福分享尽以留给子孙后代。"大概老天爷反对贪得无厌,做事过分。因为太过分了,没有不留下悔恨的。明朝隐士高景逸说过："遇事让人一步，自然有周转的余地；遇到财物放宽一分，自然就有其中的乐趣。"推而广之，所有事情都是如此。坦园老伯把"留余"二字题于匾额，挂在堂上，大概就是采用留耕道人的《四留铭》来告诫他的后代子孙吧！为你们写这几句话，并取夏先生教训他儿子的话，概括起来说："你们这些后辈知道发家之道吗？那就是凡事留有余地，不做尽做绝罢了。"

据介绍，康家当年之所以有这样一个家训，缘于他们自己对生活的深刻领悟。他们认为，财富是有限的，不能不加限制地使用，应该留有余地，给子孙后代留下继续富裕的资本；做事不可做绝，必须给自己也给别人留下余地，只有这样才能连绵不断，保持家族的兴盛。

康百万为什么能够富十二代？一个封建旧地主，如果没有很好的传家理念，不会这样财富不断并且民怨极小。通过导游的介绍，我们亦可窥见一斑：

康家如此有钱，其祖先却留下遗训"一夫一妻，不许纳妾"；

康家注重教育，请最好的教书先生开设私塾，甚至连厕所内也放有书案，摆着笔墨纸砚，告诫子弟充分利用一切时间学习；

康家不露富，不铺张，就像他们盖的宅院，虽然高大宽敞连成一片，但外表却很简朴厚实，并不是金碧辉煌；

他们富有却讲理，不欺压百姓，一进康家大院便见到一口叶氏井，据说康家扩建住宅时买了叶家的地，但是叶家卖地不卖井，所以康家一直允许人家来打水，世世代代承认井是人家的，连名字都不改；

…………

其实大家看到"留余"两个字，都会产生很多思考，这可以说是康家致富和保富的精神内核，或者说是精髓所在。无论是经商还是做任何事，都要留有余地。穷奢极欲，占尽风光，不让寸分，常常应了物极必反的道理：树大招风，越是站得高越有可能跌得重。而处处留余才能宠辱不惊，成不招人嫉恨，败也能留有空间，从头再来。

最后，我们发现在康家一个普通的石头桌案下，藏着一个"石案铭"。如今，铭文已被后人刻在了一块石板上供人观赏。但原本的这个"石案铭"却非常隐蔽，康家人必须用水盆或者镜子在石案下映照才能看到。即便是教育子孙，康家也是秘不宣人，留有余地。

从康百万庄园归来，网上查"留余"，看到下面这九个"留余"。看来，留余，彰显的是中国传统文化，是中国人普遍的做人准则，只可惜，以下"留余"，凡事争强好胜、好狠斗勇的今人又有几人能做到？又能做得了几"余"呢？

知人不必言尽，留三分余地于人，留些口德于己；

责人不必苛尽，留三分余地于人，留些肚量于己；

才能不必傲尽，留三分余地于人，留些内涵于己；

锋芒不必露尽，留三分余地于人，留些收敛于己；

有功不必邀尽，留三分余地于人，留些谦让于己；

得理不必抢尽，留三分余地于人，留些宽容于己；

得宠不必恃尽，留三分余地于人，留些后路于己；

气势不必倚尽，留三分余地于人，留些厚道于己；

富贵不必享尽，留三分余地于人，留些福泽于己。

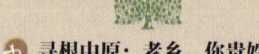

寻根中原：老乡，你贵姓

修 家 谱

韩晓民 | 文

雁过留声，人过留名。人在世上走一遭不容易，百年时光，转眼即逝，做成了一番大事业，自然有人为他树碑立传；如果平庸一生，还想让子孙后代记住他的名字，就得靠家谱。

家谱，又称"族谱"或"祖谱"，是记载一个以血缘关系为主体的家族世系繁衍的情况和重要人物事迹的特殊载体，内容包括家族渊源、迁徙变化、辈分传承、家族名人、重大事件等。家谱的形式多样，但流行于许昌的主要有两种：一是写在一张纸上，装裱后挂于中堂；二是装订成册，便于收藏和保存。

可不要小看家谱，它是中华民族特有的文化现象，有人认为，家谱是历史文献的重要组成部分，它与正史、地方志共同构成史料的三大板块，换句话说，家谱就是家族的文史资料。人们历来对家族、身世看得很重，如果家族中曾经出过了不起的人物，子孙后代，甚至几十代的子孙都觉得脸上有光，"名人之后"的头衔很耀眼。比如刘备，原来的身份是"贩履织席"之徒，一翻家谱，竟然是汉景帝的第十三代玄孙、靖王刘胜之后，这下可了不得了，摇身一变，成了汉献帝他叔，连关羽、张飞等部下都觉得没站错队，不保"根正苗红"的刘皇叔还保谁去？家谱还是家族成员的联络图和寻根问祖的证据，家族后人依据家谱去追寻共同的祖先。遇到同姓人，问问家谱，打探一番，如果同宗同祖，那就是遇到了亲人，便以家谱为纽带，加强联系，相互照应，家族的凝聚力就增强了。不忘祖先、缅怀先人是传统美德，如果有了家谱，祖宗八代，想缅怀谁是现成的；如果没有家谱，只怕知道曾祖父名字的人都寥

【作者简介】
韩晓民，河南许昌人。民俗专家、学者。

寥无几，更不用说向上追溯了。

旧时，民间有续写家谱的习俗，大多是每隔30年续写一次。族中出了社会地位高或经济实力雄厚的人，不让子孙后代记住他，似乎说不过去，于是就会出面主持编写或续写家谱。编写或续写家谱非常艰辛，还得花钱，而且不能给家族带来直接利益，所以干这活儿的人全凭一副热心肠。收集资料时，肯定得走访本族的有关人员，而且还不能有遗漏。家族成员在本地居住，还好办些，如果散居在外，修among人就得长途跋涉、四处寻觅，特别是在交通、通讯不发达的年代，编修家谱的难度不亚于唐僧取经。新的家谱修编完成后，还要向所有家族成员传送新的辈分名次顺序和相关信息，如果遭遇兵荒马乱或天灾人祸，家谱就可能丢失。

修编家谱要遵循一定的凡例，封面题写谱名，有的还注明编修时间、次数。接下来是谱序，内容涉及修谱缘由、姓氏渊源、家族迁徙等，当然，修家谱的发起人得重重地写上一笔。谱序要求语言简洁，还得有文采，所以多请文化人代笔。再接下来是世系图谱，也是家谱的主要内容，记载着本族成员的简况，即成员字号、父名讳、排行、生卒年月、功名、配偶、寿数等。常见的图谱式样有两种：横行体和直行体。横行体采用世代分格的形式，从右向左横排，五世一表，根据房份支派，将某房某一支派的五代安排为一个段落，编完了这一支，再编另一支的五代，依此类推。这种分法的发明者是欧阳修，称"欧式"。直行体也是从右向左排列，但世代间无横线连接，全部用竖线串联，这种方式适合房份不多、人口较少的家族，按照一辈一辈的序列，从第一世起，将所有同一字辈的人先后排列，然后再第二世、第三世，依此类推。这种分法的发明者是苏洵，称"苏式"。有些家族中曾经出现过较为著名的人物，他们的地位在家谱中也得突出出来，所以要单独给他们书写个人传记。如果家族中有人受过皇恩，"恩荣录"就成了家谱中的所谓亮点，皇帝的敕书、诏命、赐字、赐匾、赐诗、赐联、御谥文、御制碑文等内容都值得大为炫耀。有些家谱中还记述有家规、家训等，心细的修编者，连家族的家产、祠堂、坟茔都写进去。

家族是父系氏族的产物，女子虽也冠以父亲的姓氏，但一出嫁就成了"外姓人"，所以修家谱时，女儿名字不入谱内，只算人头儿。如果某人没有儿子，在家谱中就"绝了后"，这真让那些孝顺的女儿们失望、伤心。但是如果把女儿也列入家谱的话，她的后代是夫家的家族成员，夫家不答应，自家的家谱也乱了，所以，女儿不入家谱也不无道理，这似乎与重男轻女挂不上钩。

家谱曾被作为"四旧"大量销毁过，当人们重新认识到家谱价值的时候，续家谱蔚然成风。然而，现在有些人续家谱，带有盈利性质，交了钱就入家谱，不交钱就不登记；更有甚者，续写家谱为的是让家族中混出头脸的人"放点儿血"。这样的续家谱就完全变了味儿。

祭　祖

李兆庆 | 文

【作者简介】

李兆庆，笔名"剑锋"，河南台前人。作家，出版人。出版有诗集《鸟儿飞过的村庄》。北京写家文学院作家部主任、驻院作家，国际写家联盟中国区副秘书长。

　　在豫东北地区，乡民的祭祖行为一般在岁末徐缓有致地拉开了序幕，而且大部分是在腊月二十八至除夕这几天。年末将至时，家家户户都要把家谱、祖先像、牌位等供于堂屋的中上厅，安放供桌，摆好香炉、供品。在日子不富裕的年份，供品都是在平常儿孙孝敬的礼物中节省出来的，以避免在岁末祭祖时因供品单薄而出现捉襟见肘的窘迫。年景好了，供品一般在年末从容置办。乡民在岁末期间祭祀祖先、叩拜神灵，其实就是给祖先、诸神拜年。

　　祭祀的形式因条件而有所不同。一些祖上做高官而且人丁兴旺、财力雄厚的家族，往往建有本族的宗祠，俗称"家庙"，他们的祭祖活动则集中在这里举行。在祭祖的日子，当地本家各支系的主要男性成员齐集家庙，这与解放前祖屋大堂（宗祠）中只能让男性进入一样，有着性别的限制。事先已将应用的供器擦洗干净、供品预备齐全，把各代先人的神主（牌位）和画像（俗称"影像"）按辈分顺序摆挂停当。随后在德高望重的家族长的主持下，所有人按辈分高低、长幼顺序，分批向各位祖先上香行礼，态度虔诚，严肃有序，以叩谢祖先对后辈福佑及血脉传承之恩。

　　祭祀的本质是后辈对先辈的缅怀和纪念。每逢佳节倍思亲，尊老爱幼的传统习惯源远流长，最难过最伤心的莫过于想孝亲而亲不在，也就只能以祭拜埋葬有尸体或骨灰的那堆黄土来表达对已故亲人的思念了。一年到头忙忙碌碌，没有时间和仪式来表达对祖先的崇敬和思念，到了春节前正好是农闲时节，天气非常寒冷，家里男性成员前往祖先坟地跪拜，一下子拉近了生前与死者的距离，冬寒的瑟缩加上对生命易逝的一丝惧怕、对祖宗先灵的敬畏，构成一种心灵上的敬畏，这种敬畏会冲击或净化人的心灵，并完成一次对先祖感恩的情感交流。而在往返祭拜的路上，长辈们又会年复一年日复一日地向晚辈述说祖辈们的故事，想起一些讲一些，这些口头传承加深了后人对先人的崇敬和理解，感受到生命之不易。这种对祖先的敬畏既是一种压抑的力量，也是一种基于血缘的精神纽带，增强对家庭、家族的认同感、使命感、责任感。

现在回过头来想想，炎黄子孙的宗教是以家庭为独立单位的，我们没有统一的神灵，每个家庭都有每个家庭的"神"，那就是祖宗。如果说"宗教"在乡民们心里的位置如何的话，那就是炎黄子孙信"祖宗教"，以"祖宗"为崇拜对象，祖宗的牌位至高无上，祖宗的牌位随家庭迁徙，遇到难以定论的重大问题都得在祖宗牌位前论断处置。而祖坟更是神圣不可侵犯的，我们常常说一个人侵犯了另一个人的权益，会形容说，"就像挖了他家祖坟一样"，可见祖坟在中国人心目中的神圣位置，祖坟与中东问题中的"圣地"一样，具有象征意义。也正因如此，历代皇帝都把为自己修墓地看成天下第一大工程，倾天下之财力而为之。

以各家各户为单位的祭祖活动则是另一番形式。很多地方都是在除夕夜吃扁食前进行。用篮子盛着妇女剪裁折叠的纸马、元宝等祭祀品，还有几挂鞭炮、几个二踢脚，就踏上了祭祖的平台。除夕之夜来临前的傍晚时分点点香火、阵阵鞭炮都在完成一项中国民间的"宗教"行为：与祖宗交流，向祖宗交代，给祖宗送"钱"，念祖宗恩德，以及向祖宗祈福。中国自给自足的自然经济孕育了一家一户式的"拜祖宗教"，以家为单位，以血缘为纽带，承上启下，环环相续，使得我们的心灵得到慰藉，漂泊不定的灵魂有所依托，我们无论走到哪里，都有琳琅满目的祖宗保佑我们，每家的祖宗保佑每家的后代，责任清楚，各负其责，我们的信仰也是有"责任制"的。

先是到自家的祖林上祭祀，有的只是

磕头，有的还要用炕桌抬一桌子酒菜，俗称"给老祖宗送席"。祭祀的仪式当然是由辈分最高者领队进行。辈分高者在前面叩头，屁股后面一些辈分小者呼啦啦地跪倒一大片，紧跟着叩头，一招一式，有板有眼。辈分高者把炕桌摆在坟前，磕头行礼，再倒一盅酒于地上，照此依次祭完之后，把饭菜埋进土里，算是给祖宗们"送去"了；同时还要在坟前烧纸，算是孝敬祖先们过年期间的"零花钱"。这种信仰富有人情味，有田园牧歌式的诗意盎然，一块墓地前祭以食物，燃以香火，火象征着生命不息，而在寒冷的冬季里又给人以温暖、祥和；串串鞭炮炸响于沉寂的乡野，家家户户此起彼伏，鞭炮实际代表的是一种祭祖尊祖的语言。

每年春节回家，我都要跟随父亲完成这一祭拜仪式。李氏家族的祖林里，有序地分布着的先辈坟墓，逐年地矮小、卑微，像遗失在麦田里的一枚枚黑色麦穗。坟墓四周被残雪覆盖的麦苗失去了春夏的盎然，暗淡枯黄，了无生机。我在先辈们的坟边一一给他们斟一杯酒，放一挂鞭炮。在鞭炮炸开的清香里，我给祖先一一磕头，当结满薄冰的黄土地承接了我的双膝，我看见残红遍地的炮衣，被凛冽的溜河风漫卷一空。那估计是祖先与我阴阳相隔的四处漂泊的灵魂，默默地注视着我们，福佑着我们。父亲念叨着："爷、奶、爹、娘、哥，回家过年吧！"我跟着念叨："老爷、老奶、爷爷、奶奶、大伯，回家过年吧！"每次祭拜完毕，我都感到内心经受了一次心灵的沐浴，走在田地之中，望着乡野里广袤的麦田，和麦田尽头那一座座的村落，我的眼睛常常湿润，一百年前，甚至二百年前，那时才多少人口啊，却已开垦出供今天几十倍于当时人口使用的田野和土地，有完整的水利灌溉系统，有合理的分水方式，有口传身授的农作方法……这一切的一切都会在祭拜祖先之后变得神圣，我们也同时完成了一次对家庭的皈依。

岁末的主要祭祀仪式则是在家中举行，时间多是在除夕晚饭前后，称之为"接老祖宗回家过年"。因为传说死者的魂灵不能在白天行动，所以要等天黑以后举行。先将香炉、香筒、烛台或者木香碟，摆放在西炕上或堂箱的箱盖上，将平时放在"祖宗匣"里的家谱请出打开挂在北墙上，有的人家因不是长房主支没有谱单，则按照谱书的记载把自己各代直系祖先的名讳写在一张长纸条上张挂，俗称"祖宗条子"或"谱条子"，也有的是摆放木牌位。

家谱是记录一部家族历史的书，家谱一般挂在德高望重的族长家里堂屋的墙上，平时深居简出，只在年关前后，才与成群的晚辈儿孙或一年走动一次的亲戚们见见面，接受他们的顶礼膜拜。宗谱是人名的盛宴，一部宗谱上全是名字，一部宗谱简直是一座监狱，关押着那么多人的名字，那些名字离开肉体，单独地停留在宗谱上。宗谱也可以说是许多名字组成的一首诗。

村里的宗谱分两种：一种是由有黑边点缀的白棉布做成的，用墨尺打的横平竖直的墨线来勾画辈分的递进关系；另一种是木雕的字画，整体看似一座好几进的庭院，雕梁画栋，煞是壮观。表示辈分的线是事先刻上去的，留着括号，填名字即可。辈分是宗谱中至关重要的一项，说白了宗谱就是一个世系表，世系表记录的是家族中代与代、平辈中人与人之间的关系。仰视整个宗谱，这种一对多的结构是树的根系状结构，但实际情况往往会比较复杂。当一个家族很大、人数很多时，会出现嗣出嗣入（通过过继、领养、送人）、迁入迁出的现象。

家谱上的绝大多数人都与自己无关。也有被宗谱遗忘的人，他们生活在宗谱之外。从宗谱上可以刮下一层雪霜来，这雪霜里藏匿着天灾人祸。族谱中，家族迁居（开基）始祖之下的代系排列严格分明，不容混淆。这往往是族谱中最具史实价值的部分。即在同一辈分的族人中名或字须用某个统一规定的单字起头，再与其他单字结合成名或字，以示区别。已去世者，则在其名上写上谥称并加上"公"字，以示区别。豫北一带习俗，收养子若无族长和六亲的认可，不可上谱排字辈，否则会被骂为"出透的人"而遭歧视。排辈分除少数由祖、父辈临时决定外，大多是按先祖早已选定的排行用字。女儿的名字一般不在宗谱上出现，只算人头儿数；而妻子则常用姓加一个"氏"字代替。

人们对宗谱的保管十分重视，须慎重保存，定期晾晒，认真缮修。宗谱系分正谱、副谱。副谱可以查阅，而正谱修好后，要入箱上锁，将开锁的钥匙丢入祖祠神龛，以示此谱交祖先收存，以后禁开锁。若遇副谱丢失，有事要查谱时，要先做"牲福"，杀猪宰羊来祭请祖先同意，方可开锁。

记得年前回家过年时，一个同门共祖的叔叔指着堂屋墙上的李氏宗谱告诫我说，你看，你爷爷在那个位置，下面是你大伯的位置，你大伯旁边是给你父亲留的位置，然后是你叔叔。你父亲下面的位置就是给你兄弟俩留的。我听后不禁心头一惊，难道我的一生，别人都早早地铺排好了？也是啊，人生像划过天际的一颗流星，只见一道闪耀的银光一闪，那样的刺眼，你看都没看清就坠落了。国不可无史，家不可无谱，人不可忘本。家无谱则绝，人忘本则失，不知其源。故重修宗谱，既可缅怀先祖，联络亲情，又可重建伦理道德，净化社会风气，涤荡物欲人心，以达修身齐家然后治国之效。故重修宗谱，于国于家于己皆有实惠，利国利民，何乐而不为？

家谱悬挂稳妥后开始上香摆供，全家大小依次磕头行礼。所摆的供品一般是面食和水果之类。许多人家专门为除夕祭祖蒸白面馒头，每个馒头上面点一个红色的圆点，每两个平面相合摆在一起为一组，一般是三至五级，各盛放在白色瓷盘当中。这些供品要一直摆到正月初五，而且从初一到初五每天早晚两次在祖先神位（谱单）前上香，直到初五晚上，才经行礼后把"老祖宗"送走，即将谱单或牌位收归原处。

我偶尔听到去上坟祭祖的人说：假如上坟的祭品都让去世的祖先吃完了的话，或许谁也不会再去上坟。这话或许有几分道理。闲暇时也听说某家的孩子们父母健在时，对老人一点也不孝顺，老人病卧在床时，甚至连碗水也没有人给端一口，待到去世后，祭品则是一应俱全、应有尽有，就连生前未曾见过的小轿车都给准备了，摆了满满的一地，看得人眼花缭乱，但又会起什么作用呢？儿女们呼天喊地仿佛对老人去世感到很悲伤、痛苦的哭声，令人肝肠寸断，这又是何必呢？

但愿有一天人们能把生前对老人的态度变成对老人祭祀的情形，生前好好孝敬胜过死后无尽的哀痛。把祭祀老人的隆重仪式，当作孝敬老人的活生生的教材，使老人们在有生之年充分享受到物质生活和精神生活的美好，不再把祭祖当作是一种表面的形式。

寻根中原：老乡，你贵姓

上　坟

王秀葵 | 文

【作者简介】
　　王秀葵，河南安阳人。现供职于安阳县教体局。

　　阴历七月十五，是上坟祭祖的日子，我和弟弟妹妹们一起去给父亲上坟，按规矩女儿是不能独自上坟的，必须由娘家至少一位男性陪同，哪怕是个小男孩儿。

　　多时不来，父亲的坟头早已被长势汹汹的野草淹没，从旁边的练车场借来铁锹、耙子，才将它解救出来。父亲离世时爷爷依然健在，所以不能葬入祖坟，只得另寻临时坟地，待爷爷百年后再迁入祖坟葬在爷爷脚下。如今，他暂时栖身在安林路旁一所学校墙外，大约学校的书香气能使子孙后代有所庇荫。那时，水冶镇刚被划为火葬区。政府虽明令禁止土葬，但几千年来入土为安的思想使得摊上事儿的人家急中生智想出了随死随埋、夜里偷埋等对策。我们虽没有偷埋但也放弃了单位的抚恤金和弟弟的遗属补助，还着实为他的坟墓担忧了好一阵子，因为那时"平坟运动"正盛，为了不使死人与活人争土地，在"平坟行动"中很多无主孤坟都被铲平了。

　　父亲去世后，堂婶也在四十出头时离开，伤心欲绝的堂叔认为是祖坟的风水欠佳导致整个家族的不兴旺。在他的极力主张和积极行动下，很快就找到了风水好的坟地，并将祖坟迁了过去。谁知好风水无法改变坏命运，反而是他在同辈中第一个葬进了新坟地，偎在他的父亲、我的二爷爷的脚下。

　　弟弟在坟前摆好供品，焚了香插在土里，三张白色正方形压墓纸被石头压在

坟头上。然后，他绕着坟前画了圈，我们在里面烧纸钱，一面烧一面喊父亲来拾钱。这时我多希望世间真的有鬼魂，父亲真能得到我们送的东西。小妹前几天晚上梦见父亲没鞋穿，于是母亲给他买了两双布鞋，要我们烧纸钱的时候一并烧掉。每次母亲来都要说说家里的事，我总觉得那是无意义的自说自话。纸钱快燃尽时弟弟沿圈点汤，之后将剩下的汤倒在灰烬上浇灭余火。若是除夕和大年初三还要放鞭炮，让鬼魂们也欢欢喜喜过个年。之后，弟弟又和叔叔、堂弟们一起去祖坟祭扫。每逢祭日，安阳市区的街道两边便画满了圆圈，圈内是一堆堆纸钱的灰烬。无法回乡祭扫的人，只能以这样的方式遥对故乡的方向给祖先们磕个头，以尽哀思。

与父亲相伴的是他孤独的外婆，由于周围环境的变化，我们差一点儿没找到老人的安息地。我们从未见过她，没有真心的哀悼，例行公事般将所有程序一一走过，自己都觉得有些敷衍。虽无缘相见，我们对她却有着深深的同情。旧时女人如衣服，轻易便被男人脱下扔掉。一辈子与女儿相依为命，苦苦地捱着，直至油尽灯枯。而男人在外早已与他人合葬，共享属于他们的后人的追思（我常暗暗好奇，在那陌生的城市，血脉里埋藏着和我们相同讯息的是怎样的一群人），唯一的女儿百年后也要入葬夫家，将来偎在她脚下的外孙也要迁往祖坟，那时便只剩她苦苦地熬到永远。对她，我们已然感觉陌生遥远，有一天，若连我们也去了，还有谁会记得她，记得给她烧几份纸钱。

印象中，除了七月十五，每年的清明、十月初一、除夕及正月初三也要上坟祭奠，其中正月初三是出嫁的女儿回娘家祭祖的日子。小时候，只知道是大人们要求这么做，父亲去世后，上坟则成了虔诚的、发自内心的自觉行动，真心希望父亲的灵魂能感知我们的孝心。后来上网查阅才知道，清明、中

寻根中原：老乡，你贵姓

元（七月十五）、寒衣（十月初一）是我国民间的三大冥节，中元节更是三大冥节中最重要的一个。在民间，七月十五是掌管地狱之门的地宫圣诞，地宫在这一天大开地狱之门，已故的祖先可回家团圆，接受后人的祭祀。道教要做法事为亡魂赦罪，以减轻其罪孽，令其早日安息。佛教称这一天为"盂兰盆会"，内容也是超度亡灵，宣扬教义。原来上坟这件事，不只是我们这一家、一地的事，而是祖先们流传下来的传统，并将经由我们继续传承下去。

我们的祖先实在是精明得很，他们将传统这根看不见的纤维穿进时间的针鼻儿，用以缝合、串联一代又一代后人的心。就算因时间的推移，子孙们四散开来，各自忙碌，但总要在这样的日子里团聚在祖先的墓碑前，聊叙一二，更以此向世人炫耀祖先的基因、血脉绵延不绝。由此看来，祖先们最想要的祭品不是我们的大放悲声，也不是纸钱、瓜果等有形之物，而是永不断绝的香火。

无人祭拜的孤坟野冢，在这样的日子里更显凄清、落寞，像文章中陡然出现的句号，使得故事尚未结束便戛然而止。如疾驰的车辆被突如其来的灾祸撞得七零八落，再难前进一步，哀怨、刺耳的刹车声在空气中久久飘荡。

或许在鬼魂的世界里，能享用子嗣们供奉的祭品，确乎是值得骄傲的事。而我们有坟可上，似乎也可以证明在无穷尽的时间长河中，我们不是无迹可寻的孤儿，我们的生命是有据可查的。张爱玲说："我没赶上看见他们，所以跟他们的关系仅只是属于彼此，一种沉默的无条件的支持，看似无用、无效，却是我最需要的。他们只静静地躺在我的血液里，等我死的时候再死一次。"尽管我们的祖先不是名人不是大富，但他们的确堂堂正正地躺在我们的血液里，不可改变。他日我若归去，就葬在他们脚下，循着血脉里隐藏的暗语在另一个世界找寻归宿，如此，我便不是孤魂野鬼，不必于凄风苦雨里四处游荡。

传统是远去的母亲给孩子留下的赖以延续生命的乳汁，是深深刻在骨头上的、他日母子相认的凭证。它伏在历史的背上，组成整个民族的集体记忆，增加每一个个体的生命厚度。在时空的坐标上，我们不再是一个个苍白的圆点，而是一串晶莹润泽的珍珠项链上或伟大或渺小的一颗。

姓氏宗亲

乡土古寨家族深情

郭东海 | 文

【作者简介】
郭东海，河南商水人。现任中原高速平顶山分公司党委办公室主任。长期从事宣传工作，偶有文字见于报刊。

中秋节晚上，老家童学叔打来电话讲了一条好消息让我很是高兴。原来在家的几个老爷子把始祖的坟茔重新修葺了，下一步打算把郭氏宗祠建起来。

这个电话把我的思绪拉回了那片生我养我的热土地上。老家在豫东商水县郭小寨村，是一个有着五百多年历史的古村寨。2006年版的《商水县志》记载，商水县郭氏世居白寺西郭小寨，是本县望族。

2004年老家郭氏重续家谱。当时大戏三台，从这里分枝散叶的郭姓族人纷纷派代表前来参加。东去淮阳，南至驻马店，西到漯河市，四面八方奔来的百余号族人共聚一堂，商议再续家谱。盛世修谱叙人伦，这是清朝道光年之后，商水郭氏家族第五次续家谱。对这一盛事，家族人有这样高的热情，也是源于祖上对亲情要珍惜的训诫。在清朝的《重修族谱四序》中这样写道："尝思亲者无失其为亲，夫谁有亲而肯失之。然有不肯失之心，而于亲不得不失不能不失，且有不觉其失而失……盖以族谱之不修，而先人之历世久远，无论愚不肖者于亲失之，即贤智之士亦未必不于亲而失之也。"所以，续家谱是家族发展的动力，更是亲情延续的需要。

说起商水郭氏家族，不得不先谈谈我们的始祖迁商。在家谱中记载，商水郭氏系唐朝汾阳王郭子仪之苗裔一脉，古居在晋（即山西省），老家太行山右曲沃县。明朝中叶，郭氏始祖带族人迁来商水县西南14公里处郭小寨。在这片热土上，郭氏家族勤奋节俭，耕读传家，随着家族发展不断向周边开枝散叶。由于明末的战火，在七世祖修家谱的时候，始祖的名讳已经遗失，但从他选地建村这方面看他应该是一位智者。当年，始祖走到北蔡寺西时，发现这里东有曹丘生陵祠，西有来龙地势，南有放牛台，北有莲花池，特别是曹丘生数米高的陵祠地势中高

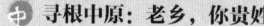

两侧底,南凸北凹,乃是祥凤展翅之宝地,就决定驻留在这片取水方便、易于耕种的黄土地上。直到今天,村里还流传着这样的歌谣:"凤凰一抬头,出个郭简侯;凤凰一噗啦,四十五里大郭家。碑上垒鹊窝,出的功名多;凤凰一动身,出有秀才和举人;凤凰一展边,出一石二斗芝麻官。"所以,老人们闲聊时还流露着掩抑不住的自豪,俺是住在风水宝地郭小寨。

村名"郭小寨",但是古寨墙早在20世纪50年代被毁,只剩下一圈寨海子(护寨沟壕)。小时候,我没有感觉到自己生长的这个村庄有什么特别;长大后,看过族谱才知道当年先人生存的不易和保家卫国的肝胆。清朝道光末年,捻军横行我省及周边数省,地处豫东平原的我的老家也未能幸免,为了生存才集中包括周边邻村的力量修建寨墙。修寨时,县太爷万孚坐轿经过此地说:"不时有上谕,令小寨归大寨,不能私意创修,

你们不上报,打的就是长毛(清朝官员对太平军和捻军的蔑称)寨!要立刻停修。"

听了这话现场一片沉寂,这时郭氏族人郭嵩岭挺身而出:"童生禀告大老,虽说上级不时下谕令小寨归大寨,大老没出告示,童生怎么知晓?我们这里东边虽有青龙寺(又名"北蔡寺",现为"白寺"),但是残破不堪;西有双河寨,路途遥远泥途不便,毛子来得甚急,禀告不及,为顾及百姓,故草创此寨。童生情愿领罪,听从发落。"童生并不是说年纪小的学生,而是参加过县试或府试,却没取得生员资格的读书人。在科举时代,童生指的不仅仅是落第的失败者、倒霉蛋儿,还有参加过科考的人,表明他身世清白,三代无犯法之男,无再嫁之女,并接受过正规教育,是正经的读书人,是统治阶级"士"的最底层。今天是童生,下一科一旦鱼跃龙门,今后谁发展得更好还很难说,官场中都很默契地把握分寸,也好日后相见。所以,县太爷听后说言之有理,但是只准打这一个寨。郭嵩岭回答打这一个就够住了,并请县太爷赐个寨名。万县令想了想说:"就叫'育万寨'吧。"

育万寨在解放后才更名为"郭小寨"。老人们说,原来寨内有一万多平米,寨墙高三丈二,上宽两米,设有垛口,四角设有四丈多高的两层炮楼,寨墙东西北三面砖砌,四面有寨海子,沟宽水深。东西两个寨门,上有四五丈高的门楼,寨门上悬挂着对联。东门上书:"育生合德无患巨魁并小丑,万姓同归直如铁壁与钢墙。"西门上联写"育生有妙策洶同苞桑永固",下联写"万姓无他虞不啻磐石孔安"。这两副对联如投枪匕首,又如战鼓号角,彰显着保家卫国的气

势。守寨民兵处挂着鼓舞士气的对联："团练成功精神贯日月卓尔同体武穆；长须努力意气重山河赫然比美汾阳。"鼓励民兵苦练技能，勇于战斗，精忠勇武，就像岳飞和先人郭子仪那样保家卫国。听老人们讲，清末捻军、土匪攻打寨墙数十次均未打开，留下了"铁打的寨"之美名。

作为一方的望族，必有一群优秀人才支撑。商水郭氏家族的人才辈出可以从一份科举卷子上发现。现在，村里保存着清朝光绪十四年（公元1888年）戊子科举人郭巨源的卷宗，翻开第一页便是陈州府商水县增生民籍。这份民籍上显示，从五世祖至郭巨源本人10代人共有州县庠生16人、廪生3人、监生2人、举人2人、文林郎4人、登仕郎和迪功郎各一人、中书科舍人（进士出身）和五品蓝翎各一人。在这次乡试中，郭巨源以河南省第61名的成绩中举。看过他的三篇文章，大主考翰林院编修、国史馆协修刘大人批道："取，沙明水净。"大主考翰林院侍读学士、国史馆协修长大人批道："中，玉润珠圆。"从两位主考的高度评价中可以看出郭巨源的文章才情。

但是，在村里广泛流传的家族才子当属六世祖郭天锡。郭天锡，字简候，顺治戊子科副榜授北京霸州顺天府文安县知县，因政绩卓著，升迁为内务府中书科舍人，并奉旨代康熙祭南岳衡山。因不愿参与皇位争夺战，在返京途中经过老家时称病辞仕，后病逝在老家。郭天锡虽然官衔不过七品，但是中书科舍人服务于内阁，掌书写诰敕、制诏、银册、铁券等，处于国家权力核心位置，而且代主祭南岳属钦差大臣，所以地位特殊。因工作需要，中书科舍人要来回于内阁和皇帝住所之间，再加上他的字为"简候"，故而时间久了，家乡人谬传为他的官职为串宫侯。"文革"前在村东头的简候墓

地立有上马石和下马碑（现已遗失），据说文官到此下轿，武官到此下马，叩拜之后才能离去。

在社会飞速发展的今天，这片古老的土地也在发生着日新月异的变化，在一片楼房之中已经难以寻找到古村寨的痕迹。今年春上回家，站在村子东头的丘生陵园前远远望去，村子一周数十家木板加工厂经营得如火如荼，几辆大车正装载着成品板准备发往省外。正如经营这些板厂的族人一样，更多的郭家儿女继续发扬着吃苦耐劳、奉献社会的精神，走出古寨，在各条战线上发挥着自己最大的才干。

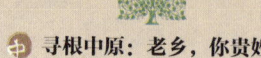

姚家祠堂的春天

姚国禄 | 文

【作者简介】

姚国禄，笔名"雅丹"，河南正阳人。中国散文家协会会员，中国诗歌学会会员，河南省作协会员，正阳县作协副主席。著有诗集《临街的窗口》《穿越大地的箫声》，散文集《月光下的村庄》。现供职于某电视台。

我的家乡在淮北平原腹地一个叫"姚家祠堂"的地方，这是一个古朴的北方村落，弯弯的汝河从姚家祠堂村前流过，于是，这里便拥有了一片迷人的水岸风景。人们常说，有水的地方一定人杰地灵，我不知道这里的地脉是否沾上了水的灵气，但我总是从春天的气息里感受到这里的温润与柔美。许多年了，这片鲜活的土地在我生命的桃花源里历久弥新，成为我梦中一道亮丽的风景线，以致使我一直沉迷在这片杏花与竹影环抱的衬景里。

走在春天的廊檐下，儿时的记忆里还能够找到姚家祠堂的影子，那是一片掩映在粉墙黛瓦里的晚清建筑，祠堂高高的门廊至今还矗立在我的梦寐里。当一年一度的春风吹过这片宁静的土地，这里的秩序正沉入一种"草木知春不久归，百般红紫斗芳菲"的意境。我走在乡间的小路上，默默地寻觅着春天的踪影，村头的红花绿柳在暖暖的春风里轻摇着婀娜的身姿。我在姚家祠堂的春天里遥望，此起彼伏的鸡鸣犬吠声划破村庄的宁静，春溪轻唱着欢快的谣曲流向小河，清亮的河面上，有舸公的歌声隐约传来："竹外桃花三两枝，春江水暖鸭先知。"透过春天的门楣，我在姚家祠堂的剪影里读出了唐诗的韵味。你听，那布谷催春的声音循着田埂由远及近，一群叽叽喳喳的麻雀在枝头叫个不停，醒来的田野在一片苍茫的翠色里绵延起伏，形成一道绿色的长廊。走在这样的乡村，我的眼睛格外的明亮，眼前是大片大片的麦田，淡淡的清香在春天的原野里弥散，我俯下身子，轻轻抚摸着碧翠的麦叶，扯下一片轻轻地在鼻尖嗅了一下，那绵延的香味带着丰年的味道，就像袅绕在我梦中的炊烟，总觉得是那样的惬意，那样的温馨。

姓　　氏　　宗　　亲

常常想起那些在远古的时空里吟诗作赋的文人墨客们,他们是怀着怎样的心情去描绘春天的雾霭流岚,把生命的激情挥洒得如此淋漓尽致?我想,姚家祠堂的春天应该与古诗里的春天没有什么两样吧,只是古人们已把春天美化成一种高度了,而我只能在古诗的韵味里静静地分享属于我的姚家祠堂的春天,那是我聆听庄稼拔节声的地方。春天的一朵桃花,田埂上的一抹新绿,树荫里的一声鸟鸣,水田里的一片蛙声,都深深地镌刻在我对那片土地的浓情厚爱里。

我在姚家祠堂的臂弯里寻找着片片段段的春天,童年的梦影扯出我大段大段记忆的碎片,那时的姚家祠堂天空格外湛蓝,绿水围绕着村庄荡漾,村子里种满了大大小小的果树,初升的太阳照在清凌凌的菜园,一架破旧的水车"吱呀吱呀"地从老井里抽出纯净的泉水,缓缓地浇灌着肥沃的菜地。几片浮云,像是几团大朵大朵的棉花,在明净的天空里慢慢地飘飞。水车旁,一棵弯弯的老杏树开满了粉红色的花朵,几只蜜蜂绕着杏花嘤嘤地飞舞。一位年轻的后生身背一只硕大的药桶走在笔直的菜畦上,娴熟地为刚刚冒尖的菜芽喷洒无害的药剂。水池边,几个顽皮的孩子正在用水枪互相射击着,他们在用水枪进行着一场好玩的战争。田野里,耕作的农人大声吆喝着牲口,一遍又一遍地深翻着冻酥的黄土地,忙碌的身影看不出一丝的疲惫。走在姚家祠堂的春天里,我感到自己似乎与天地融合,头顶着厚重的眷恋,脚踏着浓浓的乡情,我犹如一个迷醉的孩子,尽情地吸吮着来自乡间的和煦春风,沉醉其间,我看到一幅农耕文明的画面正在姚家祠堂的春天里延伸。

走在熟悉的村庄,村前是一片茂密的竹林,竹林里藤蔓缠绕,郁郁葱葱,一阵清风吹来,"呼啦啦"的声音在宁静的村庄里回荡。池塘里,小荷露出了尖尖的嫩芽,几个浣衣的妇女高高低低的捣衣声把水里的鹅鸭惊得"扑扑棱棱"乱飞,一只水鸟衔着一条小鱼飞向芦苇丛中。麻雀在竹枝上欢快地跳跃着,几只蝴蝶在竹林里钻来钻去,像在寻找什么,瞬间,消失在浓密的竹林间。越过泛绿的稻田,便是大片大片的油菜地,金黄的油菜花随风起伏,漫山遍野飘散着沁人的芳香,走至地头,香味儿更是浓郁,无尽的花香在村庄的周围流淌,那清香带着春天的气息,把姚家祠堂装扮得分外妖娆。

走过飘香的油菜地,眼前是一片青翠的桑林,几位乡村少女正在桑田里采摘桑叶,她们把蚕卵捂在温热的身子上,待桑树发芽的时候,那些小蚕便孵出了,她们悉心地用桑叶喂养着,一点也不敢怠慢,几个月后,她们就可以得到大把大把的蚕丝了,她们用细细的蚕丝编织着心中的梦想,编织着属于少女的春天。

许多年前,我从姚家祠堂里走了出来,远离了姚家祠堂的春风春雨,远离了那片多情的土地。作为一个以码文字为职业的书生,我曾经走遍天涯海角,阅尽人间春色。但无论走到哪里,我总是走不出姚家祠堂的春天,走不出那片生于斯长于斯的故土,因为我知道,我的根在那里,是姚家祠堂的春天让我的生命永远一片葱绿。

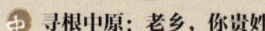

寻根中原：老乡，你贵姓

依洛而居的崔氏祠堂

郭良正 | 文

我公司是用水大户，筹建之初为解决生产用水问题，在洛河滩地掘了几十眼深井，俺习惯上叫它"水源地"。水源地近旁是市郊民居，在高低错落民居的簇拥下，有一别具一格的青堂瓦舍，那就是有数百年历史的崔氏祠堂。

因工作关系，我时常去水源地。处理完工作后，便漫步在这幽静的居所，面对沧桑发思古幽情。

崔氏和当地许多姓氏的居民一样，在明朝年间，从山西大槐树下迁徙而来，在这个叫"白沙"的地方落地生根，并逐渐繁衍开来。

白沙崔氏，从山西漂泊而来时，费尽周折和颠沛流离之苦，生活稳定后，便有了寻根问祖的欲望。

对列祖列宗，在没更恰切的纪念、留恋和回顾的岁月里，建祠堂成为唯一选项。

白沙崔氏，也许他们先人有一定的文化素养，对自己的来历有迫切的记录之需，来此不久的明朝就已开始筹建祠堂了；延及清康熙五十年（公元1711年），补充土地，对原祠堂扩容；随岁月的风刮雨浸，祠堂日渐衰旧破落，族人聚全姓人财物力，在乾隆二十八年（公元1763年）和民国三十四年（公元1945年）两次重新修葺；进入新世纪的2000年初，富裕起来的崔氏后人，对祠堂进行了第三次修葺，至此达到了目前现状。

崔氏祠堂坐北面南，依洛望嵩。由戏楼、厅楼式大门、拜殿、过厅、正殿、配殿、偏殿、库房、厨房等18座殿堂式建筑组成。据测定，占地面积3398平方米。这样的宏大场面，简直像古代的一个县府衙门。

祠堂正门为两层厅楼式建筑，大门上方悬"崔氏祠堂"木匾，大门

【作者简介】

郭良正，笔名"东壁逸人"，河南泌阳人。中国化工作协会员，鲁迅文学院学员。出版有小说作品集《中山街往事》和长篇小说《山雨欲来风满楼》等。

两侧置石狮及石栏杆,栏杆雕饰石狮、卷草、牡丹等图案。

迈入祠堂大门,东侧距祠堂三百多米处有东观堂,是卷棚硬山式建筑,前有门楼,为一方形院落;西侧也有对称布局的西观堂,不知何故坍塌了,现已不存。

祠堂总体为两进院落,进入两厢有耳房的厅楼式大门即是拜殿,祠堂后部西侧有偏殿一座,经过厅楼可到后院,迎门为后殿即正殿。正殿为起脊双坡硬山式建筑,共分三间,屋顶为木结构,墙壁为青砖垒砌至顶。檐下有单体斗拱四组,下设方格形红漆菱子窗,门前设五级台阶。殿后墙上方镶嵌"崔氏祠堂"石匾,殿内置精工木雕暖阁,安放崔氏始祖崔思义牌位碑。始祖牌位两侧树长门、次门、三门、四门、五门世祖碑刻。东西两壁与后壁设砖台,台上置各门世系碑刻18块。后院两侧各有配殿,均为三间,建筑结构与正殿基本相同,配殿内两侧壁与后壁筑砖台,放置各门世系碑刻。院内铺方石路面,正中置石香炉,两侧植松柏。

前后院之间设门楼,门楼正中设扇屏,上部雕饰牡丹、梅花鹿、太极图等,扇屏两侧刻对联:"兄弟瑶琳三载贵,文章沉篆一家春。"门楼为五脊两坡建筑,下部为木结构,前方砖雕二龙戏珠与牡丹图案。拜殿为起脊双坡硬山式建筑,小灰瓦覆顶,正脊两侧设鱼、马、狮等兽造型,房檐两端雕刻武士,房檐下有双重三角形滴水,圆柱形房椽。墙壁为灰砖垒砌至顶,两侧墙壁上部砖

雕牡丹、梅花鹿等,前壁大门两侧建砖台,镶嵌石刻"二十四孝图"。前壁上部呈单体斗拱,有木雕缠枝牡丹图案,以下为菱格窗。拜殿设前后门,呈过厅式,前门设明、暗柱各两根,后门置暗柱两根。后壁两侧各有方形菱格窗。拜殿正中悬挂"念兹厥初"木匾,明柱有弧形木雕对联:"床堆象笏兴宁里,名卜金瓯宰相家。"殿内东壁镶嵌石刻《崔氏家谱序》碑一块。后门两暗柱之间设木屏风,地面为方石铺砌。

前院正中铺设青石路面,两侧设石栏,石栏饰石刻牡丹、莲花、鹿、青龙戏水等图案,栏杆顶端设盘龙、狮、火炬等,路两侧各有三级台阶达院中。前院东侧竖袁世凯所撰并书写的《崔继泽墓表》石碑,西侧设崔

氏家族为国捐躯烈士名谱碑。祠堂后部西侧有配殿，共三间，卷棚顶硬山式，青砖垒砌至顶，砖台上为菱格窗，大门两侧设明柱、暗柱各两根。院内空地建花池、植草坪等。

祠堂门口有数百平米的广场，对面是坐南朝北的舞楼，与祠堂遥相呼应。"舞楼"只是名称，按现在说法叫"戏楼"。建筑本身并不具备楼的特质，只是在一个高台上建有一敞门式的高房而已，房内置有木制屏风，供族人祭拜后联欢，或农闲时节请唱戏娱乐之用。据载，舞楼是祠堂现存的最早建筑，楼门侧立柱上有"咸丰壬子新正上元之吉"字样。祠堂是崔氏族人的膜拜圣地，舞楼倒是退居其次了。栉风沐雨的舞楼曾出现过塌陷损毁的时期，寓居台湾的长门十九世孙崔光荣，捐资10万元，于2012年修复成其原貌，舞楼方得以重生。楼前的石柱上雕刻的娟秀对联，记载着人世和舞楼本身的前世今生："乃武乃文把往事何妨再叙，演忠演孝劝世人莫作闲看；刻羽引商此中隐寓春秋意，知来观往局外须深劝戒心。"

除以上这些建筑、雕刻外，祠堂还存有石刻57件、崔氏世系碑50块、崔氏始祖神位碑一块、崔氏始祖墓碑一块、崔氏家谱序碑一件、袁世凯手书墓表一块、经幢一件、匾额三块（分别是"■见■闻"匾、"念兹厥初"匾、"崔氏祠堂"匾）。

如此完备的硬件设施，从物质具象角度讲，祭祖、修身、养性都有了皈依的所在。其实，这个具象还需要有软件来规范，那就是管理措施。

这方面崔氏先人考虑得也够周全的。据史料载，崔氏祠堂建成后，推选社头掌管祠堂事务。族人置祀田六亩，由族中雇人看管祠堂并耕种祀田；此外，另置田两亩，由社头耕种，全部收入均作为族人祭拜所需。每年清明节和旧历十月初一，由社头准备祭品，族长率领族人向正殿祖先牌位进行祭拜，行九叩大礼，并举行宴席，招雇戏班演唱堂戏，鸣放礼炮，吹奏唢呐。在祠堂祭拜后，由族长率族人辈分较高或年长者到始祖坟前设供拜祭，演奏鼓乐，行四叩礼，然后在祠堂内摆宴席，每户参加长者一人，俗称"吃老坟社"。因崔氏家族日益繁衍，户口增多，原在祠堂内设宴受餐饮条件和设置所限，后改为每家分油条、烧麦各一份。新中国成立后，族人拜祭活动逐渐淡化。

清末及民国时期，崔氏家族依照祖训制订了带有封建色彩的严厉族规，由族长具体执掌。崔氏祠堂设置有黑红各半棍杖数根，凡族人违规者，轻者刑杖，重者甚至被处死。解放后，族规即行废止。

我走南闯北，见过多地的宗族祠堂。作为一般乡间祠堂，多为三五间房而已，有的有院落，多数甚至连院落也没有。像白沙崔氏祠堂这样规模如此宏大、格局如此阔绰、初建如此之早、续建修葺如此完美的，实为少见。

究其原因，定有缘由。

祠堂的基本作用无非是祭祖怀旧，量财建祠，实属正常。可是，真正有钱有势的豪门大族，迫于当朝的规矩，其祠堂也并不一定有如此的气派和豪放。这里面的真正原因，从一则逸闻里可找到答案。

据说，白沙崔氏始祖，来此后艰苦创业，按现实说法，属先富起来的那一部分。他富不忘乡邻，多次实施赈济贫乏义举，并派后代参与政府事务，以达成"忠孝双全"的美誉。

明万历皇帝朱翊钧的母后得了一种怪病，久治不愈。皇上救母心切，到庙里许愿，若佛保佑母后病愈，愿出家为僧以谢恩。如其所愿，母后不久康复。皇上是金口玉言之人，说话得算数呀，可正在主持朝政，出家为僧也实在难行，况且大臣、百姓也不一定答应呀。于是，想了一个折中的办法，寻找合适人选，以代皇上出家为僧。这个事儿正好落在了在王府仪宾任职的崔栋之子（名字遗失待考）身上，他替万历皇帝出家为僧了，法号"佛依"。皇上甚喜，表示替吾为僧，当受皇家礼封。为报代替之恩，特赐白沙崔氏，在祠堂修建上，可以皇族家庙制式修建。

白沙崔氏家门，感谢万历皇恩浩荡，于是，后来便有了如此规模的崔氏祠堂。

这段传说来源于一尊石碑。祠堂内原陈设的世系碑刻中，二门六世崔栋之子碑刻上刻有"万历替僧，法名佛依"字样。此碑后断裂，解放后碑刻一截遗失，现存有半截石碑，这也算是一个依据吧。

凝固的历史得到了政府的高度重视，崔氏祠堂被批为郑州市第二批文物保护单位，当地政府也成立了文物保护所，负责日常管理事务。至此，白沙崔氏祠堂得以妥善的存续，以供世人凭吊和观光。

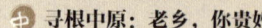

迁　坟

胡 琛 | 文

给爷爷迁坟的事情，虽然我有参与其中，但我的印象并不深。虽然那个时候我也已经有五六岁了吧。

父亲四五岁的时候，我的爷爷便已经病故，而且是病故在了逃荒讨生活的异乡——古城西安。算起来，那应该是1958年之前的事情了。

看过冯小刚的电影《一九四二》，是陪同父亲和母亲一起去看的。印象中，那是他们第二次愿意进电影院。第一次是一部豫剧电影，一生喜爱豫剧的他们欢喜异常地去了，回来，母亲一个劲儿地说受不了电影院里那震耳欲聋的音响。但《一九四二》放映的时候，他们还是去了。他们说，那是他们父辈的故事。电影放映的过程中，母亲一直在默默无声地流泪，父亲说，那时候，河南人就是那个样子，逃荒，死于非命。

我的爷爷熬过了1942，却最终没有逃过多事之秋的五六十年代。细翻教科书之外的历史，我们才一鳞半爪地了解到20世纪五六十年代的中原大地上是一副什么样的境况，才知道我的大伯为什么在那个时节远离了故土去往了千万里之外的新疆去讨生活。父亲告诉我，那个时候，饿死个人跟死个蚂蚁差不多。

我的爷爷奶奶和大多数的河南人一样，也是在1942年便逃荒去了西安，我的二伯就出生在西安。在异地他乡讨生活的困难可想而知，黄河水下去之后，他们又拖儿带女地回了故乡。我的父亲1956年出生，就出生在河南老家。原想着在成了黄泛区的土地上刨食，没想到又遇上可怕的1958年。没办法，爷爷便不得不只身返回了西安讨生活，只留我的奶奶带着五个孩子在故乡。爷爷这一去，便再没能活着回来。劳累、病痛，最后死在西安。奶奶带着孩子们，无法脱身。同在西安的我的二爷爷便草草地把我那苦命的爷爷葬在了西安城墙外的乱坟岗上。父亲说，

【作者简介】

胡琛，河南尉氏人。中学教师，2006年发表处女作，后陆续发表散文、小小说、诗歌千余篇。作品散见于《开封日报》《开封晚报》《东京文学》等报刊。

那时候,他大概只有四五岁,基本上没有太多关于此事的记忆。

再然后,便是60年代,在我的父亲还不到10岁的时候,我的奶奶因为爬树上捋榆树叶给孩子们吃,失足从树梢上跌落,不治身亡,安葬在村后的老坟里。

父亲跟了哥哥姐姐们生活,日子艰难,更是无力去把爷爷从西安迁坟回来,与奶奶合葬。这一晃便到了80年代中期。其时,因家贫而结婚成家极晚的我的父亲也已经有了我这个儿子。大伯远在新疆,二伯家是几个女儿,算起来,我竟是我们这个大家庭里,爷爷的长孙了。80年代,生活渐渐有了起色。经父亲再三提议,终于,他与二伯,带上我,一起去了西安,要把已葬在异乡三十年有余的我的爷爷,接回故土。

坟并不难找。毕竟,当时我的二爷爷还健在,他们一家自从1942年离开河南老家去了西安便再没有回来,其时,早已成了西安市民。二爷爷把我爷爷的坟指给我们。

二爷爷说,即便你们不来,我也要通知你们来了。老城开发,乱坟岗在清理改造之列。这乱坟岗里不知道埋了多少漂泊而来的河南人,我爷爷还好,有后人来带他回故土。更多的坟,基本上就成了无主坟。

迁坟,在老百姓家里可是件大事,有很多讲究和说法。如今,在有些人看来,那是迷信,但这里面也的确有着很深的中国阴阳文化的道理吧,只是,我们不太懂罢了。

为爷爷迁坟时,虽我前后左右地跟着,但因为年纪实在太小,如今想来,也仅仅只记得当时被父亲牵着,好像一直在磕头。

后来,及至长大,我读了一些这方面的书,书上说,迁坟首先要选好日子和时辰,一般在夜间零时以后,就是人们俗称的鬼出来活动的时间。迁坟时要带上四种供品,还有纸钱、香、红布、红幡、红手套、鞭炮等用品。零时以后家人悄悄到了荒凉的坟地,先烧纸做祷告。祷告的内容大概是,告诉祖先或长者,今天要给他搬家了,问他需要做什么准备不,准备好了就搬家了。这些程序做完后,由长子或长孙先在坟上挖三锹土,然后,举着红幡围着坟绕三圈儿,点燃鞭炮。之后,帮忙的就开始挖坟了。挖坟的位置一般是在正南的方向,把坟挖开后,打开棺椁盖,戴上红手套捡骨骸,捡出的骨骸用蓝布遮盖住,放进一个黑袋里再用红布包裹好,尸骨由长子或长孙捧着离开坟地。取出尸骨的棺椁里不能空着,要在里面放上一个红萝卜和高粱、谷子、稻子等五谷杂粮。放这些东西的目的还有说法,放一个红萝卜,是一个萝卜顶一个坑;放上五谷杂粮,让种子发芽生长,预示着子孙后代家族兴旺。

骨骸迁到新的坟地后,家人先把棺椁用白纸糊好,在内里铺上雪白的棉花,然后把骨骸放进去,家属嘴里诉说"搬新家了,

寻根中原：老乡，你贵姓

需要什么我们会给你送来"等。把骨骸放在棺椁的靠右侧，用红布盖上，再把死者生前喜欢的东西也放在里面，或者再撒些零钱，就可以盖棺了。封棺后，开始鸣炮。然后，铺上一张白纸，把供品摆好，供品有水果、点心、半生的肉、酒。点上香，家人开始烧纸。再把红幡插在坟的右侧。一切程序结束后，再把酒围着坟倒一圈儿，家人说几句告别的话就开始填土了。

三天圆坟时，用三根高粱秸在坟上搭房子，把高粱秸折成长方形，插在坟的上面，中间的高，前后的低，这样就搭好了房子。然后把红幡拔掉扔到一边，再做些祷告，就只等过"五七"时再来上坟烧纸了。

这就是迁坟的整个过程。

我的爷爷迁坟的过程具体是不是如此，我不得而知。在那之后，父亲对此事也是很少提及。倒是性格温和的二伯后来告诉我，那次迁坟从西安回来时，父亲因为一向胆子小，一路上始终离那个包裹着我爷爷骨骸的红包裹远远的。二伯有事需走开时，都是我抱着红包裹。二伯说，你比你爸强多了，倒是一点儿也不害怕。

从那时开始，爷爷奶奶终于合葬在了一起，一同安葬在我们村庄后的老坟里。每年清明，我这个长孙都必须到场祭拜，蹲在坟前，同他们二老说说话。

在那个困难的年代里去了新疆的我的大伯两口子，在新疆生养了儿女。大概70年代的时候，大伯也去世了。父亲说，直到80年代经济条件允许了，他和二伯才第一次去了趟新疆，看了他们的寡嫂以及已经成年的侄子侄女们，当然，不会忘了给他们的长兄上坟。

父亲说，他也提议过，把大伯的坟迁回河南老家，但已长大成人的侄子侄女们都不大愿意，说他们是不会再回河南了，想让他们的父亲陪在他们身边。父亲每每说起这些的时候，都有些气恼，说那些侄女侄子们不懂事儿、自私，只想着他们有父亲陪着，却不想想，他们的爷爷奶奶是不是想他们的大儿子，他们的父亲是不是想回到自己父母的身边。

前些年我第一次去新疆给大伯上了坟。大伯的坟旁边，还有未婚早逝的他唯一的儿子的坟。的确是在天山脚下，站在他们的坟前，抬头，便能看到天山终年不化的雪顶。

天山巍巍，阻断了大伯和他的儿子回归故土的路。

姓———氏———宗———亲

家　风

王继伟 | 文

汝南，顾名思义，汝水之南，位于淮北平原的汝河南岸。"汝南"最初并不是一个城名，而是一个郡名，因这一带古代是汝河的流经区域而得名。《水经注·汝水》云，汝河发源于梁县勉乡的天息山（今嵩县境内伏牛山北麓），东南流至郾城，支流并出，呈扇面形向东南展开，主流经上蔡、汝南、新蔡，至淮滨入淮。

"汝南"这个地名，最早出现在西汉初汉高祖四年（公元前203年），高祖平定天下后，设置汝南郡。两千多年的风雨沧桑，汝南一直都是郡、州、军、府的治所，历史悠久，人文荟萃；源远流长的发展历史，孕育出了具有地方特色的天中历史、文化名城。

汝南自古人杰地灵，深厚的文化培育出一大批优秀的天中名流和众多文韬武略的栋梁之材。在汝南悠久的历史当中，曾经出现过一个个文化灿烂、群贤辈出的时代。这足以让天中的后人引以自豪，如东汉和明代两度出现的"汝半朝"现象。

汝南是袁氏、周氏、金氏等名门大姓的发祥地，也有许多影响深远的家风家训，如三国时袁绍之高祖袁安的"卧雪家风"，至今仍有现实的意义。

袁安（？—公元92年），字邵公，祖籍在汝南郡，东汉名臣，三国

【作者简介】

王继伟，河南汝南人。中国散文家协会会员，河南省作协会员。发表散文、诗歌、小说三百余篇，多次在省市获奖。

寻根中原：老乡，你贵姓

时袁绍之高祖。《后汉书·袁安传》李贤注引晋周斐《汝南先贤传》载，永平三年（公元60年）冬天，大雪连降多日，地上积雪丈余，封门堵路。洛阳令外出巡视灾情，见家家户户都扫雪开路，出门谋食；来到客居洛阳的袁安家门前，却见大雪封门，无路可通。洛阳令以为袁安已经冻饿而死，便命人凿冰除雪，破门而入。但见袁安僵卧于床，气息奄奄。洛阳令扶起袁安，问他为何不出门求食，袁安答道："大雪天人人皆饥寒，我不应该再去打扰别人！"洛阳令嘉许其品德，举为廉。

后遂把宁可困寒而死也不愿乞求他人的有气节的文人称作"袁安卧雪"或"袁安高卧""袁安节"。陶渊明《咏贫士》诗："袁安困积雪，邈然不可干。"陆游《稽山雪》诗："冻吟孰窥袁安户，僵卧秃尽苏武节。"白居易《雪中酒熟欲携访吴监先寄此诗》："陈榻无辞解，袁门莫懒开。"

最有名的是唐代"诗佛"王维的《袁安卧雪图》。画上皑皑白雪中挺立着一丛卷心舒叶的绿色芭蕉，蕉叶上的覆雪在阳光下熠熠生辉，白的晶莹，绿的碧透，这无疑是人间一幅美丽之极的画卷。

据《后汉书·袁安传》记载，袁安为人严肃、庄重、有威望，故被州里人敬重。起初任县衙小官功曹，有一次他携带着檄文见从事，从事想通过袁安送私信给县令。袁安说："公事有邮驿办理，私情则不是功曹所应做的。"推辞而没有接受。当地官吏及百姓都敬畏和爱戴他。

袁安为官，倡导仁慈。永平十三年（公元70年），楚王刘英阴谋叛乱，此事交由郡审理。第二年，三府推举袁安为楚郡太守。此时刘英供词所牵连并被逮捕的有数千人，明帝十分愤怒，狱吏追查十分急迫，被捕的人因痛苦不堪而自相诬陷，惨死的人很多。袁安到郡后，不进官府，先去审查案件，查出那些没有明确证据的犯人，分条上奏释放他们出狱。府丞、掾史都叩头力争，认为这是偏袒附和反叛之人，在法律上是同罪，不同意他的做法。袁安说："如果有不符合实情的，我自当承担罪责，不会因此连累你们。"继续分条详细上奏。皇帝醒悟了，立即批复同意，因此有四百多家得以获救。

袁安的发迹，根本没有任何背景可凭恃，完全是靠他自己的辛苦努力得来。他是自力更生、奋斗成功之最佳典范。因此被人们奉为楷模，其卧雪故事也被传为佳话，影响深远。

袁安进入仕途，先后任阴平长、城令，对属下要求极严，属下皆敬而畏之。明帝时，任楚郡太守、河南尹，政号严明，断狱公正；在职十年，京师肃然，名重朝野。后历任太傅、司空、司徒，成为汉室社稷之臣。和帝时，窦太后临朝，外戚窦宪兄弟专权，操纵朝政，民怨沸腾。袁安不畏权贵，守正不移，多次直言上书，弹劾窦氏种种不法行为，窦太后恨得咬牙切齿。但袁安向来

寻根中原：老乡，你贵姓

清正廉明，口碑极佳，窦太后一时也无法加害于他。

袁安不但做官清正廉洁，而且教子有方，以身作则，要求极严，子孙多才俊，达官显贵绵延不绝，《三国演义》里说的袁绍祖辈"四世三公"，皆其后裔。谱系为袁安——袁京——袁汤——袁逢——袁绍。

从袁安这一代起，袁家连续有四代人非常有出息，都做到了"三公"这样级别的官职，这在东汉乃至中国历史上都是绝无仅有的事情，这不能不说是袁氏家风的深远影响：袁安曾做过司空、司徒，他的二儿子袁敞曾做过司空；大儿子袁京的表现不是很好，只做过蜀郡太守，但他的儿子袁汤却很厉害，弥补了父亲的遗憾，顽强地做到了太尉的位置。而袁汤的后代更加出色，三儿子袁逢曾做过司空，他是袁绍、袁术兄弟的亲生父亲；四儿子袁隗曾任太尉、太傅，以捍卫家族荣誉为动力，也做到了"三公"级别的高官。

人们常说"富不过三代"，但是袁氏家族却打破了这个历史怪圈，顽强地坚持到了第四代，所以在汉末时期曾有"自安以下四世居三公位，由是势倾天下"的说法，于是，"汝南袁氏"成为东汉最著名的世家大族之一。袁氏家训严格，家教甚严。袁安首立家训，告诫家人存道义之心，行道义之事，交读书之友，言读书之言，对家人的做人做事提出了严格要求。

史料记载，袁安死后，葬在汝南。《汝宁府志》卷十二载：袁安墓地府城东三十余里。《重修汝阳县志》载：司徒袁安墓在府城东35里。《古今地名释要》载：袁安墓，平舆县（1951年从汝南县分出）后刘乡境内，当地人敬重其忠孝仪礼之为人，称其墓冢为"孔坟"。

"汝南袁氏"因此成为中国历史上有名的世家大族。袁安的"卧雪家风"及到"公事有邮驿"的廉洁自律，深深影响着后世子孙，其后裔传承此"卧雪家风"，自号"卧雪堂"，又涌现许多感人事迹，如宋代的袁粲为人所害，其子以身卫父，粲对子说："我不失为忠臣，汝不失为孝子。"后人赞之为"忠臣孝子"。

台湾袁氏汝南堂宗亲总会理事长袁治农先生说，袁姓就像一棵大树，发个芽长个枝，有大枝有小枝，虽说家谱派辈不一样，但都是大树上的枝芽，大家只讲一个根，袁姓这棵树的根就在汝南，已经有将近两千年了。所以天下的袁氏，从袁安开始起，袁氏子孙无论迁徙到哪里，汝南县都是他们的主根地。天下袁姓，根在汝南。

"卧雪家风"是袁安留给后人的宝贵精神财富，后人赞之"卧雪情操，扬风惠政"。无论过去还是现在，袁氏在政治、军事、经济、文化等各个领域里，都出现了很多英杰人物，他们为汝南乃至中华民族增了辉、添了彩。未来，我们要对"袁安卧雪"的家风深入研究，充分吸收其当代价值，将袁安一生的贡献和做官做人的杰出表现，转化为发展汝南新时期文化的丰厚滋养。

姓氏宗亲

脉　路

成　城｜文

他姓褚，名文灿，是我兄弟。

很早以前，我写过一篇同题的文字，浅显地记述过他一家三代的故事，发在《河南教育报》上，只是，那文字早已遗失。如今再记，又是匆匆十年有余，这兄弟情也已是陈年的酒了。

我和文灿算不上发小，却也是在穿开裆裤时即已认识。他是邻村的，隔了一道岭。岭高且陡，胆大的，翻过岭去即可；胆小的，却要绕上近十里的路方可抵达。其时，我家在我们村后岭下承包了一片杏林。每逢杏花开，或是麦梢黄杏子熟的季节，文灿那村里的孩子们总会像土匪一般结伴而来。都是初生的牛犊子，自然是直接翻岭而来，从岭上万马奔腾样地杀将下来，只为折些热闹的杏花，或是嘴馋着偷些成熟的杏子。我，还有年长我几岁的哥哥，甚至还有忙里偷闲过来看看的大人，在那里看杏林，一旦看到岭上有攒动的脑袋瓜子，就立即绷紧神经、严阵以待。双方交锋，好一番热闹。偶尔，也会逮到几个跑得慢的，吓唬一番，也便放了。

一直到读了初中，与文灿彼此熟识，闲聊中说到这事儿，他才惊呼，那是你家的杏林啊！我也去偷过，还被逮住过呢。实在记不起来他当时具体的模样了，然而，依旧因了这点渊源，竟像前世有缘似的，兄弟间的情分更比别人深了许多。

回家跟父母说起文灿偷杏的事。父亲突然问，是不是姓褚？得到肯定答案后，父亲便感叹，好好跟他处兄弟吧，他一家几代可都是极有学问的人，他爷爷就曾经做过我的先生。

父亲说，这方圆几十里，大都是陆姓人家，姓褚的，唯独就他这一家，而且三代单传。谁也不知道，这地儿啥时候就突然蹦出了这户人家，也不知道他们是从哪儿来的。只听老辈儿人说，这褚家先前可是地

【作者简介】
　　成城，河南扶沟人。中学教师。

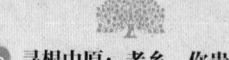

主，而且文灿他爷爷可是留过洋的，学问深不可测。只是后来地主阶层没落，生产队办学校，十里八村大都是目不识丁的泥腿子，老师自然难找，有人提议"废物利用"，就把文灿他爷爷押上了三尺讲台。父亲也不知道文灿他爷爷的真名，只跟了大人一样喊他的外号"褚癞瘤"。那时节，老师是臭老九，动辄就有被学生揪到大街上批斗的危险，已被打击得早已没了丁点儿学问人模样的褚癞瘤，看学生不认真学习、随意跑街上去，自然也不敢真管。只是，脸越来越阴沉，原本就比别人肤色黑的脸显得更黑了。父亲他们那些十几岁的红袖章少年们，便又给他取了新的外号——"褚黑子"。

其实，现在想想，那个时候可真是乱搞啊。父亲说，褚黑子那么高的学问，我们竟连皮毛都没学到，不是人家不愿教，都怪自己不好好学。等那阵风暴过去，父亲他们这代人也早已成年，褚黑子平了反，继续做他的老师，最后还做到了完小的校长，但到底也已是风烛残年，可以让他意气风发挥洒自己学问的时光舞台已近落幕。

褚黑子有个儿子，也就是文灿的父亲，名唤褚守义，跟我的父亲年纪不差上下。因了褚黑子的缘故，因了地主后代的出身，自然成了同龄人眼里的"小黑五类""小杂种"，被无尽地排挤打压着，连自己亲生父亲任教的学堂都不被允许进入。当我的父亲他们这些个出身清白的少年疯狂不拘地跑街时，褚守义像他的父亲褚黑子一样，也是整天阴黑着脸，偶尔在街上出现，也是溜着街边走。让所有人没想到的是，就是在这样几乎没了生存空间、无声无息状态下成长的褚守义，当阳光终于再次照射到他身上时，突然就张嘴能说一口流利的英语了。我的父亲无限感慨地说，人家可完完全全是自学的。这褚家本就是书香门弟，褚黑子又留过洋，家里藏书本就多；虽说"文革"时被查抄了一个底掉儿，估计褚黑子还是想方设法留了一手，到底给自己儿子留了本抄家者压根儿就看不懂是什么书的英语书。凭着这本英语书，以及留过洋的褚黑子的闭门私教，原本就不是个人儿的褚守义，在条件允许的时候，突然就一鸣惊人了。很快，在人才尚还匮乏的20世纪80年代初，褚守义就被隆重地邀请到了乡中学，当起了英语老师。

父亲告诉我的这些，我总觉得过于传奇、夸张，后来试探着问过我的兄弟文灿。文灿只是淡淡地说，我也不清楚，爷爷去世时，我才四五岁。就算是他给我讲过褚家以前的事儿，现在我也记不起来了。只记得，他好像提过，我们是唐代禹州褚遂良一脉。褚遂良晚年犯事被贬到如今的越南，最后死在那里，他的子孙后代也被赶到了越南。至于我们这一支祖上怎么会出现在离禹州仅一百多里外的扶沟的这个小村子里，我爷爷也不清楚，只说，曾经有很多年，这一脉都是隐姓埋名，直到李唐王朝灭亡了，百余年之后，他们才恢复了自己真实的姓氏——褚。

如果文灿说的这些是真实的，想一想，也真够让人唏嘘感叹的，当年，多么盛世豪华的一个名门望族，有谁知，沧桑历尽之后，就余下这么一捻土一样的存在，在历史的风雨里飘摇，随时都可能覆灭、终结。

初中，和文灿做了三年的兄弟；接下来的高中时期，我们共同的英语老师恰恰就是文灿的父亲褚守义。其时，已是20世纪90年代中期，所有的前尘往事，似乎都掩进了深土里，再没有人提起。

只是，褚老师依旧雷打不动习惯性地阴沉着他的脸，不苟言笑。上英语课，他从不拿课本，而且，极其夸张地整堂课都用流利无比的英语口语讲授。在那个名不见经传的乡下中学，我们这些孩子在最开始时简直跟听天书差不多。好在，后来也慢慢习惯了，英语听力能力竟神不知鬼不觉地飞速提高，跟得上他上课的节奏了。十多年的学生生涯，所遇到的老师百人不足，也得有几十号吧，这"英语褚"可算是我最佩服的一位了。但也因了敬佩、因了他始终如一阴沉的脸，我对他心生畏惧，从不敢生半分亲近之意。即便偶尔在周末时，溜达到文灿家里去玩，围在同一张饭桌上吃饭，有"英语褚"在，我也不敢有半点造次。

高考那年，文灿第一志愿便报了师范。要好的兄弟们都觉意外。因为文灿是那种相当伶牙俐齿的人，而且人也精明——文灿自己说，这一点他遗传了他爷爷——我们都觉得，文灿是那种天生的商人，如果做生意，轻轻松松是可以做一番大事业的。但无论我们如何劝，他都一脸笑嘻嘻，再不更改。

几年后，我们大学毕业，步入社会。师范毕业的文灿去了邻乡的一所中学任教，而他的父亲、我们的"英语褚"已是我们当年就读的那所中学的校长。回老家时，我去邻乡中学看刚做了老师的文灿。因是新老师，他暂时还没分到班级，甚至连单身宿舍都没有，只身住在学校大大的会议室里，整个人儿看上去孤单而萧索。问他后悔不后悔选择了老师这一行，他倒没有当初报志愿时的潇洒与坦荡，但沉吟半晌后还是掷地有声地说，其实，我天生就是要走老师这一条路的。我爷爷是老师，我爸是，到了我这里，我怎好让断了？

再后来，计划生育的效果显著呈现，原来每个乡都有的中学，开始很难招收到学生；我的母校、文灿父亲任校长的那所高中，改成了职高；再后来，被砍掉。在它被砍掉之前，"英语褚"已退休、赋闲在家。而文灿呢，在教学上成熟极快，没过几年，就开始带高三毕业班，做语文组组长；但乡下中学生源不足，这是客观状况，没过几年，他任教的那所高中也被改作初中，文灿折折腾腾，托人找门路，最终进了县里的高中，继续他的教师生涯。

几年前，"英语褚"去世。不到60岁，那么个整天阴沉面色黑风陡暗的人，竟然患了白血症。折腾了几年，文灿欠了一屁股的债，到底也没能挽留住这生命。"英语褚"去世前不久，结婚已七八年的文灿终于得了一个女儿，"英语褚"也算见到了隔辈人。因这女儿来得相当艰难，而自己又是公办教师，不符合国家计划生育的相关政策，文灿说，就这样吧，不会再要了。

褚家这一支，经受了一千多年的沧桑风雨，经历了近期我们所能知晓的三代单传，到这里，到底还是要画上句号了。但无论如何，文灿沿着这条脉路而来，近乎固执地坚守着爷爷、父亲传承给他的教师之路，在三尺讲台上，到底也算寻到了自己的根，开出了属于自己这一季的灿烂花朵，已是足够。

寻根中原：老乡，你贵姓

辈 分

王太广 | 文

【作者简介】
　　王太广，河南汝南人。中共驻马店市委常务副秘书长，河南省作协会员，驻马店市作协副主席。发表新闻、理论、文艺作品千余篇。出版有《锦绣天中》《回望乡村》等著作。

　　当我走在路上、街上时，偶尔会听到"德成哥"的叫声，不用抬头，便知那是我小时候的伙伴；当家里的电话响过之后，拿起话筒，先是半天没声音，接着是直呼我小名的呼喊，那准是我的长辈；当我在办公室或公共场所有人叫我"叔"时，那肯定是年轻人了。

　　我的祖籍在水屯镇钟楼村舍庄，整个村里多半是王姓，不多的几种别姓也大都与王姓人有姻亲之类的关系，一个村就颇有些一个大家族的味道。我爷爷、父亲在村里本来就辈分不低，所以我只要回老家，在同龄人中的辈分就略显高了点。于是，在我们老家的村子里，对我称爷呼叔的大有人在。

　　不过，我上学和参加工作后，遇到同姓的，一攀谈起来，我的辈分就低得多了。

　　1976年，汝南县委决定提拔个别优秀大队党支部书记到公社党委任副书记。当时水屯公社石庄大队党支部书记王学敏就属其列。他上任后，工作风风火火，办事雷厉风行，在干部群众中享有较高的威望，但也让人有一种敬畏感。当有人的时候或在公共场所，我就叫他"王书记"；如果与他独处的时候，我就叫他"老祖宗"，因为"学"字辈排在"心""法""本""太"之前。

　　在农村，辈分是严格的，但在城里和机关，同姓中不同辈分之间称兄道弟的乱辈现象却屡见不鲜。有与父子两代分别称兄道弟的。王学敏是当时的公社党委副书记，王志法是当时的公社文教助理。王学敏和王志法工作相处很好，私下称兄道弟。但王学敏的弟弟王学钊与王志法的儿子王红卫从小学、初中到高中一直是同学，他们二人亦称兄道弟。有一次当双方相遇时，称呼混乱，引人注意，叫人好笑，还是旁边一位老者说了句"各亲各叫"，这才结束了尴尬的局面。

有父女两代同一个叫法的。当年在水屯公社机关食堂工作的炊事员张守业，年过半百，人们都称他"老张大爷"。有一天中午，时任公社党委委员、革委会副主任的胡明富喊："老张大爷，今天我家来了个客，麻烦您炒两个菜！"过了一会儿，他女儿胡大华到了食堂也喊："老张大爷，菜炒好了吗？"在场的人听了一阵儿好笑。

有两口子不同辈分叫法的。当时赵玺任水屯公社党委秘书，我是机关通信员，在一起工作，自然是称兄道弟。不想时隔若干年后，我被分配到汝南县韩庄公社工作后，在他的撮合下与刘英结婚。赵玺的儿子赵胜利跟着我们在韩庄联中上学。他每次放学后，见到刘英就问："英姐，俺太广叔呢？"见到我就问："太广叔，俺英姐呢？"因为赵玺参加工作后，就在刘英家住。

当时赵玺的父亲是新生大队党支部书记。公社的驻队干部肯定与大队干部是同辈，所以一直延续下来。夫妻不同辈分的叫法曾令我占了不少便宜，但这种不同辈分的叫法也不是常法。到了1988年春季，我和赵玺都在省委党校学习，"五一"期间双方的妻子相聚，游黄河，登邙山，其乐无穷，但乱叫的辈分令我不安。于是我郑重地提出"降辈"，大家虽然同意，但有好长时间改不过来。

有听错音误判辈分的。20世纪90年代中期，时任河南省委副书记的宋照肃陪同一位省委主要领导到乡里视察指导工作。当听完市、县、乡各级领导的工作汇报后，省委主要领导说："照肃，你讲讲吧。"在场的一位乡党委书记听后就很纳闷，心想："这个人的辈分不低呀，连省委主要领导都管他叫'赵叔'，看来我得叫他'赵爷'呀！"会议结束后，他真的喊起"赵爷"来了，大家弄清他的理解后，一阵儿好笑。

辈分，是一种亲情，更是一种血肉相连的根脉。

寻根中原:老乡,你贵姓

门 庭

闫雨生 | 文

二大娘姓杨。小时候每每听旁人"杨凡,杨凡"地唤她的时候,我总是会想起那出《樊梨花刀劈杨藩》的戏来。加之她的母亲——那是个小脚老太太,随了她生活在我们这里,刁钻古怪得紧,孩子们都怕她——惹得我们这些孩子也不大情愿和二大娘亲近了,听别人叫她"杨凡",想起樊梨花,总觉得彼杨藩即是此杨凡了。

其实二大娘完全不似她的母亲,竟是性格温婉得很。小时候不懂事儿,我总会想:那样一个恶狠狠的老太太,怎么就会生养出这样一个温婉的女儿来呢?

再后来,便断断续续地听乡里乡亲们说起,二大娘的亲爹是个威震八方的土匪头子,老太太是颐指气使的压寨夫人。二大娘是他们的第一个孩子。土匪头子对别人凶神恶煞,但对他的这个女儿却是疼爱有加;自己没文化,却径直请了教书先生来教自己的女儿读书写字。只可惜,临近解放,土匪头子被抓、枪毙。二大娘的好日子也到了头。

颐指气使的压寨夫人死了男人,没了靠山,在被解放了的人民群众之中,犹如丧家之犬,大概也想过一死了之。无奈,其时的二大娘充其量10岁,而且,压寨夫人的肚子里还怀有即将出生的遗腹子。没办法,压寨夫人带着女儿,抱着刚出生的儿子,就改了嫁。

嫁的那家姓聂。独要一个男人,会一些咕噜钉锅的手艺,家里穷得叮当响,四十好几了,也没找上媳妇。一次出去游乡,就捡回了二大娘和她的母亲以及襁褓中的弟弟。姓聂的听说他们是土匪头子的家属,心里发怵,但眼见着襁褓中的小男娃,想到自己至今无后,倒也不去计较这些。只是提前声明,想跟他过日子可以,但这男娃不准再姓杨,必须跟他姓,姓聂。最后,取名为"聂根生"。

我见过聂根生。

【作者简介】

　　闫雨生,河南禹州人。电台主持人,广播电视学校教师。偶有文学创作,作品散见于《散文百家》《百家讲坛》《许昌日报》等。出版有散文集《钧瓷花色似烟雨》《望不尽的岁月如你》。

二大娘嫁给我二伯的时候，聂根生也有十来岁了。性格温婉的二大娘从来不说她在聂家生活的经历，倒是乡里乡亲们闲的时候总爱唠叨这事儿。那姓聂的对二大娘并不好，从他压根儿没要求二大娘改跟他姓这事儿，也能看得出来，姓聂的压根儿没把这个丫头片子放眼里。好在，二大娘的母亲，也就是那后来的老太太，毕竟是曾经的压寨夫人，脾气、手腕都是有些的。跟了这姓聂的，起初还小心翼翼，日子久了，有她护着，姓聂的也自是不敢把二大娘怎么样。不过，到底是寄人篱下的生活，原本性格温婉的二大娘，又多出几分小心翼翼来。好不容易熬到了待嫁的年龄。乡亲们都说，二大娘嫁给我二伯，简直是掉进了福窝窝里。

二伯也一样穷，但二伯是个憨实能干的人，而且年龄上又比二大娘大了四五岁，所以，对二大娘那可真真儿是一百二十分的好。二大娘受了十多年的苦，如今嫁了这样的男人，心里自然也感激这上苍，自此与二伯同心同德。我小的时候，或许是因为大家的日子都过得紧巴巴的，人穷是非多吧，在我们村子里总能听左邻右舍，不是这家就是那家，大吵小吵，闹得鸡飞狗跳，抹脖子跳井上吊的，什么都有。但二伯与二大娘那里，莫说两口子吵架了，即便红个脸，都难得见一回。

或许是因了夫妻二人这样的和睦相处，二大娘的那位曾是压寨夫人的娘才会跟了过来，直接在这里让女儿女婿养老送终了。

那其实又是十多年之后的事儿了。在这十多年里，二大娘她娘跟那姓聂的，又生了个女儿。虽说是女儿，到底是自己亲生的。姓聂的便从此"移情别恋"，对自己的这个亲生女儿是疼爱有加，对那个虽然跟了自己的聂姓、但到底不是自己的种儿的聂根生也渐渐嫌弃起来。趁他母亲不在家或是不留意的时候，踹两脚骂几句，都是常有的事儿。没想到，这样的境遇竟是把聂根生这样的一个土匪头子之后，生生地驯成了小绵羊，莫说是在自己的继父跟前，就是在村子里的乡亲及他们的孩子面前，也是三脚踹不出一个屁来。再加上，同龄的孩子们每每都会追着他喊"小土匪，小土匪"，聂根生更是成了一只小老鼠，出门就溜着墙根儿走。对面远远过来个人，他就开始不知所措，几乎要转身立逃而去。

及至那姓聂的男人得病死去，聂根生也差不多到了该成家的年龄。不管那懦弱、胆怯的性格是不是天生的吧，到底也改不过来了。二大娘她娘便骂："改了门庭了啊，恁爹当年多威风啊，生死不怕的人，咋就会生了你这么个窝囊废？！"

等聂根生好不容易娶了媳妇，二大娘她娘再骂自己儿子是窝囊废的时候，就有人不愿意了，这个人就是聂根生他媳妇。

聂根生软蛋得很，可人家媳妇那可是一副生死不怕的土匪性格。"我家几代贫农，我怕你这个土匪小老婆？"这是根生媳妇常用的口头禅。其时，正闹"文革"、过运动，被打压怕了的二大娘她娘一听这话，就大气不敢出了。

姓聂的男人死后，聂根生也跟自己母亲商量过，想改回自己本来的姓氏——杨。可如今一听自家媳妇又提起土匪羔子这茬儿，又眼见着今天过运动明天过运动，今天割那个尾巴明天斗那个分子的，再不敢提改回姓氏的事儿了。

"文革"结束的时候，聂根生已经有了自己的儿子。根生媳妇虽因为"文革"结束，这个平反那个平反，而不再经常骂根生和他娘是土匪家属，但却又因给这个家生了个男娃，底气倒像显得更足了。再加上，二大娘她娘小心翼翼地度过了"文革"时期，眼见着群众们也没把她怎么样，便好像忍气吞声了许多年终于可以浮上水面"扬眉吐气"了一般，到底是曾经颐指气使惯了的压寨夫人，同自家儿媳那个水火不相融的劲儿，可真是斗智斗勇又斗狠，斗得整个聂家集几乎每天都能够听到看到这婆媳两个的"二人转"。聂根生屁也不放，两个女人一吵，他用布条子把儿子往自己背上一捆，提着个锄头就钻自家红薯地里去了。

又是几年，二大娘她娘等自己的那个老生闺女出嫁之后，一天也不愿意在聂家集待了，让人捎信给她的大女儿大女婿，立马来接她。她决定了，不要聂根生这个窝囊废儿子了。

我的年龄比聂根生的儿子小两岁。在二大娘她娘来我们庄子上养老之前，我也追着二大娘跟她去过聂家集走娘家，见过聂根生，见过聂根生的儿子。

因为我和聂根生的这个儿子年龄相差不多，倒也能玩到一处。我像个跟屁虫似的跟着他，喊他"杰哥，杰哥"。有时候，我会很傻很天真地问："杰哥，你叫聂伟杰，你怎么跟你大姑不一个姓啊？"每当这时，七八岁的杰哥就很生气，声嘶力竭地冲我吼："谁跟你说我叫聂伟杰？我叫杨伟杰！听见了没？"

如今想来，想必那个时候的杰哥就已经懵懵懂懂地知道自己真正的爷爷本姓杨，那他这个做孙子的就也应该姓杨。根生媳妇管得了自家男人改回杨姓的事儿，却对自己的这个儿子有些束手无策了。

像是隔辈遗传似的，这杰哥的秉性竟是跟他的父亲聂根生恰恰相反，倒更像他那土匪头子爷爷，或者说是像他的母亲那样的彪悍、生死不怕。聂根生小的时候被聂家集的孩子们欺负，这杰哥小的时候竟是生生把聂家集上的孩子痛打了个遍。

二大娘她娘自从跟了二大娘来到我们庄子上养老之后，杰哥时常会来看他奶奶。祖孙二人时常会凑到一块儿诅咒根生媳妇，笑骂那女人就是一母夜叉。听杰哥说自己在聂家集打遍天下无敌手的时候，老太太乐得合不拢嘴，笑得假牙都快飞出去了，还一个劲儿地感叹："唉，你们杨家终于出了个长志气的了。改门庭了，改门庭了啊。"

杰哥十来岁的时候，便因打架、早恋辍了学，谁也管不了。聂根生那样的温吞脾气，自是只会唉声叹气；彪悍的根生媳妇说了几次，杰哥便摔碗踹门，有时竟当即离家出走，几天甚至十几天都不着家。没了管束的杰哥便越发游荡起来。那时候，少有人像现在的年轻人这样全都南下打工，不上学的年轻小伙子凑到一起，斗牌、赌博、打群架，最后，偷钱窃物。80年代末，我家翻盖新房，好不容易凑足的工人工钱丢了，有人说，就有可能是又来姑家走亲戚的杨伟杰偷的。

终于，在我读初二那年的一天，好像又是因为偷窃的事情，杰哥和自己的母亲打了一架，再次离家出走了。这一走，就是好几年，据说，是去了新疆。

杰哥有个弟弟，比他小四岁，没有两个名字，直接就叫杨成杰。一母所生，这杨成杰倒像是完全继承了他的父亲聂根生的温吞怯弱性情，或许也是因了有杰哥的前车之鉴，这杨成杰打一出生，聂根生两口子就严把死守，严加管教，生怕再娇宠出第二个杰哥来。所以，这杨成杰竟是老实本分了许多。

杨成杰很小的时候，被他的母亲带了来我们庄子看望老太太。大抵是都上了年纪，曾经的恩仇也大都淡去了，根生媳妇见了老太太也一口一个娘地唤得亲热起来了，老太太呢，虽说还是赖嘴不留口德，但到底上了80的人了，想骂也骂不动了。但见杨成杰那胆小如鼠的小鸡仔模样，还是忍不住唠叨："老公鸡叫一声，他就吓得一哆嗦，这可怎么行？可千万不能学他爹，窝窝囊囊一辈子，连自己媳妇都管不住。要像他爷爷……"根生媳妇只当没听见，跟二大娘唠着闲嗑儿，倒是二大娘怕自己兄弟媳妇面子上下不来，帮衬着接上几句："娘，你快别净说那些陈谷子烂芝麻的事儿了。要不是你娇宠着惯着，伟杰也不会那么混世魔王似的，老天爷第一，他就是第二，什么都不怕，最后连自己娘老子都敢动手了……"

每每这时，老太太便有些张口结舌起来，只是一个劲儿地唉声叹气："唉，改了门庭了，改了门庭了。唉，唉。"

我高中毕业那年暑假，老太太去世了，我再一次见到杰哥。他是从新疆赶回来的。据说，如今的他已经踏实了许多，在新疆跟人打石料，会混人，人精明，又有些手腕，竟有打算跟人合伙开个石料厂。来我们庄上吊孝的时候，竟是开了辆"昌河"。一辆厢式昌河车，在2000年，在我们那个偏远的乡村里，也是极少有人开得起的。聂根生两口子，还有已经14岁的杨成杰，都坐着那辆"昌河"，很风光的样子。聂根生跟我们说话，也像是底气足了许多一般。

再听到关于他们这一家子的消息，没想到，竟然是杨成杰去世的消息。老实巴脚的杨成杰到了青春期，也闹起了退学。不像他哥伟杰那样跟自己父母大吵大闹，只是闷声不响地不去学校了。大人随便说随便骂，他只是不吭声不接茬儿，也不闹离家出走，只是把自己关在自己房间里，任你爹娘老子叫魂一般骂仇敌一样打，他就是不去学校。根生媳妇直骂"哑巴蚊子咬死人"。没办法，不上学的杨成杰就去了新疆找他哥，在他哥的石料厂像他哥当初刚到新疆时一样，直接到生产第一线打石料。结果，就偏偏遇上了山洪，人给冲没影儿了，活不见人死不见尸的。

杨成杰没了之后，杰哥便从新疆回来了。几年前，我回老家见过杰哥一次，彼此都是做了父亲的人了。在二伯家，我们一起喝酒，我感叹着说："当年，你要不从新疆回来，估计如今你那石料厂也成规模了，你也是经理、董事长了。你说，回来干啥？"想必都喝得差不多了，杰哥高声大气地说："不回来可中？成杰没了，我再在新疆待着不回来，那俺爹俺娘咋办？虽然我也不是啥孝顺孩子，但到底比没有强吧，是不是？"说完，便兀自哈哈大笑起来。

其时，杰哥已经是我们当地一家花木种植公司的老总，公司旗下有许多花木种植园，他竟是带领聂家集的众多乡亲发了家致了富。县城一家全县有名的大型超市，也是他投资兴建的。据说，他还要把这超市连锁，开到全国各地去呢。

二大娘说："俺娘家到底还是改了门庭。伟杰这小子，小时候那么不成器，他离家出走的时候，他爹娘还说只当没养他呢。没想到，如今，几乎所有亲戚都沾起了他的光，这还真是改了门风、换了门庭啊。"

三代人

邵 丽 | 文

【作者简介】

邵丽,河南周口人。中国作协会员,河南省作协副秘书长。出版有散文集《纸裙子》,小说集《纸灯笼》《碎花地毯》《腾空的屋子》,长篇小说《我的生活质量》等。

我一直试图分析我们家的三代人。我觉得这项工作有标本意义,因为这样的三代人,可能和很多的家庭都有相似之处。第一代人是我的父亲。他生在万恶的旧社会,活在崭新的中国。第三代人是我的孩子,她生在20世纪80年代末,活在全球一体化的互联网时代。第二代人就是夹在他们中间的我——我出生在"十年动乱"期间,经历了中国历史过山车般的起起伏伏。

我父亲在新中国成立前就加入了中国共产党,属于建国前的老革命。他出身于富裕家庭,参加革命的动因肯定不是为生活所迫,而是有一个远大而充实的理想在鼓舞着他。这种理想怎么植入他的思想和行为之中,成为他矢志不渝的信念的,我们不得而知——只是看到电视上那么多的热血青年抛弃优裕的生活奔赴延安时,我常常会心有戚戚——他从来不跟我们谈这个,如果要谈,也是以他自有的一套价值体系,来评判孩子们的所作所为。比如他的大儿子,参军正赶上对越自卫反击战。他一封接一封地给他写信,鼓励他杀敌立功,火线入党。他曾经为儿子的生命担心过吗?我相信肯定会有,他对孩子的爱我们都有切身体会,只是当这种担心与他心中的理想发生碰撞时,他会像那个时代的大多数人一样,把自己的担心一点一点地擦掉。我的小妹夫是党校的一名法律教师,后来辞职当了律师。他很久不答理他,在他眼里,一个脱离组织的自由职业者,再怎么风光也是旁门左道。尽管他离休后一直跟着他们生活,但从来没有修正过对妹夫的看法。有一次,我的女儿、他的外孙女考上大学,他把自己的"遗产"分了一部分给她(按他的要求,他的"遗产"只能是晚辈们上大学或者参军时才能动用),并谆谆教诲她说:"你一定要好好学习,将来报效党和国家!"女儿回来跟我抱怨说,我姥爷真是的!在自己家里还装,累不累?

寻根中原：老乡，你贵姓

女儿，他哪里是装啊？他要是真会装就好了！

新中国成立后，历次政治运动父亲都没躲掉过，他成为一个真正的"老运动员"——他的出身不能保证他参加革命的政治目的的纯洁性。每当我们看着贴满整条大街、倒写着他的名字并在上面画着红叉的大字报惴惴不安的时候，他总是拿着一个红皮笔记本，恭恭敬敬地去抄人家批判他的那些文章。每次挨斗，他既没有委屈，也没有抱怨；即使后来都平反（难道他"反"过吗？）了，他也从来没有觉得组织上错过。

《人民日报》和《新闻联播》是他的整个世界，一直到死，他每天都离不了。他这一辈子只相信"上级精神"，从来不相信小道消息。全国都放"高产卫星"的时候，他正在人民公社当领导，肯定要参与这样的行动。他没觉得有什么不对，因为那都来源于"上级"的决定，他都记在笔记本上学而时习之。

他死的时候终于赢得了由组织部门撰写的"一切皆好"的悼词和一面鲜红的党旗，结束了单纯而不单调的一生。我想起《经济参考报》上的一篇文章说，一个老革命被平反之后，家人为了争取在他的骨灰盒上覆盖党旗，整整努力了10年！他们那一代人，不仅仅是在宣誓的时候才把一切都献给党的。

我女儿出生在20世纪80年代末，从她懂

事的时候起，至少在形式上，"政治"这个词已经远离老百姓的日常生活。等到她会识字，人们已经通过互联网认识世界了。他们这一代人，怎么说呢，占有的信息量越大，能让他们相信的东西越少——她刚好跟我父亲相左，只要是小道消息，她都觉得是真的。他们不缺少任何东西，从亲人的爱到物质生活，都是人类历史上最丰富的时期。但他们从来没有满意过，一直都牢骚满腹。这也跟我的父亲相左，父亲生活在精神和物质极为匮乏的时期，可是常常觉得非常满足。

我的女儿这一代，他们除了信仰自己，没有谁能说服或者强迫他们信仰其他。他们的学习、事业和爱情是可以事先规划（"规划"这个词从宏大的国家叙事进入我们个人的生活，难道不是一场革命吗？）好的，他们的人生之路也是如此。他们对任何事都不会有长久而忘我的热情，从汶川地震到齐秦被烧伤，在他们嘴里挂不了一个礼拜。他们是这个时代最自信的消费者，也是最无奈的被消费者。也许，他们有多自信，就有多迷茫。

处在他们的夹缝中间，我既为父亲悲哀，也为孩子遗憾，但我并不是一个清醒者，有时候我比他们还迷茫——为了不成为他们，我在自己的周围扎了很多栅栏。为了与父亲不一样，我学会了选择，而选择就要直面利害，因而小心翼翼、杯弓蛇影，谁也不敢相信。我拼命恶补"西餐"，从罗素到哈维尔，从奥威尔到哈耶克，我试图走出政治的迷宫。为了与女儿不一样，我努力不让自己在这个瞬息万变的社会激流中沉没。我拼命恶补"中餐"，从《四书》到南华经，从杨朱到王阳明，在出世与入世之间苦苦地挣扎。我热心公益，关注热点，为环保而环保，为爱心而爱心，努力使自己成为一个热心肠。可是，我从来没有对自己满意过，我时时刻刻想着自己什么时候变得不是自己了，那才是真正的自己。

我们这一代人的人生，是被活生生斩作几段的。我们没谁能记得清自己身上打了多少道思想的补丁。

我们向来有"向前看"的传统，这是这个庞大而又历史悠久的民族一次又一次逃脱劫难的法宝。用来驭国，则国治；用来治家，则家齐。如果用功利主义思想来计算整个社会的得失，它肯定是一个利大于弊的经国济世之策，但我们似乎没有认真负责地清理过历史。这种"大意"是被习惯植入民族性之中，还是更有难言之隐？我想起《法门寺》里，奴才贾桂说的那句特别经典的话："奴才站惯了，不敢坐。"难道这恰恰就是我们的病灶吗？

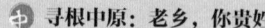
寻根中原：老乡，你贵姓

父亲这一生

柴占安 | 文

父亲好像是陌生人，我们生活在两个不同的世界。就如现在，他躺在医院急救室里，在生死线上挣扎。而我，坐在办公室里，做关于生命意义的思考。

父亲生活在自己的世界里。

爷爷奶奶留下儿子和孤独，离开了世界。于是，父亲一生也就和孤独形影不离了。

我一直不了解父亲的生活。

只知道他下过矿，在纸箱厂当过工人做过技术员。最高的官，是做过一段时间车间主任，最终还是因为缺乏组织领导能力，只是做了一段时间而已。业余时间收过酒瓶子，摆过补鞋摊子、自行车维修摊子，卖过罐头、蔬菜、水果……除此之外，还有一些实用性小爱好，复制一些山水动物画，修锁配钥匙，做个箱子、板凳，编个篮子，打个铁钎，铸个饭勺，捡个脸盆补补，修修收音机，缝补衣物，甚至裁剪等。好像很万能，几乎任何家庭用品，他都能以不花钱的方式自给，往往会从垃圾堆里找出生活的必需。但终究比较粗糙，不够体面，所以家庭也没以欣赏的态度接受，反而是以鉴赏的态度批判。父亲似乎也没有挫败感，依然坚持着。

父亲最被我们认同的伟大作品，也许就是给哥哥和我做的两把玩具手枪吧，哥哥曾经用父亲的作品打烂过人家的醋瓶子。那把枪的原理已回想不起来了，但我从没看见过别人有相仿的东西。我确信，那一定是父亲的发明。

我无法描述父亲的全貌，但劳作是他人生的主线，这应是毫无疑问的。父亲就像一台没有思想的机器，被某种程序所设定，一刻也没停止

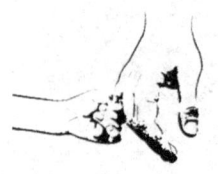

【作者简介】

柴占安，河南武陟人。河南屹峰集团董事长。

过劳作。这"某种"大约是"生存"吧。

父亲不是大男人。

性格懦弱、无争,对外界的压迫有极强的适应性,让环境因为自己有所改变,或者改变环境,他可能从没想过。甚至不知道,从情绪上可以有抱怨的权利。在父亲的眼里,人生受到嘲讽、羞辱,经历磨难,就是这个世界的合理存在。

他致力于术,不懂得道。所以被不屑。六七岁的时候奶奶早逝,父亲和爷爷,还有一个续奶奶一起生活。我不知道父亲是怎么度过自己的童年生活的。但父亲的人生,至少有两个方面受童年影响巨大:一是极强的自我保护意识;二是不适应复杂的家庭关系。父母过早离世,家境贫寒,影响了父亲的性格养成,使父亲对于生存的基本需要尤其在意,对于温饱,有种近乎自私的执着。父亲生存术的强大,大约源于此。

父亲和母亲结婚,父亲不得不接受一个新的家庭,外公、外婆、舅舅成了父亲的家庭成员。我们姊妹四个也相继来到这个世界。对于父亲而言,家庭关系陡然变得复杂起来。我不知道父亲是怎么诠释家庭含义的,但被定论的他,是任何角色的扮演都不合格。那时的父亲是除了粮食收入之外,家庭经济收入的唯一创造者。贫困,使物质需求与匮乏成为最激烈的家庭矛盾。父亲对于家庭责任的担当是有原则的,首先是以不影响自身温饱为前提。但沉重的家庭负担始终在挑战父亲的原则,而父亲依然执着,决不妥协。家庭的一系列现实问题接踵而来,老人的赡养、丧葬,内弟的婚事,我们姊妹四个对于那时的农村家庭而言,更是当然的负担。不管父亲能否承载,都无可回避。生活,要求父亲把腰带再紧上一个扣,要求父亲在肚子和责任之间作出选择。于是矛盾逐步升级,直至开始了父亲是不是称职的丈夫,是不是有爱心、有责任感的父亲的评判。

结果是否定的。

不知从什么时候开始,父亲成了游离于我们家庭之外的家庭成员,角色的扮演也变得简单起来,只是家庭经济收入的责任担当者。家庭事务的决定,甚至家庭情感的支配,父亲都成了旁观者。

父亲进入了无爱的世界,或者父亲本就

生活在无爱的世界。

家庭出现了严重的信任危机，并愈演愈烈。父亲的工资一直是个谜，是父亲的最高机密。我相信，父亲一定有些私房钱，但只是阶段性的，只是这个月为下个月或再下个月的储备，而非长期的储蓄。这个储备，最终也往往被饥饱的质量消费掉。有时也会被家庭的迫切需要再挤出一些。而家庭又对这个私房钱评估过高，似乎那是个无尽的宝藏，总有挖掘的潜力。这种攻坚战持续了数十年，直至父亲病退。父亲的工资对于逐渐转好的家庭经济而言，变得不再重要，父亲也不再把退休金看作最高机密。家庭逐渐遗忘了父亲的这份收入，失去了探究的兴趣。

富足，让温饱不再是负担。家庭也开始变得宽容起来，甚至开始找寻被情感遗忘的父亲。生活上对父亲也有了一些关心，医疗条件有了较好改善。但我不知道我们心灵深处，究竟是出于道义还是出于亲情，是为父亲的概念还是为了父亲，假如家境仍然贫穷，对父亲又会怎样。家庭成员之间偶然也会作些讨论，应该让父亲安享晚年似乎达成了共识，但每次讨论总不会忘记再数落一下父亲的历史。否则，好像不足以显示自己的大度。父亲也许一直自认为是家庭的欠债者，静静地躲在角落里，把家庭给予的关心和照顾视为恩赐，小心翼翼地享用这些似乎不应属于自己的一切。

父亲的情感世界怎样，我无从知道，整个家庭想知道的兴趣似乎也不大。父亲不是一个善于倾诉、把情感赋予言辞的人。每逢家庭摩擦发生，父亲总会逃回工厂，逃回那间属于自己的宿舍，属于自己和孤独的宿舍。也许父亲在那里才能真实流露情感，或者为自己疗伤。

晚年的父亲，生活在孩子们的工厂里。因为有病而脚步蹒跚，经常拄着一根棍子在院子里走走，偶尔有些工作人员擦肩而过打个招呼，父亲也会满足地目送那个背影许久。有时也会远远地看着儿子们的忙碌，只是远远地看。我不知道父亲在想什么，但至少会有些许自豪和欣慰吧。

行文至此，父亲已逝去四天了。现在，父亲就静静地躺在我面前，睡在儿女们为他设置的灵堂里。葬礼很气派，用去了对父亲而言很天文数字的钱。因为孩子们的影响力，很多有头脸的人来吊唁，这是父亲在人世间得到的，自己也从不敢奢望的最高礼遇。孩子们认为自己应该这样做，但不见得认为父亲应该享有。

我不知道这些对逝去的父亲是否有意义。

明天是父亲在这个世界上的最后一天。我不知道是否真有天国，但我忽然希望天国确实存在。那里不再有劳作，不再有歧视，不再有饥饿和贫穷。那里，有能与父亲愉悦交流的先逝工友，有无尽的资源不需配置，有能为之心痛的父母给予孩子久违的爱。我希望那个祥和的天国，是充满大爱的世界。父亲在短暂人生中错过的，将在那里永久拥有，父亲的亡灵能在那里幸福地栖息。

乡关何处

每个人都有心中的老家,老家承载着一代代先祖的梦想,老家是一首久唱不衰的歌,那首歌被刻进了骨子里,融进了血液里,那首歌是难以忘却的乡音,无论走多远,走多久,都会一直不断地传唱着。

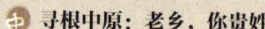

寻根中原：老乡，你贵姓

我是河南人

施一公 | 文

【作者简介】

施一公，出生于河南郑州。结构生物学家，清华大学副校长，中国科学院院士。

我的家世比较复杂。在官方记录上，我的籍贯是云南大姚，其实那里是我爷爷的出生地，至今我也没去过一次。我父亲出生于浙江杭州，但生长于江苏、上海等地，后来在哈尔滨工业大学读书。我母亲来自江苏丹阳的吕城镇，高中毕业后考入北京矿业学院。父母大学毕业后选择到条件较为艰苦的河南工作。虽然我出生在河南、成长在河南，但我对自己是哪里人的问题一度迷惑，小时候的邻居和同学也总认为我是"南方人"。高中毕业后，我离开河南，才逐渐意识到对生长了十八年的故乡的眷恋和感情。今天，无论什么人问我，我总是会很自豪地说："我是河南人！"是的，我是生于河南、长于河南、地地道道的河南人。

我出生在河南郑州，两岁半就随父母下放到河南省中南部的驻马店地区汝南县老君庙乡（当时称"光明公社"）闫寨大队小郭庄。2010年5月，我与母亲一起看电影《高考1977》，之后老人家很有感触地回忆起当年下放的情景：1969年10月的一天上午，我们一家六口人乘坐"解放"牌大卡车，从郑州启程前往从未去过的驻马店。我年纪小，跟着母亲坐在驾驶室里，一路上又新鲜又兴奋，叽叽呱呱说个不停。哥哥姐姐

则是和家具一起站在后面露天的车斗里。虽然只有二百多公里的路程,卡车却颠簸了整整一天,好不容易在晚上10点钟才到达小郭庄。我们的新家是刚刚把牲口迁移出去的一个牛棚,地上的麦秸秆还没有打扫干净。父母点上早已准备好的煤油灯,忙着卸家具,哥哥姐姐则帮着搬运一些较轻的物品。面对陌生的草房,闻着怪异的气味,我抱着母亲不肯松手,哭着闹着嚷着要回以前的家。懂事的大姐把我抱过去,告诉我这就是我们的新家……

没想到,这间牛棚伴随我度过了幼儿时期的三年。直到1972年离开小郭庄,我们全家一直住在这个村西头的牛棚里。能干的父亲弄来高粱秆、石灰、黄胶泥,把整个房子装修一新。那时,小郭庄还没有通电,电线杆也只架设到光明公社和闫寨的大队部,村民们也舍不得用蜡烛和煤油灯,一般天黑以后就上床睡觉了。晚上,整个村子漆黑一片,只有看家狗偶尔叫上两声。1969年底,在征得村干部同意后,我的父亲带着我大姐和几个乡亲,买来电线、瓷瓶,竖起一个个电线杆,把电线从大队部一直引到小郭庄。小郭庄成为附近十来个村庄中第一个通电的,这在当时当地是件了不起的大事!

父亲对村里的贡献得到乡亲们的认可,大家有事情都来找他商量,也常常请他帮忙。尤其是逢年过节的时候,邻居从镇上的百货店里买来布料,然后请我父亲量体裁衣,我们家的"上海"牌缝纫机在这时候也就成了全村的宝贝,父亲、母亲、大姐会轮流使用,尽量帮帮邻居。父亲除了裁缝,还会木匠活儿、剃头剪发等,我们家的大部分家具都是父亲亲手打制的。后来父亲还在全公社唯一的高中讲授数学。

母亲所描述的当时的物质之简陋、生活之艰难,我基本都没有印象。经过许多年的过滤记忆,童年剩下的只有无忧无虑的淘气,唯一不尽如人意的可能是食物的相对匮乏。由于家里孩子多,虽然父母都有收入,吃饱肚子没有问题,但至于吃什么就不得不量入为出了。如果一餐有肉,除大姐外的我们兄弟姐妹三人一定会掀起一场大战,很惭愧那时我们谁都没有孔融让梨的觉悟。我是最小的孩子,可也是最馋的一个。不论母亲把好吃的藏到什么地方,我总是能凭着敏锐的嗅觉把它们找出来偷吃掉,尽管每一次都免不了挨一顿揍,依旧屡教不改。1971年的春节,我还不到4岁,父亲从镇上买来十多斤五花肉,做成一大锅香喷喷的红烧肉,让我们几个孩子随便吃。一年多来第一次受到这样的款待,我们都不遗余力,尤其是我,专

拣肥肉,吃了满满一大碗。吃完后身体很不舒服,难受了整整两天,什么都不想吃。那次吃伤了身体后,我有将近二十年对肥肉犯怵,吃一点就会反胃、呕吐。直到现在,即便是再美味的肥肉,我都心存疑忌,很少品尝。

家里吃的东西有限,我们就到田间地头自己解决,童年觅食的经历是记忆里最大的快乐之一。其中印象最深的是当地人俗称的豌豆角子。翠绿的豌豆角刚刚长大,但里面的豆子还是瘪瘪的时候,其美味真是胜过天下的任何水果!把豌豆角从中间一掰,但不完全掰断,顺势从连接面上撕掉一层透明的膜,如法炮制再把对面的膜撕掉,剩下的部分往嘴里一丢,其清脆香甜难以描述。我们几个小伙伴猫在田里放肆大嚼,有时,一不小心,一根竹竿就会狠狠地砸在谁的脑袋上。看田的魏大爷恨透了我们这些防不胜防的小害虫,下手从不留情。但是魏大爷知道我们一家是从省城下放来的,对我们很照顾。他的扁担从来没有光顾过我的脑袋,甚至他还会偶尔在傍晚时用衣服兜一袋豌豆角送到我家。作为感激,我能干的父亲会帮他理发以及过年时裁制衣服。

村里的人对我们一家都很照顾,也从没听母亲说过有任何被排外的经历。因此,尽管在那个贫瘠的农村只是生活了不太记事的三年,可是每当说起来,总觉得那里才是自己的第一故乡,透着一股发自内心的亲切与眷恋。

1972年,我们全家搬往二十多公里之外的驻马店镇。离开那天,又来了一辆"解放"牌卡车。村里的众多孩子围着汽车看来看去、爬上爬下,我的母亲从附近镇上买来两斤糖果,分给孩子们吃。这一次,我也随同哥哥姐姐一起站在后面露天的车斗里,车开起来后感觉到大风扑面,真惬意!

在驻马店镇住了整整八年。这期间,我开始懂事,也有了很清晰的记忆。平心而论,镇上的生活比小郭庄要方便得多;但童年的我居然开始留恋农村生活,想念我的小伙伴。此后,这种感情长期跟随着我,影响着我对世界的看法。在我心中,记忆并不清晰的小郭庄似乎是我永远的故乡。

尽管从1985年考入清华大学开始就基本没有再长时间地回过河南,但是那里依旧是让我最有归属感的地方。在美国如果能够遇到一个河南人,总是感觉分外亲切。海外的华人生物学家当中有不少河南人,改革开放后,以CUSBEA(中美生物化学联合招生项目)第一届考试第一名身份赴美留学的王小凡,以及在美国留学生中首先成为美国科学院院士的王晓东都是河南人。我和他们的交情也因为老乡身份而更加深入和自然。

后来，不知什么时候，河南人的名声开始出问题。2001年我回国，似乎处处都不欢迎河南人。最可气的是看电视里的防盗公益广告，地铁里的乘客都说普通话，却偏偏让两个扒手之间用河南话交谈！真是岂有此理！这种明目张胆的不公平也更激发了我为河南人鸣不平的愿望。还好，还算有人主持公道，通过写书为河南人讲理。我自己也买了一本叫《河南人惹谁了》的书，边读，边笑，边生气！虽然书里讲述了许多对于河南人莫名其妙的误解，但书中的例证在社会上广为流传，也给人们增添了不少茶余饭后的谈资。

顺便说说我自己亲身经历的两件小事。一次是在美国东北部的佛蒙特州肯灵顿滑雪场滑雪，碰到一个中国人，很亲切地聊起来。我很自然就问道：您是哪里人？对方说：河北人。我说：哦，那咱们很近，我是河南的。这时对方不好意思地解释说：其实我也是河南的，在河北邯郸生活过两年，只是河南人名声不太好，所以外人问时总说自己是河北人。我听后感慨良多：咱们至少都是中国人吧！不是有"儿不嫌母丑，狗不嫌家贫"的道理吗？

另外一次是去中国南方某高校做学术报告，晚宴时某位校领导问我：施教授，哪里人？我答：河南人。他好像没听清楚，过了几秒钟，又问：您祖籍是？……我如实报告了爷爷和父母的出生地，他于是恍然大悟：哦，您是云南人呀！好像一切都顺理成章了，却绝口不再提河南，真让我哭笑不得。

回国不久的一次聚餐时，我认识了清华大学水利系的一位河南老乡。此君妙语连珠，因为在座的还有几位山东老乡，他就拿河南和山东比较，现摘录如下：

"为什么河南人名声不好？那是因为别的省如果有人做了好事，都是用省说话，比

如山东出了梁山好汉，山东有孔圣人；可出了坏事，却是用市县去说，比如，泰安有个罪犯。可到了河南，反了。河南要有好事，总是说市，比如洛阳的牡丹，南阳的孔明；可是坏事呢，却一下子都说到河南省去了。这么一来，就好像山东只出好人，河南只出坏人了。

"反正吧，我是这么觉得：山东也有好人，也有坏人；河南也是如此。"

闻言莞尔。其实全国各地，又能差多少？

从出生到18岁上大学，我有将近11年是在驻马店地区度过的。所以，我不仅是地道的河南人，更准确点儿说，我是驻马店人。今后，您贬损河南人之前，最好四下观望一下，免得我在场让您下不了台。

寻根中原：老乡，你贵姓

河南老乡

孙玉亮 | 文

【作者简介】

孙玉亮，河南开封人。出版有中篇小说集《商缘》、短篇小说集《玛瑙眼》、散文集《戏游人间》，主要以写作散文随笔和小说为主。

在舟山的海军部队里河南籍的老乡有很多。

朱石头是我居家附近，弹药库里1965年入伍的老兵，驻马店人。长得面目很严肃，脸上也生有一脸青春痘，我和海生经常去找他玩。那是他上岗的时候，我们也只有10岁那样的年纪，朱石头无事儿，让我俩帮他掐青春痘挤那小白包，使劲挤，不怕痛。那时正是搞"三忠于，四无限"最热闹的1969年，当兵的上下岗的交接岗，也要举行一个简短仪式：两个兵要手持红宝书，来上一段祝伟大领袖毛主席万寿无疆，祝林副主席身体健康的祈祷词，然后上下岗。我学钓鱼，朱石头还给我一根捏直的钓鱼竿，亲自给我送到家。复员前，我和海生跟他到城里，并去百货商店买了一支能装五节电池的手电筒，我们三人还到照相馆拍了一张合影，这张照片我还存放着，照片已有三十多年的历史了。朱石头复员走的时候，把破得无法带走的铺盖卷巴卷巴扔海里了。

睢县的袁家福，是1968年的兵，是油库的汽车驾驶员，刚到油库时是开一辆美国十轮卡，男孩子喜欢车，我有时跑去找小袁玩，他出车的时候，我也跟着坐车上跑着玩。后来，小袁换车了，开一辆"解放"卡车，车身上印着花花绿绿的革命口号，我有时走在路上老远就能认出这台车来。小袁的父亲是一位抗美援朝的老兵，是特等残废军人，听袁大叔说，一颗重磅炮弹落在他们的地堡上，全班人只剩下他自己。认识袁大叔是我妈去飞机场的服务社买东西，正好袁大叔也在那儿，一说话，双方都听出来是河南人，异地他乡见老乡，仿佛是多年不见的亲戚。小袁复员后，也一直在家给人开车，开过货车也开过大客车。他在路过开封时,曾到我家来过几次。

洛阳的袁福庆也是油库的兵,他是1973年入伍,是一个城市兵,父亲是铁路上的。我俩挺要好的,节假日,经常一块出去游玩。有一次,是星期天,我俩一起坐长途车跑到沈家门去玩。沈家门是舟山下属普陀县的县城,因著名的佛教名山——普陀山在那个区域内,也由于普陀山的名气太大,所以说起普陀山,很多人都知道它是全国四大佛教名山之一,但是说到沈家门,知道的人就少了。沈家门也是一个良好的避风港,台风季节,全国各地的渔船很多都在这里抛锚避风,进行补给。那时,普陀山还是禁区,虽是佛教名山,但自"文革"开始至我离开舟山,我是一直未去过普陀山,这也不能不说是一件憾事。所以我俩也只能到沈家门的海边,隔海望一望云遮雾罩的普陀山。中午,小袁请客,在一家小饭店里,要了两个菜和一个汤,没有喝酒。那是我第一次到沈家门,而我在舟山的时候,也只去过两次沈家门。小袁复员后,我们也通信,他分到了洛阳的铁路东站工作。1983年的夏天,小袁到开封找到我,说一直想着我,见见面心里头踏实。我陪小袁在开封玩了一天,到铁塔、龙亭、相国寺游览了一番。这16年来,我没有见过他,通信地址也搞丢了,心里也时常想起小袁来。

李文学,1975年的兵,尉氏县人,是我居家附近的水站的兵。水站只有两人,在那里管理机房和抽水。李文学好武,当我的面演示过啤酒瓶子砸脑袋,使我非常钦佩。我曾拜李文学为师,跟着他习练武术。我每日早上5点钟起床,去找李文学,然后我俩一起爬到水站上面的山上,开始练拳,这样练了两个月,我跟李文学练了捕俘拳,练了三步拳。因为我没有练基本功,比如站桩、拿大顶、锻炼身体素质等,所以纯粹是花拳绣腿,全不当用的,好玩过后,再也不练了。

父辈之间的河南老乡也是很多,我家与南阳的老梁叔叔一家关系最好。南阳的老梁叔叔与我爸是60年代初在海军军官训练团认识的,也都保持了河南人纯朴实在、热情

寻根中原：老乡，你贵姓

好客的性格。我听我妈说过，我家才搬到舟山的时候，老梁叔叔家才添小三——海春，我妈带我去瞧小李阿姨。那时，因我与海生玩得起劲儿，不想回家，在老梁叔叔家一住好几天。有一年的春节，我往南阳打电话向老梁叔叔拜年时，也问到小三的情况，老梁叔叔告诉我说，小三今年在北京转业了，并留在了北京。那时，只要是星期天，如果是我爸与老梁叔叔碰到了一起，那么，俩人会在一起聊天，聊好长好长时间，两杯茶，一盒"大前门"，有时弄俩菜，喝上几杯。老梁叔叔和小李阿姨还是我两个姐姐成家的媒人。还有像马船长、彭舰长等河南老乡，父辈们也是经常走动的。但是，老魏叔叔一家由于是在1969年底离开舟山，回了驻马店老家的，我们小孩子就不清楚了。

在舟山，我所见过的河南老乡，可以分成战争年代参军的老乡，1965年入伍的老乡，1968年入伍的老乡，1973年入伍的老乡，1975年入伍的老乡。我也曾写过一首小诗，名字就叫《水兵老乡》：

在我结识的水兵中，
有许多是我们，
河南的老乡。
他们来自，
开封，
洛阳，
三门峡，
还有南阳。
我生长在南方，
他们也认我这个小老乡。
水兵老乡，
浓浓的乡情，
使我也想念故乡。
家乡纯朴的民风，
多情的土地，

古老的帝都，
众多的矿藏，
还有那条黄河，
令我神往！
认识这些水兵老乡，
也使我热爱家乡。

我发现，我结识的老乡们有一个共同的特点，就是热爱家乡，尽管那时的河南还比较贫困，而舟山岛又是属于那种比较富庶的"鱼米之乡"，但是，我没有听见有老乡埋怨或数落自己家乡不好的。我妈常说：儿不嫌娘丑，狗不嫌家贫。话语很普通，但是也说明了一个道理，即人不忘本。所以，爸转业，就秉承了一种水流千里归大海和叶落归根的古训。对于这样的观点，我是既赞成也反对，我赞成热爱家乡不忘根本的美德，我反对那种水流千里归大海和叶落归根的古训，古人其实也说过：埋骨何须桑梓地，人生处处是青山。不过话说回来，我在河南生活了这二十多年，对这块华夏民族文化的发祥地，对这块既古老又相对落后的土地，这感情倒是越来越深了！

乡————关————何————处

回 河 南

叶倾城 | 文

【作者简介】
　　叶倾城，原名胡庆云。湖北作协会员。著有《爱是一生的修行》《倾城十年》《情感的第三条道路》《一杯闲半生愁》等多部散文集，《原配》《心碎之舞》《麒麟夜》等多部长篇小说。

　　去年国庆长假，我们带我妈回了她的老家：南阳。
　　她离开，已经是五十多年前的事。当中，孩子多、家务重、工作忙，难得抽出几次机会返乡。到她退休，老人们全已过世，亲戚们各有前程，交通又不便，千山万水地回去——找谁呢，总不能对着空空的院落抹泪吧？
　　好容易凑到这样一个日子，聚齐了能约到的所有亲朋故旧，开了好几个小时的车过去。我妈与我舅见了面，不及寒暄，立刻去买纸钱、鞭炮和祭祀的一刀肉。第一件事：上坟。
　　鞭炮噼噼啪啪响起来，我怕伤到女儿小年，拉着她，越退越远，一直退到田埂上。
　　"突突突"，打身后来了一辆手扶拖拉机，车上的老大爷向我含笑点头："回来了？"
　　他当然不认识我，我上一次到南阳，才4岁。也许，我妈回来的消息已经传遍全村，都知道"八爷八奶奶的妮儿回来了"。也许不过是简单的逻辑判断：这里不是风景名胜区，远近只有玉米田、红薯地、棉花垛，不会有冒失的游客误闯至此；能经由国道省道县道乡间小路，最后到这小村庄的，多半是本村的人甚至是本家。总之，是曾经从这里走出去的人，此刻回来了。
　　我向他忙不迭点头："回来了。"又推小年，"喊爷爷。"脑子一闪：辈分对吗？搞不清了。小年乖巧地喊："爷爷好。"
　　拖拉机"突突突"经过我身旁，老大爷频频点头，"好好好，"甩下一句话，"有空到俺家来坐坐。"
　　我连声："好的好的。"
　　拖拉机在前面一个路口拐了弯，不一会儿，就听不见那"突突突"的声音了。

我始终不知他是谁，反正是亲戚。他们告诉我：整个村子，全焦古营的人都与我家是瓜叶连绵的亲戚，只是有亲疏远近而已。

下午，我们陪我妈探访她的母校：曾经的南阳一高。还是小有周折的。原来学校已经迁址，网络上查到的地址是新校区；又转头查旧址，毫无意外地在老城区，看了导航才从迷宫小巷里寻出正确脉络。地址对了，牌子是"第八小学"，我妈在校门口一看就傻眼了："怎么这么小？不可能呀！至少还有宿舍楼的。"

假日里到处都冷清，找了一会儿才找到门房，他一指："在后面。"

这地方汽车很难掉头，于是全家总动员，浩浩荡荡步行穿过静幽小巷，一眼看见一个还算气派的大门：是这里了，虽然牌子挂的是"实验中学"。进去走了没几步，我妈的记忆已经被唤起："对，这是原来的教务处。"想必曾经是个大殿，还有朱檐碧

瓦，旧而不残，相当结实。

穿过废弃的厂区，绕过一幢房顶上长满植物的平房——窗上还有空调，但窗内没有人声，不知道还有没有人在里面工作、生活。到了一片开阔的操场上，有位身板笔直的老先生正在溜达，披一身午后阳光。

看到我们，他劈头就问我妈："回来看母校？"浓浓的南阳腔，"你是哪一届的？"

我妈答："62届。"

老先生说："我60届的，你是高17，我是高15。我们同过一年学。"他后来考取信阳师专，毕业后又分到南阳一高，在这里教了一辈子书，退休后还住在书院街上的家属区，是知根知底的老人了。

他问我妈："某某，你还记得吗？"我妈想了一会儿，才想起来了。

某某是我妈的同班同学，大学毕业后也回校任教，与老先生同事多年。"现在已经走了。"老先生说。

我妈提起一位女老

师:"教物理的,当时好像在和另一个老师谈恋爱……"

我大吃一惊:"妈,你这么八卦?"

我妈急急解释:"学生嘛,对这种事总是很好奇的。"

老先生想一想:"有的,是个蛮子(南方人)。后来谈成了,一辈子好得很——不过现在也不在了。"

看他们闲说往事,像白发宫女说天宝旧闻,我其实很想知道:为什么老先生一眼就能判断出,我妈不是过客,而是归人?

当然了。办事儿的,不会在假日来访;老学校才迁不久,新学校的毕业生,还来不及白发苍苍;也许,他见惯了扶老携幼探访母校的校友们;更也许,同一座学府混迹过,像浸过同一片河水,身上有相似的味道,可以在千人万人中轻易嗅到。

他们聊得正欢,我们识相地散开,不去打扰。

若无人等待,其实,也就不存在回来。刘恒的小说《黑的雪》里面,男主角刑满释放回家,母亲已经去世,一院子遇不到一个熟人。北屋挂着窗帘没人,南屋也上了锁,西屋的女人探出头来:"你找谁?"面生,想是他走后才搬过来的,警觉傲慢的表情刺痛了他。

形只影单的家,还是家吗?无人盼望的回家,和放逐天涯,又有什么区别?

好在,这一次,我们回到的是乡音不改的中原大地,父老乡亲们全知道我们不是无缘无故的闲人,他们明白每次邂逅,都是久别重逢;他们懂得凡来者,都有渊源;而去了的,也许有一天还会回来。

既然遇到,没有别话,只问一句:"回来了?"

我们答:"回来了。"

日子像失散已久的虎符,这一刻,"咔嗒"一声扣上。

寻根中原：老乡，你贵姓

乡关河南

二月河 | 文

【作者简介】

二月河，原名凌解放，山西人。著名历史小说作家，中国作协会员。南阳作家群代表人物，因其笔下五百多万字的"帝王系列"——《康熙大帝》《雍正皇帝》《乾隆皇帝》三部作品，而被海内外读者熟知。

在我的老家南阳，无论你是初来乍到的远客，还是多次到访的故交，南阳人见面头一句话就是："你回来了？"

这句话，是把你当成了归家的亲人来欢迎。

作为河南西南部一个有着深厚历史积淀的城市，南阳人朴素好客的意识自古而来，深具中国几千年农耕文化的特色，一句"你回来了"千年传承，不管时代怎么发展，这句热络的问候，始终不曾改变。

不管是从哪里来的人，到这儿都有落叶归根的感觉。对客人说"回来"，意味着这就是你的家，欢迎回到老家来，享受亲人的盛情款待。

南阳就是河南的一个缩影。中原大地，更是整个中华民族的发祥地。河南具有深厚的根文化，是众多中国大姓的起源地，西周分封八百诸侯，每个诸侯几乎都流传下来一个姓氏，这些诸侯的主要集散地就在河南。

很多人现在一问，都说是从洪洞大槐树下出来的。其实大槐树下的很多人，原也是中原人。现在散处于世界各地的华人，他们的祖先多数也是在河南。我们汉族是从哪儿来的？那是因为有了汉代，而刘邦斩蛇起义就在河南商丘永城。

中国人讲究个落叶归根。为什么呢？人的年龄越大，出去的时间越长，"根"的吸引力便越大。《论语》里也提到"父母在，不远游"，为什么这么说呢？并不是说父母在，就不出远门了，而是说，如果有父母在，不管你走到哪里，这里就是家，你就不会走远；这就是故乡对游子强大的吸引力；大而化之，就是中华文化对海外华人的强大吸引力，就是祖根的吸引力。只要"父母""故乡"在，对他们来说，不管走多远，都是一种精神支撑。

"日暮乡关何处是，烟波江上使人愁。"几千年来，人们都在寻找自己的故乡。这个故乡,既是自己生长的地方,也是祖根肇始之地。而河南,就是这样一个"故乡",是中华民族的故乡,更是海外游子的故乡。

海内外华人对故乡祖根的深厚感情,我深有体会。

这么多年,我写了一些书,也得了一些奖,但我最看重的,是两个奖:一是香港中学生在生日宴上颁发的"最受欢迎作家和作品奖";二是美国中国贸易中心图书博览会评出的"海外最受欢迎的中国作家奖"。为什么是这两个呢?前者是因为孩子们不会作假,是完全发自内心的喜欢。后者则是因为华侨华人在海外的认可和支持。他们为什么就给了我呢?就是因为我的书里边注入的中国文化理念比较多,那些老华侨或者是移民到美国以后,长期喝洋酒、吃洋饭、说洋话、做洋事,形成一种对故乡驱之不去的怀念的需求。去国怀乡的思绪不但不会削弱,其实是"与日俱增"的。我的作品中的"中国文化情结"得到大家的认可,当然不全是我自己的功劳,也有海外游子文化心理的认同。

多年来,海内外华人来此寻根谒祖不断。河南拥有如此厚重的根亲文化资源优势,近年来,也有一批学者进行了研究和挖掘,但更重要的是,研究出来后,要有面向全世界的对外传播平台。

目前,这种平台还比较少。人家回来了不知道根在哪儿,你得给人家指路,得贴个标签。

比如说,现在许多人都知道孔庙在曲阜,但也许不知道,孔子的祖祠就在河南商丘,曲阜人也认可这一点。而且老子、庄子故里也都在豫东一带,这里是我国儒教、释教、道教的发祥地,可是过去在这方面的研究和宣传还不够。

这次家乡媒体《河南商报》对源自河南的姓氏逐一探访、梳理,继而把每个姓氏的演变和沿革向外传播,非常及时,也弥补了以前这方面出书的一个缺项。以前我们的姓氏研究,虽然资料翔实,但着重面向学术界,现在这本书出来,内容严谨,语言通俗可读,很适合想了解姓氏文化的人群,以及海内外华人寻根。作为媒体,在传播上又具有先天优势,能非常好地把相对深奥的史实深入浅出地讲清楚。这既是姓氏文化的一次全面普及,也是河南根亲文化一次极好的传播。看完本书,相信你会明白自己"从哪里来"。

(本文为郑州市政府与《河南商报》联手打造的姓氏文化图书《我从哪里来》的序言)

寻根中原：老乡，你贵姓

故乡在河南

诗酒趁年华 | 文

四十多年前一个天寒地冻的日子，父亲抱着刚满3周岁的我，母亲抱着出生仅36天的弟弟，离开河南举家北迁，经过三天牛车倒汽车、汽车倒火车、火车倒火车、火车倒轨道车的艰难辗转，我们终于到达了内蒙古的一个边远小煤矿，并从此落地生根。关于这次旅途的拥挤与艰辛我毫无记忆，一切来自于父母的描述和我自己的想象。6岁的时候，我随母亲又回老家住了八个月，但我的记忆里也只存着一些不太清晰的片段，关于故乡，关于故乡许多的亲人，是那样的遥远而模糊。高中毕业后，19岁的我曾只身一人回到过故乡，这一次的记忆是清晰的，感受是真实的，亲人们的热情是难忘的。从此，故乡那美丽的田园风光、善良纯朴的民风民情就深深地印在我的脑海里，每当看到或听到与故乡相关的人和事，总免不了深深的眷恋。

岁月流转，青春老大，屈指算来，已经二十多年没有回过故乡了。虽然幼离故土，虽然回去的机会少之又少，但父母不变的乡音、亲人们殷殷的牵挂、骨子里流淌的血液，让我对故乡总有一种依依不舍的感情。我知道这就是心中那个解不开的故乡情结，如一杯酽酽的茶、醇醇的酒，历久而弥笃。剪不断、理还乱的思乡之情，让我对这块古老而神秘的中原大地充满了向往、憧憬、爱惜和依恋，常常让我莫名其妙地有种忧伤而甜蜜的感觉。

想来，国人的故乡情结由来已久，从汉高祖刘邦的"大风起兮云飞扬，威加海内兮归故乡"，到历代游子们所吟咏的"低头思故乡"，"月是故乡明""乡关何处是"，像一首首动人的歌几千年传唱不衰。看来对故乡的爱是每一个游子内心的独白，是与生俱来、无法割舍的。故乡总在很远的地方，散发出熟悉的气息，让我们无端地感动。

但是，几年前，一位好朋友善意地提醒我说："以后别说自己是河

【作者简介】

诗酒趁年华，女，现居地内蒙古巴彦淖尔盟。

的，也是不公平的。作家马说的《河南人惹谁了》、作家张向持的《解读河南人》，对河南人进行了客观公正的评价：勤奋善良、吃苦耐劳、简单朴实、不拘小节的同时又正统保守、墨守成规、不思进取。一篇《河南人正从流行话语中站起来》的文章被各大网站纷纷转载，我想用不了多久，一个正面、求新、厚实、诚恳的河南人形象一定会悄然在民众心中扎根儿。

故乡和出身一样是与生俱来、无法选择的，而且我从来也没有想过逃避和掩盖，或者说，我根本就不想再做什么选择。故乡不仅给我心灵的慰藉，更给我精神的寄托，故乡的烙印早已深深融入我的灵魂。

我常常想，总有一天，我要回到故乡，走遍故乡的山山水水：到黄帝故里新郑，那是海内外炎黄子孙寻根拜祖的共同圣地；去淮阳，探寻人类始祖女娲如何抟泥为人，化育万物，又是如何炼石补天，救万民于水火；去甲骨文的故乡安阳，品味中华民族五千年的文明史如何开端；在天下第一名刹少林寺重温"十三棍僧救唐王"的传奇故事；看国色天香的牡丹花如何在九朝古都洛阳"花开时节动京城"；还有扶正祛邪、刚直不阿、美名传于古今的包龙图开封府大堂；还有精忠报国、世代忠良的开封天波府杨家将；还要去商丘木兰祠，感受一代巾帼英雄花木兰替父从军的忠烈和仁孝……我相信任何一个地方都会引起我心灵的震撼和共鸣；我更相信，无论我走到哪里，碰到的好人一定比坏人多。

感谢有这样一个地方，让我想念，让我眷恋，让我牵挂，让我感动，也让我自豪和骄傲。

南人，河南人现在几乎成了坑蒙拐骗的代名词了。"随即又转发了一条短信给我，就是那条非常有名的"十亿人民九亿骗，河南人民是教练"。其实关于这样的负面新闻我也是早有耳闻的，我真的不知道是哪些河南老乡究竟做了怎样不堪的事，致使河南人在世人心目中的形象一落千丈，但我坚信，个别人的行为永远代表不了大多数，就像任何一个城市都有它的阴暗面一样，任何一个地区都有好人和坏人。

自古就有"得中原者得天下"之说，所以地处中原腹地的河南历来为兵家必争之地，战乱不断，加上黄河经常性的大泛滥，使河南人民饱受苦难和折磨。而现在河南是地地道道的人口大省，每十个中国人中就有一个河南人，走南闯北的河南人可以说已经遍布全国甚至世界各地。天涯何处无芳草的同时，天涯又何处无坏人呢？有一句俗语说"林子大了，什么鸟都有"，在这么多的人里出一些胡作非为的人是正常的，也是不可避免的，但是因为这些人的存在却几乎糟蹋了一个省的名声，一时之间，让所有河南人在大庭广众之下羞于自报家门却是不可思议

寻根中原：老乡，你贵姓

我的寻根之路

许秀红 | 文

三年前，因为整理父亲的老兵回忆录——《"东北虎"比真虎还虎》，我了解了少许我的家族史。

我的父亲，原四野127师379团的南下老兵，历经辽沈战役、平津战役、渡海作战。1952年10月，海南解放后，父亲被抽去陕西西安参加空军建设（379团全团仅有两名战士入选，他是其中之一）。父亲在空军部队受伤后，转业回到家乡。2007年，父亲以八旬高龄完成了自己的人生回忆录，并受到国内媒体的关注。2011年12月19日，应央视崔永元老师之邀，父亲赴京参加《口述历史》栏目录制。父亲不仅是四野老兵的骄傲，还是我们许氏后人的骄傲。

在整理父亲的回忆录时，才知道我们并非真正的满族，属汉白旗，父亲的一句"我们是随旗当差的"，让我对家族史产生了浓厚的兴趣。在乡下族人那里，我得到了珍贵的"许氏族谱"，并通过拜访黑龙江社科院"流人学"创立者、闻名中外的流人文化大家李兴盛，在他的著作中查找到了一些信息：顺治十二年（公元1655年），先祖许尔安（字康侯，祖籍河南太康），因言获罪被流放，戍边宁古塔（今黑龙江省牡丹江市一带）。

三年来，汗水伴着泪水，我坚持搜集整理父亲的回忆录，寻找先祖的踪迹。我被父亲回忆录中的内容所感动，父亲苦难的人生、伟大的战斗历程，使我深深爱上了老兵文化。家族史中的传奇故事和不解之谜，让我迷失在寻找先祖踪迹的漫漫长路上不能自拔。我十几次去乡下拜访同宗族人，想寻找答案。在长辈无奈又酸楚的眼神中，在他们欲言又止的话语里，我似乎读出了什么。

在寻找家族史料的过程中，我遇到了各种艰难困惑，也因此险些失去家庭。可是，我没有半步停留。冥冥之中，我感知到先祖的力量，我一定会找到祖地，找到我们的根，因为我身上流着先人的血。

【作者简介】
　　许秀红，抗战老兵许荣亮之女，祖籍河南太康，现居黑龙江牡丹江市。

据史料记载，明朝末年，我的先祖在一次征战中，受小人陷害被打入大牢，朝廷因为找不到合适的带兵将领，又特赦他命其重新领兵。但是，先祖彻底对明廷失去了信心。先祖七十多岁仍然驰骋疆场，被迫送两个儿子过河给清军当人质，最后不得已降清变节。这段悲惨的命运似乎永远被钉在了历史的耻辱柱上。直到现在，许氏后人和社会上某些所谓专家学者，对先祖降清的这段历史仍然大加鞭挞。这是朝代更迭的必然结果，历史谁也无法改变。就我个人和家族而言，无法改变的还有我们是流放宁古塔先人的后代。

1655年到2011年，三百多年的光阴，我们与老家失去联系，我是第一位带着家谱回到老家寻根问祖的许氏后人。让同宗族人感到惊讶的是，我是一个女孩子。在旧社会，女孩儿的名字是不可以写到家谱上的，更不要说见到家谱了，而我有幸得到了家谱。2011年初秋，我从东北出发，一路辗转，背着家谱回到太康老家，终于踏上了祖地。当我看到大许寨、龙曲的家谱时，三年多的艰辛经历都化成浮云消失殆尽。除了激动，我还有无限感激。没有众多宗亲对我的大力支持，就不会有我坚持寻根的勇气和力量。

在老家的家谱上，我流放宁古塔的先祖的名字下面赫然写着"无嗣"，这让我既惊讶又遗憾。

由喜爱到酷爱家族文化，使我沉迷于寻根之旅。去年7月，我第二次带着儿子回到祖地太康。就在准备结束行程的时候，父亲打来电话说："许昌距离太康很近，那儿是我们祖先的发祥地，你应该去看看。"

说实话，这是我第一次听说许昌，可对这个名字有一丝莫名的亲切感。在许昌市侨联包绍军老师的协助下，我们联系到在许昌的同宗族人，到许昌后受到有关市领导及宗亲的热情接待。他们带我和儿子参观了所有与许氏文化相关的遗迹。然而，这次本该难忘的许昌之行，给我的感受只能用"五味杂陈"来形容。

到许昌之前，我曾与河南卫视《知根知底》栏目对接，去漯河的许慎文化园拜祭参观过。在那里，深厚的文化积淀给我留下了深刻的印象。但让人遗憾的是，在许昌这个唯一以许姓命名的城市中，除了荒凉的始祖许由墓地、沉寂的国君许文叔及其儿子的几块墓碑外，并没有太多的文物和遗迹。我和儿子没有过多拍照，静静地站在许由墓前，遥想许由牧耕于此，心中有些淡淡的向往。许由不仅缔造了许氏这个大姓，同时也缔造了许昌的根基，我到许由墓算是找到了许姓的根。

带着些许遗憾，也带着感叹，我们离开了许昌，心却留在了那里。因为所有海内外许氏后人都知道一句话："天下许姓，根在许昌。"

汉魏故都，魅力许昌。许昌，我一定还会回来的。

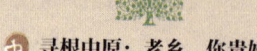

寻根中原：老乡，你贵姓

河南"寻根"记

大　山 | 文

我并不是我们家里第一个与中国结缘的人。早在20世纪20年代我的祖父母就曾经在中国生活过两年，先在北京后到河南。

不幸的是，两位老人都在我还很小的时候就去世了。我没能有机会仔细问问他们那时在中国的经历。当我开始对中国感兴趣并且在大学里主修中文的时候，我自认为我的选择和祖父母在中国的经历只是一个有趣的巧合而已。

父亲曾给我看过一些祖父母的老照片。祖父原是一名外科医生，在第一次世界大战的时候在法国当过军医。战争结束几年后祖父母来到了中国。在北京的协和医院工作了半年之后，他们到了河南省并且在那里住了大约两年。从其中的一张老照片里我认出了崇文门。所以，我知道他们一定住在这个离医院不远的区域。其他的照片里还有他们住过的房子和一个相当大的建筑物，我想那一定就是他们曾经工作过的医院。

来中国以后，我经常会想到他们，想象他们那时的生活会是怎样的。当我的儿子在1995年出生的时候，作为对我的祖父母的纪念，我们选择了协和医院。

几年前的一个深夜，我主持完在山东菏泽举行的牡丹节的活动，独自在火车站等待零点的过站车回北京。寂静的夜再一次将我的思绪带回到我的祖父母身上。在七十多年以前，他们或许就曾经站在这样一个车站，等待去河南的列车。我的心里忽然产生了一种非常强烈的要了解他们当年的生活的渴望。

没过多长时间，我上了倪萍主持的《聊天》节目，并第一次在公众场合提到了我家里的这段历史。我谈到我们知道我的祖父母曾经居住在一个叫作"归德"的地方，在"圣保罗医院"里工作了两年时间。但是我们不知道那个地方在哪里，也对有关他们在中国的经历了解甚少。

【作者简介】

　　大山，加拿大人，加拿大籍学者、主持人、相声演员。2007年，大山完成了他第二次到商丘的"寻根"之旅，并在次日被商丘市聘请为"古城形象大使"。

乡　关　何　处

节目播出之后不久，我收到了这样的一封信：

　　我是河南《商丘日报》的记者，我受报社总编之命及商丘市第一人民医院（原圣保罗医院）院长的委托采访您，真诚地希望您能帮我完成这个任务。在得知您的祖父是我们人民医院的创始人后，许多的观众、读者打来电话，想通过我们的报纸来了解您的祖父当年在商丘的情况及您本人对中加文化交流所做的贡献。请打电话与我联系。谢谢！

原来"归德"是商丘这个城市在解放前的老名称。实际上，这就是京九铁路线上我刚刚去过的菏泽下面的一个主要车站。当年我的祖父母曾经工作过的医院现叫"商丘市第一人民医院"。电话联系之后，商丘市政府邀请我去参观访问。

那年夏天，我带着我的儿子去了商丘。我还带了几张我们家里保存的老照片，想问问当地的人能否认出照片里的楼房和街景。走进商丘市第一人民医院大院的时候，我大吃一惊。矗立在眼前的不正是那泛了黄的老照片上的建筑吗！那天我们还见到了一位老人，他的父亲曾经和我的祖父一起工作过。他还记得小时候和我的伯父们一起玩耍。从他那里我了解到了很多关于我家在中国的历史。

20世纪20年代的中国正处于国内军阀混战时期，百姓生活十分艰苦。我的祖父母出于一种人道主义责任感来到中国，希望帮助改善中国老百姓的生活。后来，当地军阀的争斗愈演愈烈，使得他们不得不离开中国。暴徒袭击了他们的医院，甚至在他们离开的时候还袭击了他们的火车。更不幸的是，他们带着三个孩子来到中国却只带着其中一个回到了加拿大。我的两位年幼的伯父在这短短的两年里都先后染上了结核病，永远地葬在了中国。这极大的悲伤在我祖父母的心里留下了深深的阴影。这也是为什么他们回到加拿大后对家人很少提及在中国的事情的原因。太多的记忆，太大的痛苦。

我强忍着泪水和我的儿子坐在我的祖父母1922年照全家福的同一个台阶上合了影。那时，他们的三个孩子还都在活着。

我开始意识到也许他们在中国所度过的岁月和我在这片土地上的经历并不仅仅是出于偶然而联系在一起的。我们在中国两个截然不同的历史时期来到这个国度，彼此的经历相差甚远。也许我在这里所取得的成功与他们曾经所付出的辛勤工作和巨大牺牲有着某种联系。

无论是巧合还是缘分，我希望我在中国的工作和经历能够让我的祖父母感到自豪，我希望他们在九泉下能够感到欣慰。

寻根中原：老乡，你贵姓

回乡偶书

栗志涛 | 文

老家是一首诗，老家是一个梦。老家人从祖居数百年的石道乡郭沟村迁居镇东多年了，而我却很少回去过。很想看看魂牵梦萦的山野乡村，很想走走二十多年前赶集走的石板路，很想登登童年时放牛的荒山坡，很想看看少时戏水的小河沟，很想重温一下儿时的乡土梦。于是，回老家成了春节的重要议题。

一、新村新气象

当回老家提上日程之后，思乡之情便愈发浓厚。

期盼着，期盼着，大年初二终于坐上了归家的车，那颗心早如箭一般穿越了时空，飞驰而去。当晚赶到家时，天已黑透，新村的模样还是那样的模糊。

故乡的晨光仿佛来得非常早，明媚的阳光也如新嫁的小娘子一般早早地上了庭堂。第二天早上出得门来，一排排整齐的新居在阳光的照射下都显得熠熠生辉。

一排排地走过去，每家都盖着高大宽敞的门楼，刷着红油漆的大铁门上有的镶着金黄色的圆钉，有的镶着两个大大的福字，高高的门楣上一溜水地镶着"天道酬勤""吉星高照""家和万事兴""鸿福吉祥居"等吉祥内容的牌匾，而门楼上方大都是瓷砖拼贴出的美丽山水画，整个门面显得很是大方气派。

一条街接一条街地走过去，街道的地面都已硬化，两旁的院墙都被统一粉刷成了淡黄色，屋子的外墙面都贴上了白色的瓷片，崭新崭新的村子看起来很是耀眼。

来到村东头，顺着一片花园中的亭台花道看过去，一座崭新的剧院

【作者简介】

栗志涛，河南登封人。中铝中州铝业有限公司党群工作部组织宣传主管，兼任企业文学创作协会副主席、摄影协会副主席。多篇散文入选《中国当代文学作品选》《中华散文精粹》。

里正在上演着乡村传统大戏,里面坐满了看戏的父老乡亲;而剧院外的健身器材则是小孩子们的玩乐天堂,他们一个个都玩得正欢;剧院右侧的两层村委办公楼和卫生室,及左侧的篮球场都充分显示着城镇化的气息。

多年前,因为煤矿塌陷的缘故,我们这个自然村由五公里外的山中,搬迁到镇东这片当初的荒坡上,刚搬来那阵子,仅供安身的是一座座没有粉刷装修的房屋,突兀地立在荒坡上,显得那么萧条。而今天,村子里早已建起了统一的下水道,建起了独立的自来水系统,同时也告别了祖祖辈辈使用的旱厕,用上了干净卫生的坐便;村子里还建起了公共设施,统一进行了粉刷,超市、饭店、幼儿园一应俱全,整体看起来十分舒适。随后,周围的几个村子也陆续搬迁到了镇东的这片荒坡上,有的已经喜迁新居,有的还正在大兴土木,已初具大型城镇社区的规模。而乡政府也规划了镇东新区道路、住宅和商业区,一片新的商品房也正在施工中,招商引资的力度也在进一步加大,看来这片荒坡在不久的将来会成为这个山区穷乡的新的经济增长点。

古老的颍河仍在坡前静静地流淌,曾有登封八景之一"颍水春耕"美誉的故土如今重又焕发了生机,在美丽的晨光里游走,一切都那么美好。村头的水泥路上、小广场上总有三三两两的人在谈天说地,无论是东家长西家短,还是中外奇闻、文史哲地,每个人的脸上都洋溢着笑容,在柔和透亮的阳光映衬下,那灿烂的笑颜、爽朗的笑声,犹如十月的葵花、正月的唢呐,喜庆热烈,红红火火。

二、重回老村

大年初七,趁着放假的最后一天空闲时间,我决定带上儿子再回老村看一看,老岳父要开车送俺,但俺还是想重温一下走原汁原味石板路的感觉。

穿过镇子越过颍河,一路向南,脚下的石板路依然如故,但翻越范爻岭时,我看到路边已画上了白线,部分路段宽阔的路基已初具雏形,可想而知这段石板路也不会存在

寻根中原：老乡，你贵姓

多少时日了。

　　下了范爻岭，便到了儿时曾玩耍过的不知名的小河旁，沿着河道蜿蜒前行，边走边给儿子讲童年戏水的故事。对儿子来说这里是完全陌生的地方，但他的兴趣却十分浓厚，时而问那时的河水有多宽，时而问过河的踏石有多大，时而问原来的那个湾还有没有，时而问河边的石头为什么那么红，时而问原来的机井在啥位置……他的问题多得离奇，冥冥之中仿佛儿子对故乡的山水也充满感情，正好俺也借机回味一下儿时的情景。

　　过下河村再往前走，是已荒废多年的河边小道，我们艰难地寻路前行，最后竟来到一座大桥下。原来的小道已被河水冲刷得彻底无路可走，我们只好爬上岸另寻路前行。

　　攀爬跳跃一段后，不久便到了我儿时上学的旧址，只见原来的庙舍房屋基本已不见踪影，一座三层的幼儿园教学楼赫然耸立在眼前，再加上宽敞的院落，其规模和派头恐怕连城市幼儿园也得自叹弗如，自此也足见因煤而富起来的村子之一斑了。环顾四周，当年校园门楼的三间房子正偏安一隅，虽然门面墙已被各种广告涂抹得看不清原色，但这仅存的童年印记到底也给了俺些许安慰，在给儿子比画的同时赶紧拍下这最后的记忆碎片，或许在不久的将来，这里也会被夷为平地。

　　过了小河，不久前刚刚被推倒的河东村呈现在了眼前，看着那片残垣断壁和破砖烂瓦，儿时的热闹情景仿佛就在眼前，同学们一张张稚嫩的面庞如电影般闪过，但人去村废，如今他们一个个不知高就何方。

　　拐了一个弯，上了一道坡，走在那熟悉的老土路上，终于回到了已废弃的南沟老村了。土筑的院墙大多已坍塌，崖头下一孔孔黑洞洞的窑洞犹如一个个张着大嘴的怪兽，伴着横七竖八的枯枝杂草，死一般寂静的村子显得有点阴森，偶尔一两处仍在坚守的老屋也早已破旧不堪。那口养育了几十代人的老井也最终因干涸而被封住了井口，井架和辘轳早已不见了踪影，墙上的神龛仍冷清地立在那里却已是无人问津，数百年来磨得光溜的井台依然清晰可辨。我在这里左看右看流连多时，久久不愿离去，当年吱吱扭扭的摇辘轳声、哗哗啦啦的扣铁扣声、七嘴八舌的侃大山声、窸窸窣窣的洗衣声仿佛依然就在耳边。井台这块汇聚人气、大家天天见面的地方，先辈们数百年来留下的生活痕迹恐怕也要不了多久，终将被彻底湮没于历史的尘埃里了。

再上一道坡，麦场边的那棵老榆树仿佛还立在那里。在我儿时的记忆里，那是村中的一块高地，枝干粗壮的老榆树上挂着一口大钟，每当钟声响起，大家都会扛起干活的家伙儿聚在老榆下听队长的安排，当时感觉那棵老榆树就是行使权力的地方，是我儿时心中的圣地；而老榆树边的麦场是人们辛勤劳动的见证，是收庄稼时最热闹的场所，也是小伙伴们疯玩嬉闹的天堂。可如今，那棵老榆树不知何时已升天作古，连半点儿老根也没留下，那块麦场也是杂草丛生，中间还塌了一个很大的坑，不知那里的杂草是否还记得往日的热闹。

放眼望去，原村址上一片废墟，已分不清谁家是谁家了，快到村子最南头时，一头大黄牛突然出现在眼前，儿子惊讶地大声说："爸爸，这里有一头牛！"而很少见外人的那头牛也警惕地盯着我们这两个陌生人，"哞哞哞"地不停叫唤，我知道这应该是本家七叔家的牛，早听说只有七叔老两口儿仍然在这个空荡荡的废村里坚守着，而他家隔壁的院子就是我出生、成长的地方。

给儿子介绍着，便走进了七叔家，当头发花白的七婶听到动静从坍塌半截的石窑里探出头来时，也愣怔了一下才赶紧招呼我们进屋，七叔不在家，堂妹带着孩子来看望七叔老两口儿方才使这破败的院落显出些许生机。七婶说这院子矿上也不让住了，都来催了好多回了，原先都推说新房没盖好，才勉强住了几年。说到这儿七婶苦笑着说："其实是你叔想在这儿养点牛养点羊，要不咱家啥收入也没有，眼下南院的房子已拆了一半，矿渣都堆过来了，真是没法住了。"

在已没了围墙的三处院子中穿梭，儿子好奇地问"咱家"的院墙在哪儿，爷爷奶奶住过的窑洞在哪儿。看着没有屋顶的老屋和塌得只剩一个小口的窑洞，我在给儿子介绍的同时，也感慨万千，也正是七叔家在这孤寂废村的坚守，才使我家祖屋的墙壁没有彻底倒掉，也才能依稀辨得当年生活的印记，给儿子讲起我出生的房间及住过的窑洞时还能看到实体的东西，否则真如空穴来风无凭无据。

位于石道乡郭沟村的这个不知名的小山村在存在了数百年后正在悄然退出历史的舞台，历代先祖创下的基业已灰飞烟灭。

成也历史，败也历史，当年先祖们为了生存远道而来，开荒种地，修房盖屋，开天辟地般给后人留下一片赖以生存的家园。这屋这地、这砖这瓦，无不渗透着先祖们的辛勤和汗水。而数百年后的今天，人们依然为了生存、为了过得更好而搬离这里。

历史的必然在现实的偶然撞击中使老村又在异地焕发了生机，但长眠于此的先祖不知还能够享受多少后人的侍奉，先祖辛勤创业的精神不知会不会被子孙们永久铭记呢！也许两代人后这里将彻底被忘却，数百年的农耕文明将彻底从子孙的视野中消失，先祖们创业的故事也将随之永久逝去，不再被人提起，不再被人传颂，从这里走出的子孙们也只能在文学影视作品里回味似是而非的先祖们的生活了。

寻根中原：老乡，你贵姓

故 乡 行

白军峰 | 文

自从祖父、祖母长眠故里，故乡就与我渐行渐远了。清明节的前一天，父亲像那只北飞的头雁，领着我们一家人回豫东睢县老家祭祖，顺道探亲访友。

羁鸟恋旧林，池鱼思故渊。

父亲和我都是在故乡长大的。在父亲的心中，思恋的不仅仅是旧林、故渊。这几年，"乡音无改鬓毛衰"的父亲一直念念不忘的是到我祖父祖母墓前烧纸行孝。父亲是，我也是。毕竟，在我心里，爷爷奶奶是这个世界上最心疼我的人了。

中午时分，我们到了睢县县城。父亲和我对睢县都曾经非常熟悉，但今天站在过去自己熟悉的故土上，沧海桑田，物是人非，怎么也找不到回家的路了。站在城北湖边上，我想起了豫剧《朝阳沟》里的一句台词：祖国的大建设一日千里。好在，睢县老城区的十字大街还在；更令人欣慰的是，十字大街上，儿时令人最爱吃的垛子羊肉以及旁边的烧饼摊儿还在，家乡那风味独特的糟鱼也依旧在卖。

我们买了烧饼夹垛子羊肉吃，重温旧时故乡的感觉。儿时不到五块钱一斤的垛子羊肉已经卖到五十多元一斤了。尽管价钱不低，但羊肉已经没有当年那么纯了，听说还掺杂着兔肉什么的。尽管如此，刚刚炕出的烧饼夹了肉还是那么的好吃。看着一家人大口大口地吃着烧饼夹肉，我忽然找到了记忆里的故乡，却原来在烧饼夹肉里。

父亲有一个姐姐、两个妹妹，刚好都是在县城里。大姑和大姑父已经七十多岁了，电话里知道我们到了，拖着年迈的身躯，第一时间来看我们。

【作者简介】

白军峰，河南睢县人。曾先后任某高校党委宣传部门负责人，校图书馆馆长，讲师。先后在《平顶山日报》《平顶山晚报》《中国教育报》《中国煤炭报》《河南日报》《新华每日电讯》等新闻媒体发表新闻和散文作品数百篇。

大姑每每看见我,都要讲我小时候的故事。我小时候,颇得爷爷奶奶的娇惯心疼,鸡下的蛋全给我吃了。每当我到姥姥家走亲戚,奶奶就把家里谁也舍不得吃的一点白面做成馒头,晒成馍干让我带上,等馍干吃完了就回来了……

其实,打从我记事起,大姑都给我讲这些故事。每看到一次大姑,就重温一次,这些陈年旧事,我早能倒背如流了,但听大姑讲我儿时的故事,每一次我都宛若头一次听到,津津有味地听着大姑讲,心里却不住地流淌幸福的泪水。啊,我白发苍苍的大姑啊,往事如烟,您的一生,多少往事都如轻风飘散,为什么侄儿的一饮一啄,年届古稀的您却仍历历在目呢?

血浓于水的亲情,流淌在家族往事的记忆里!此刻,我多么的希望,我小时候的这些陈年往事,大姑能够一直讲下去,能讲多远讲多远……

晚上,父亲兄妹四人重逢,儿子媳妇、闺女女婿、孙子孙女老少三代人,尽管还没来齐,两桌酒席已坐满了。欢笑情如旧,鬓发各已斑。除了小姑外,我看到大姑、二姑和父亲都已是鬓角斑白、华发早生了。

席上端坐着两位高中生,一个女孩,一个男孩。一打听方知是大姑家、我的两个表弟立新和超超的孩子,男孩子长得比我还要高。在我的记忆里,两个表弟早年我在家乡见到他们时似乎尚未婚配,怎么一下子孩子都长这么大了?

昔别君未婚,儿女忽成行。坐在酒席上,夹在父辈与晚生之间,我心里不禁生出无限感慨。天天在一起时,日子倒也不觉得如何飞速,但人生不相见,岁月如流水。直到现在我还感觉孩提时代仿佛是昨天一样,怎么忽然自己已经这么大年龄了呢?我的父亲和姑姑们,正当壮年时的身影仿佛还在心头,眼前怎么一下子就不再年轻了呢?

上午10时,我们来到了白楼村南面一片葱茏茂密的麦田里。这儿是我的祖父母以及故去的族人长眠的地方。屈指一算,祖母已经离开我二十余年,祖父辞世也有十多年了。虽然时光已经过去很久了,但在我心里,祖父祖母疼爱我的一切并没有因时光的流逝而消失。一抔黄土,掩埋不了我无限的哀思;一抔黄土,引起我不尽的念想。

一抔黄土泪满襟。

长跪在祖父祖母合葬的墓前，往日承欢膝下的慈爱情景历历在目，眼泪止不住地流淌……

祖父祖母生前都爱吃烧鸡和糟鱼，祖父还爱抿两口小酒。我把从县城给爷爷奶奶买的烧鸡和糟鱼等供品摆放墓前，一瓶烧酒、两行热泪，抛洒在爷爷奶奶长眠的土地上。

祭了祖，我们便回到白楼的家。白楼的家如今由我大弟弟居住，大弟跟前有一个女儿、两个儿子，三棵新苗，茁壮成长。祖居旧宅，老树新枝，香火绵延，没有因为我们移居他乡而变得荒凉冷清。我想，父亲看到家里人丁兴旺、故园热闹，心中一定甚感欣慰吧。

站在老家的院子里，除了东南角那棵枣树还在，其他的全都不是我记忆中的家园了。我在这里居住的时候，院子里有一个压水井，压水井前面是一个积肥池，旁边种着几竿竹子。因为挨着水井，池里常年不断水，我就在里面放了从河沟里捉来的小鱼养着，没事儿的时候，我就站在池边看鱼，期望它长大。不过，后来，一下大雨，我的鱼儿大都顺着流水的阴沟逃跑了。跑了再养，养了再跑，这个游戏从上小学开始，一直到我离开故乡……

在院子里找不到我曾经的记忆，我便踱步到屋里看看。在正屋西边的一间房子里，我发现了一道特殊的"风景"。在屋子的东、北两面墙上，几乎贴满了奖状，一张张由下到上、从左到右，整齐地排在墙上，壁纸一般，无缝对接。大部分是侄女瑞瑞的，小部分是大侄子萧楠的。

奖状对好学生来说，是一张证明，更多的是一种鼓励，一根不断激励自己保持第一梯队的小马鞭。这不由得使我想起自己小时候，得了奖状也喜欢贴在墙上。我的奖状不多，十几张而已。望着墙上这道特殊的风景，心里充满慰藉与自豪，长江后浪推前浪，一代后生胜前辈，家之幸也。

在旧居尚未落座，父亲便带着去看望四奶奶。我祖父弟兄五人，爷爷奶奶辈分的老人活在世上的，只剩下我四奶奶一个了。四奶奶有一个独生子，离我们家不远，东边隔一户人家就是，她就住在唯一的儿子那里。

一进门，便看见她老人家在院子里转悠。我和父亲喊她，88岁的四奶奶已经认不出我们是谁了。呜呼，我和父亲都曾经是她那么熟悉的人，如今居然认不出了。她儿子和我们都使劲儿地帮她回忆，半天，她才慢慢地想起来。

贺知章在他的《回乡偶书》中说："儿童相见不相识，笑问客从何处来。"我和父亲大约十余年没回到故乡，偶尔返乡时四奶奶也很少在家。这次归故里，不由得让人心生无限感慨。不仅仅是年迈的四奶奶已经认不出我们了，甚至是小时候最为熟悉的人，如今居然也认不出了，这又岂止是"儿童相见不相识"。我想，贺知章86岁时告老返乡，时距他早年离乡已有五十多年，他老人家怎么会仅仅"儿童相见不相识"呢？恐怕是访旧多为鬼、相识无几人了吧。

年年岁岁花相似，岁岁年年人不同。每一次返乡，大多听到的都是族人亲友不在人世的信息。我祖父兄弟五人，父亲在故乡的堂兄弟甚多。这次回到白楼，父亲老家的堂兄弟已经只剩下一个人了。

人生一世，草木一秋。感觉人这一辈子真是快得很，如同割韭菜一般，割一茬，发一茬，孕育一茬，韭菜还是韭菜，早已不是同一茬了。如同战壕里的战士，前一排倒下了，第二排的就成了第一排……

网上说，"岁月是把杀猪刀"，不过是一句调侃而已。悠悠岁月长河，昼夜奔流不息。真的希望，岁月只是一把杀猪的刀，可惜，岁月这把锋利的无情刀要夺去的绝不仅仅是猪那鲜活的生命啊！

故乡离我虽然没远隔千山万水，理论上回故乡看看也不是很难的事儿，但由于这样那样的原因，回乡的次数真的不会太多。过去，有时会梦回故乡。其实，无论离开故乡多少年，自己心中都深深地眷恋着这片我出生长大的故土。故居老宅，我也不愿只在梦里见到你。

为了把故乡的一草一木留住，我这次特地带了相机，把我的老宅、老屋，院子里的树木，以及院墙外的寨墙林木、坑塘沟渠、街市上的垛子羊肉、糟鱼摊铺等，都摄入镜头，等我思念故乡时，翻出来，看一看……

挥手自兹去，萧萧班马鸣。

从4月4日上午9时许到达，到11时左右离开，这次清明节回乡祭祖，在故乡白楼仅仅停留两个小时。

啊，生我养我的故乡，今日一别，不知何时我才能再与你相见！

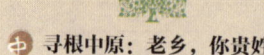

寻根中原：老乡，你贵姓

回乡漫记

张树民 | 文

一

2012年农历腊月二十六，我回到故乡——鄢陵县清流河边一个叫南河张的村庄。它是我的父母乃至整个家族的栖息地，也是我生活了十几年的地方。它于我有着血脉、籍贯、姓氏、出身等深沉的意义。

回家过年，是庄严的仪式，也是近乎本能的行为。

二

故乡俨然是我童年时的模样。随意在田间地头或街头路口都能找到与我的成长有关的记忆。我知道哪块地里我割过青草，哪个河湾里我钓过鱼，哪棵大树上我掏过鸟窝，哪条小路上我追逐过儿时的伙伴。

但我清楚地知道，我刚刚抵达的故乡，已经不再是珍藏在我成长记忆里的村庄了。

理着时髦发型的小伙子讨回了外省媳妇，邻居家的女儿在广州打工几年后远嫁到了重庆，堂叔在江苏打工被公司派去印度做车床修理，前年村里有个小伙子竟然娶回一个越南姑娘回家过年……他们的人生跌宕起伏，多姿多彩。

与此同时，村里承包出去的田地越来越多，嘴嚼麦草的耕牛渐行渐远，大型机械渐渐取而代之。年轻人都出门打工了，老人们在家带孩子。邻居家爱菊嫂告诉我，一过完年，丈夫和儿子、媳妇都出去打工，她一个人要带四个孩子。她说，这种情况，并非她家独有，整个村庄，

【作者简介】

张树民，河南鄢陵人。河南省作协会员。供职于建设银行许昌分行。

只要春节一过，原本一千多口人的村子，会忽然变得寂寥，有时隔几栋屋都看不到一个人，荒凉得很。过去维系乡村的伦理习俗礼节都删繁就简，有的差不多要被遗忘了。

三

故乡今年冬季只下过几场小雪，空气异常干燥。回家的第二天凌晨两三点钟，一场雨从天而降，失眠的我静静聆听窗外的风雨声，心里莫名地兴奋。

家乡处于豫东南，冬春季节，雨水金贵稀缺，盼雨是我从小就喜欢的事情。吃罢早饭，雨霁初晴，经雨水清洗过的空气清新干净，我在乡间的公路上散步。

天空瓦蓝，老舍散文《济南的冬天》里写晴天用了一个极其优秀的词语"响晴"，这个词在我的老家同样适用，可谓妇孺皆知。这个词语是多么传神和富有穿透力啊！天空竟然晴得发出响亮的声音，视觉效果与听觉效果巧妙结合，真佩服我们老祖宗的想象力。

绿绿的冬小麦，在雨水滋润后的田野里悄悄地舒展开闪亮的叶片。偶有麻雀飞过，落停在白杨树上。那些自由生长的树木，把光秃秃的没有叶子的枝杈随意地向天空中伸展。

此时，我分外怀念英年早逝的作家苇岸，这位最具有梭罗气质的中国作家只活了39岁。我多么想让苇岸看看我的家乡大地上这些静谧、宁穆、安详的景色啊！苇岸一生关注大地上的事情，对阳光、雨水、节气、蜜蜂、麦田、蚂蚁、猫头鹰、鸟儿等纯粹自然的事物倾注了最深情的爱意。

走着走着，不知不觉来到我曾就读的高中。那也是乡政府所在地，离我们村不远。正是上课时间，教室里坐着的是高三文科班的学生们，接近年关，他们仍然没有放寒假，此刻正在聚精会神地认真听讲。我不由自主地走到窗前，我看到自己曾经坐过的位置上，坐着一个帅气的男孩儿。他面前的课桌上堆满了讲义、资料、模拟考卷之类。他的课本翻到第153页，一首李白的诗："君不见黄河之水天上来，奔流到海不复回。君不见高堂明镜悲白发，朝如青丝暮成雪。人生得意须尽欢，莫使金樽空对月。"懵懂单纯、稚气未脱的男孩，如何能想象那黄河之水的气势雄浑，那奔流到海的坦荡开阔，那人生得意须尽欢的豁达睿智啊！难道他就是当初的我吗？我有可能旁观到一个过去的我吗？他的未来是否就是如今的我呢？这个世界是可能被探究清楚的吗？

正乱想着，语文老师出来了，是个年轻的姑娘，她有点疑惑地询问我，脸上露出浅浅的酒窝。

四

吃过年夜饭，喝了一些酒。有点醉了。晚辈水生来看我了。水生初中毕业后也去了广州。他进过工厂，开过饭馆，折腾来鼓捣去，依然没有找到自己的位置。他爱思考，喜读书，内心充满了对未来命运的忧心忡忡和对自身身份的怀疑。

他和我谈起新农村。他说，你认为以后的乡村会是一个什么样子？我说，也许不远的将来，所有的村庄在政府的帮助下都进行了新农村建设。乡村道路宽阔整洁，村民住进了花园洋房，田地统一耕耘管理。通讯网络和能源设施与城里一样方便快捷。公共卫生等各个方面都进行了有效的管理，那些差不多要消失的民俗得到恢复，文化、科技等各方面都会得到完善提升，所有农民都能享受到医保和养老等各项待遇。许多进城务工人员学到了技术回乡创业……

水生穿一件黑色大衣，领带扎得整齐，

寻根中原：老乡，你贵姓

里面的西服看得出价格不菲。这是一个讲究仪表、有梦想的年轻人。如果是在城里，你根本看不出他是一个来自乡村的打工仔，而会以为他是某个企业占据高位的城市白领。这样的年轻人，会是故乡的希望所在吗？而我向水生描绘的乡村盛景，何时会实现？

电视上，一年一度的春节晚会开始了。

五

除夕夜，与母亲、妻儿一起守岁。我们唯望一如众人，在平静中拥享新年。

爆竹声震耳欲聋，打破了周围的宁静。推开窗户，到处都是流光溢彩，冲天的礼花，一家高过一家。这一刻，我确信蛇年已经到来，过去的365天已成为陈迹，新的生命季节已经开始。但我不敢相信，自己已人过中年，如日过午的生命啊——少年时美好的梦想，青年时的奔波劳碌，乃至中年后的长夜孤灯，都只是在等待这样一个时刻。

这样的时刻，故乡隐藏了悲伤和疾病，人们脸上堆满了和悦的笑意，互道祝福。大年初一早上，我和家族里的同辈一起去向长辈拜年，说的都是"健康长寿""福如东海""大吉大利"的新年祝福。长辈们不断地向我们这些小辈说着"步步高升""好运年年""恭喜发财"的吉祥话。这是亲人团聚的时刻，也是乡情最为浓酽的时候。所有的人都把过去的种种不快压在心头，划拳猜枚，把酒言欢。门前屋后，村口巷道，一派喜气洋洋。

中午时分，雾蒙蒙的地气在暖阳的映照里缓缓升起，隐约感到路边的几树杨柳，露出一丝新春的萌动。

故乡，珍重！

乡————关————何————处

遥 路 地

李晓飞 | 文

我的家乡名为"遥路地",因临着遥路而得名。"遥路",是家乡人给贯穿村庄东西的老驿路起的土名字。它曾是武王伐纣时的行军之路,汉代以后,成为历代驿道。清道光《修武县志》的勘舆地图上,还标着这条路为"南驿路"。家乡人将路途之漫长、时间之久远,浓缩为一个"遥"字,很贴切。这条路历经三千多年的车行马踏、风吹雨刷,已经成为低于地平面一米多深的沟堑式道路,雨天泥泞难行,涝季就变成了河。解放后,遥路已逐渐废弃。家乡人在遥路北侧又修了一条新路。废弃的遥路像一条干河沟一样静静地躺在那里,渐渐被人们淡忘,只有遥路地永远铭记着遥路的历史。

如今,便是新路也早已不新了。过去,它是村里人东去的唯一道路,这条路我不知走过多少趟。1989年那年冬天我回故乡时,再次走这条路,忽然发现路边竖了一个标示碑。我心里"咯噔"一下,赶紧下了自行车,近前观看。标示碑正面刻着"李屯商代文化遗址"几个大字,背面则是关于该遗址的介绍:东西长225米,南北宽125米,在该地采集有素面陶盆、印纹陶罐、粗绳纹陶罐,以及方格纹、篮纹陶片。陶片多为灰陶,也有少量的红陶。

在此地采集的?我诧异着,不由自主地走进麦田。果然,在麦田之间,古陶片竟然俯拾即是。我手拿这些陶片,心底突然惊讶地"啊"了一声:我的手不是叠压在古人的手背上了吗?

光阴荏苒,眨眼间到了2003年。我有幸以官方身份,同焦作市文物考古工作者一起又来到家乡遥路地。经过几个月的钻探和试掘,遥路地又出土了大量陶器、石器、骨器、蚌器,器物丰富异常。文物指示的年代,从先商到东周连续不断。最让人惊喜的收获,是出土了一把只有古时贵族才能使用的商代青铜钺、一个带有"樊"字的周代残破陶甑,还

【作者简介】
李晓飞,河南焦作人。焦作文史专家,焦作市作协会员。

发现了一片宫殿基址和一段古城墙基址。这些发现,使得诸多文献上记载的周代樊城的遗址得到了确认。遗址的面积也随之扩大为东西长1000米,南北宽800米,面积80万平方米,属大型遗址。这岂能不让人心潮澎湃?

连日劳累,归程时,一上车我便迷迷糊糊地进入了梦乡。

一位古人隐隐约约走来。

"敢问先哲尊称?"我拱手问道。

"吾乃殷民七族之樊氏也。"

"殷民七族?作何解释?"

"商朝是一个重视手工业发展的朝代。有技术专长的'百工',不少被提升为贵族,有了象征身份的姓氏,得到了封地。封地名随姓氏,姓氏名随'百工'。殷商灭亡后,周王朝为了'监殷',将殷民陶氏、施氏、繁氏、锜氏、樊氏、饥氏、终葵氏七族,分给卫国管辖;将条氏、徐氏、萧氏、索氏、长勺氏、尾勺氏六族分给鲁国管辖。殷民十三族中,有九族就是由'百工'提升而来。索氏,打绳工;长勺氏、尾勺氏,酒器工;陶氏,制陶工;施氏,做旗工;繁氏,马缨工;锜氏,制凿工;樊氏,篱笆工;终葵氏,制锥工。"

"哦,原来如此!这里就是樊氏的封地吧?"

"正是。"先哲点点头,"'樊'的本意就是篱笆,吾本来就是个扎篱笆、做囚笼的工匠。被封到这里,主宰一方,好不惬意!那把青铜钺,是商王赐给我的,它是我的身份、地位的象征。吾将特长发挥到极致,用榛、枣、荆、棘这些带刺植物,将聚落周围植成一道大大的、厚厚的篱笆墙,樊城从此闻名遐迩。"

"我明白了,樊城当初是个篱笆城,真是名副其实呀!"

史籍记载，西周宣王时期，樊城是"卿士"仲山甫的食邑。卿士之职，相当于后世宰相，位居百官之首。同朝为官的好友尹吉甫作《烝民》诗（见《诗经·大雅》），对仲山甫大加赞颂：仲山甫位居一人之下，万人之上，总揽王命，代周王颁布政令，四方执行，维护天子的地位，他是诸侯士大夫们的榜样；德行这东西，说来像鸡毛一样轻，但只有仲山甫能举起它；天子有了过错，只有仲山甫能弥补它；国事好与坏，只有仲山甫最明白；他高尚的品德如山岳，令人仰止；他不畏强御，不侮矜寡，柔亦不茹，刚亦不吐，遵循古训，温和善良，言谈举止，温文尔雅，行为表情，风度翩翩，是人们仿效的楷模；有事大家都爱去找他，因为他既开明又智慧，既知礼又知法，既有威严又易接近，不偏不倚，公道正派。

仲山甫在位时的突出政绩，是大刀阔斧地进行经济体制改革：一是彻底废除"公田制"和"助耕法"；二是全面推行"什一而税"；三是鼓励农民大力开垦荒地；四是鼓励大力发展工商业。经济体制改革的成功，造成了宣王时期民富国强的景象，史称"宣王中兴"。其最大功臣当属仲山甫。

仲山甫后来受到排斥冷落。为了将他支离朝廷，宣王派他到齐地筑城。使命完成后，仲山甫已筋疲力尽，伤透了脑筋，回到他的封地樊城养老，从此再不过问朝政，索性连周宗室之姓也改了，从封地之名，改姓"樊"，史称"樊仲山甫"。仲山甫的暮年就在樊城度过，直到病逝。后汉史学家服虔在《春秋左氏传解》中载："仲山甫完成筑城使命，归樊病逝，葬于樊，谥号'樊穆仲'，子孙立庙祀之，为樊姓始祖。"

我感慨万千！这祭祀樊穆仲的庙宇，为什么就没有留下一点蛛丝马迹呢？想想只能怪罪于那个分裂动乱、血腥战争的春秋战国时代了。为了得到樊地，晋文公派将军魏犨攻打樊城，樊城守将仓葛义正词严道："阳樊有夏商之嗣典、周师之师旅、樊仲之官守"，不可能给你。晋文公又耍了个阴招，给仓葛写了一封信，说樊城百姓自愿迁徙外地，可免受战争屠戮。在此威胁恐吓之下，樊城百姓不得不四散逃离。现存于四川省芦山县的汉樊敏碑碑文中，就记载了东汉巴郡太守樊敏的先祖在樊国灭亡后，被迫率领樊氏一支远徙"华南西疆"，最后定居在青衣县生息繁衍的史实。樊城人走了，樊城废了。接着，樊城又遭到那个更加疯狂的战国时代的摧残，城墙、房屋、庙宇皆被荡平，化成了历史尘埃。人们诅咒战争，诅咒动乱，因为最受祸害的是广大劳动人民，岂止是樊姓人？

春秋、战国之后，再也没有我家乡哪怕只言片语的记载。遥路地上的考古调查也是一无所获。文化断档，到元朝末年。遥路地只知春秋，不知汉唐。北方铁骑踏过，狼烟滚滚，人死地荒。朱元璋率众驱除来犯者，建立大明政权时，中原千里无人烟，满目尽荒凉。于是有了大移民，将人口稠密的山西人，大批迁往人烟稀少的中原地带；于是有了李姓人在樊城遗址上重新建屯，接续这方水土的文明。

百家姓之中，李姓和樊姓是八竿子打不着的。但是，风云际会，因缘叠合，李、樊两姓成了"远亲近邻"。李屯的土地下，时刻都在冒着樊姓人的气息。李屯人似乎对樊姓人更有感情。无论"殷民七族"之樊，还是樊仲山甫之樊，他们的根脉同为一地——商周樊城，今日焦作新区李屯村是也。李屯人热切期盼着天下樊姓人到此寻根问祖。

遥路地为媒！

寻根中原：老乡，你贵姓

我的家乡在八迭

李俊科 | 文

【作者简介】

李俊科，网名"巴族十三客"，河南西峡人。优秀教育工作者。多篇教育论文在正规出版社发表，多次获得奖励。喜欢文学，2010年出版纪念册《恩情重于山》，2014年出版作品集《赵注，曾经的地方》。

毛主席出生在韶山冲，因为他是开国领袖，所以对于韶山冲，地球人都知道。

我出生在八迭冲，因为我是一介平民百姓，不说中国、河南，单就南阳也没有几个人知道，所以知道八迭冲的人就很少很少。

但是，八迭冲确实存在，因为她是我的家乡。

八迭冲地处西峡县城的东边，北边隔着石坡崖，与双龙镇搭界，东边有孔子周游列国时回车的地方——回车镇，楚国左徒屈原追赶楚怀王时天黑留宿的地方——屈原岗做伴，南边冲破肖山就到了淅川，是一个风景独特、历史文化悠久的地方。她夹在伏牛山下的北大垛和肖山之间，从山上流下来的众多小溪，汇成的河流叫八迭河。八迭河从山缝里挤出来，在山谷里东突西荡，出了峡谷就潺潺地流淌着，形成了一个冲道，这就是八迭冲。因此，西北角的公熊山和母熊山，东北角的北大垛，南边的肖山，犹如图画针一般，紧紧地把她摁在伏牛山西峡盆地的东边，她就成了一幅美丽的山水画。

八迭河河流不长，水流也不急，上下也就四十多公里，流域面积一百多平方公里，养育了两万多人口。

八迭冲存在有多少年了，谁也说不清楚。据有关记载，至少知晓八迭冲从春秋战国时期就有了。因为在那时，西峡属于淅地，处于秦楚边界地带，但是历史没有记载。传说中的八迭冲大约也有几千年了，有传说为证，况且讲述传说的人是我家本族的三爷李聚洲。他是八迭冲道响当当的人物：出生在民国，读过私塾，上知天文，下知地理，又教过师范，满肚子的文化，尤其是对八迭的历史知道得也最多。很多地方的故事大都是口口相传，后人才知道的，我们这里也是。他是听他爷爷说的，爷爷是听老爷说的。

我上初中的时候，正赶上"文革"，三爷被打成右派，下放到家乡八迭堂初中，担任我的语文老师。一次语文课外活动的机会，他把我们带到了学校东边的八迭河边，讲述八迭堂的来历，我们才知道了有关八迭的神话传说。

"传说，当年二郎神担山撵太阳的时候，二郎一头挑着北大垛，一头挑着肖山，手里还掂着孤垛山。撵到这里，扁担断了，他也累了，就把这三座山留下来走了。王母娘娘在瑶池大摆筵席的时候，请了各路神仙赴会，唯独没有请齐天大圣孙悟空。悟空知道后非常恼怒，就去大闹蟠桃会。他用仙气定住了王母娘娘的仙童，偷喝了王母娘娘的仙酒，偷吃了太上老君的仙丹。醉醺醺之中，想到了自己在水帘洞的猴子猴孙们还没有尝过仙味儿，便从脑后拔出一根猴毛，用仙气一吹，变作一个大口袋。他把剩余的仙果、仙酒、仙菜全都装了进去，扛在自己的肩上，一个筋斗就到了伏牛山。在这里，他认为是到了花果山，便按下云头。酒醉中，脚被孤垛山绊了一下，一个转身，猴头抵在北大垛上，把北大垛的山腰顶出了一个洞。脚蹬住山顶一用力，把孤垛山给踩下去了，只留一个山包包。屁股又撞在肖山上，把肖山给撞歪了。手一松，肩上的袋口大开，成盘的仙菜、成坛的仙酒，顺着袋口纷纷落下，其中八盘菜散落在这个冲道，七盘菜散在孤垛山东面的七峪。太上老君发现自己的仙丹被孙悟空偷吃了之后，驾云追赶，来到这里一看，仙酒已经淹没了整个山沟，他拔

出仙针，在沟里轻轻划了两下，酒水顺着划出的道道流出了山谷。过去的盘子叫'碟子'，八盘也就叫作'八碟'，这个冲道就叫'八碟冲'，'八碟冲'的名字就叫开了。我们这个地方，位置比较高，气候比较适宜，土地比较肥沃，山林也非常茂盛。很早的时候，先人们又在这里建立了寺庙，并有五六个和尚在庙里操持，这个庙就叫'八碟寺堂'。名字传得久远了，就叫成了'八碟祠堂'，后来人们干脆叫它'八碟堂'。'八碟堂'的名字，又叫了一千多年。汉字改革后，就成了'八迭堂'。"

三爷讲得详细，我们也听得入迷。

"现在，天将黑的时候，你站在八迭堂的平场上，向上下两个方向望去，还能隐隐约约地看到八个山包包，似一盘一盘的菜肴远近排列着。它们分别是现在的坡跟、南洼、西边儿、北庄、东石崖、西坡大人洼堼、山庄和吴岗。"

按照三爷爷的讲述，我们在天黑的时候也认真地看过，由于我们个子太小，终于没有看到过。

这个故事的真实性，当时无法考证，到我们长大了之后，在八迭河两侧的山坡上走了几遭，看着山坡的走向和突出的高坡，才想象着它的存在。其实，八迭堂也是一个高出的地方，过去属于孟家岗，现在只剩下西坡大人洼堼了。

历史记载无法证明她的存在，只有几个没有毁灭的物证可以作证。但是，由于时代的变迁，这些物证也渐渐地消失了。

八迭祠堂处在一个高台之上，坐北面南。我小的时候到八迭祠堂去玩耍，登上高台，爬上三级台阶，进入大门，还能看到两侧的屋内有不同的泥胎塑像，墙上还涂着仙女一样的彩图。这些彩图和敦煌莫高窟里的彩绘一样，飘飘欲仙，非常好看，只是屋内的泥胎张牙舞爪的，吓得我不敢抬头，急忙转身夺门而出。

大殿在一个三尺高的台子上建着，雄伟高大，庄严肃穆。里面的泥塑，有的端庄慈祥，有的红脸长须。人们称什么爷，我记不清楚了，反正都面善。不宽的院子里栽植有四棵柏树，我上学的时候只见到过三棵，平整校园的时候，在西边的下方挖出来过柏树的根，挺新鲜的，说明它们是对称的四棵。后来不知道什么原因，西边的那一棵也不知去向了，整个院子就只剩下东边的两棵，现在仍然长得很茂盛。尤其是靠着大门的那棵，粗壮高大，油亮的叶子翠绿翠绿的，比里面那棵高出了许多。高高的树干上，有一个侧枝向北伸出来，上面曾挂着呼唤我们上下课的铜钟呢。那时候，清脆响亮的钟声常常在八迭上下的村庄里回荡着，我们老远都能听得到。

庙堂的香火怎样，我们不清楚，你只要看看大殿下方的那棵柏树，就不难想象。那棵两个大人才能合抱的柏树，东侧树干裸露，痕迹高有两米，深约二指左右，树皮不知去向。你如果细细观察，发现有的地方好像被烟火熏黑了，其他地方比较完好。因此，得出的结论是，被香火熏烧的。这时，你就可以想象那时的香火有多旺了。更使人称奇的还有柏树的树梢，那个突兀的虬枝，早已腐朽，时不时地有小鸟在上面起落。三爷说他上私塾的时候，常常隔着木格窗子看到这个现象，他也听他的爷爷说过小鸟在上面飞上飞下的情景。这腐朽的虬枝如果说有几百年了，那么柏树的年龄呢，肯定有两千年上下。上次我回家到学校去，还看到两只小鸟欢快地在上面逗乐呢。

寺庙外面小广场上还有两棵更粗的黄楝树，大殿的后面有一棵皂角树，都因学校的建设，被放倒了。据说，仅黄楝树的根部就做了五十多个犁底，可见树体的高大。

还有物证，那就是寺庙的石碑。我记得学校大门外的台阶上，都是用宽大厚实的白玉石碑铺就的，虽然遭受经年的风风雨雨，上面的字迹还依稀可见。有人见过，并认出字来，说是写有"八碟川"的字样。但没有旁证，无法证明。后来，修黑子树水库时，全冲道的墓碑一个不留，这些石碑也没有幸免，全被抬去做了涵洞的盖板，唯一的证据也消失不见。

不管有没有证据，反正她是存在的，年代是久远的。

关于八迭的故事，去年我曾写过《说说西峡八迭》，里面有这样两段：

文明的八迭，庙堂不多，稍有名气的是接官亭、八迭堂、三官庙、金盅寺。牛王庙、奶奶庙等是后来修建的。庙堂不大，但都在"文革"时被毁掉了，五脊六兽雕梁画栋都荡然无存，只剩一些神秘的地名。部分祠堂被盖成学校，经过建设，这些气势恢宏的白墙红檐，已是八迭最好的建筑，更是八迭冲文明的标志。小八迭，大建筑。

八迭的神话传说很多，随着时间的流逝，渐渐被人们遗忘：接官亭的神树马一石的蛙，八迭祠堂的古树和神话；大块地的祠堂王跑家的腿，缸窑沟的缸窑和大人洼；金盅寺沟的金盅和古竹，石堤湾的深潭临白马；白龙潭的白龙与黑龙，白大朵后印的老虎架；北大垛山洞常流水，放个鸭子出现在焦树洼。小八迭，大传说。

八迭，我的家乡。不管我流落到哪里，你始终是我梦牵魂绕的地方。

寻根中原：老乡，你贵姓

淮河岸边是家乡

姚国禄 | 文

在与水湄有关的许多美好事物中，我常常想起淮河岸边的家乡。那是一个古朴典雅、民风淳厚的北方村落，就像淮北平原上那些桃花掩映、竹影环抱的北方村落一样，淮河在这里拐了一个弯便派生出了一片广袤的大平原，这就是我真正意义上的家乡，一个静静地躺在淮河臂弯里的睡美人——正阳。在那遥远的梦岸，宁静的淮河湾与淮北平原上那些风生水起的日子一起走向山远水长。在相当长的一段时间里，故园的水岸风情拍击着我尖锐的思念，于是，淮河与家乡便构成了我生命中的一个重要元素，一种生命中的美好向往与永恒期待。

走在我的淮河岸边，一种心理的踏实与满足常常让我想起童年那些美好的时光，唐诗里的古韵照彻我经年的绝唱。我走在家乡窄窄的田埂上，留下的那一串串深深浅浅的脚印，坚实而沉稳，这种感觉只有在家乡的土地上才是最真实的。一个远离故土的游子，家乡就是温暖他生命旅程的绿洲。我是一个游离于梦岸的漂泊者，淮北平原的开阔与邈远常常使我对家乡怀着一种深深的眷恋之情，而这种眷恋之情又是一种在异域他乡挥之不去的情愫。家在哪里？家在漂泊者的心上。在唐人街，中国就是我广义的家乡；在淮北平原，正阳就是我狭义的家乡。关于家乡的来历，《正阳县志》上早有记载。公元前118年，西汉设慎阳县，这是正阳设县之始，距今2133年；南朝时慎阳县改名为"真阳县"；清雍正元年，即公元1723年，为避讳雍正皇帝胤禛的名字，真阳改为"正阳"。家乡的名字虽然几经变迁，但我还是想起了皇城根儿下的正阳门，天高地阔，大气而明媚。正阳，一个魅力四射的命名，常常让我想起正午的阳光，热烈而富有旺盛的生命活力。

我是淮北平原上一只思想的小鸟，在我怀想的有关家乡的许多美

【作者简介】

姚国禄，笔名"雅丹"，河南正阳人。中国散文家协会会员，诗歌学会会员，河南省作协会员，正阳县作协副主席。著有诗集《临街的窗口》《穿越大地的箫声》，散文集《月光下的村庄》。现供职于某电视台。

好事物中，淮河便是我梦中最亮丽的一道风景，在杨柳依依的淮河岸边，千里沃野，一碧万顷。在那桃花盛开的地方，炊烟袅袅，海棠艳艳，农耕文明的印痕覆盖着我的淮北，村庄、田野，春和景明。在阡陌纵横的大平原腹地，淮河少年赤足走在田埂上的背影，使我看到一个真实的乡村画面，远处，淮河渔女独自兀立，站在水中央的姿势，映出古典的水乡韵味，竹筏、鸬鹚、小舟、渔网在迷离的烟雨里缥缥缈缈，多么富有诗意的一幅水岸风情画。而淮北平原上的那些稻香、麦浪、金黄的油菜花、挺立的小白杨则构成了家乡另一道别致的风景，这些朴素的事物，在渐行渐远的淮北梦影里与村庄一起变幻季节的风云。

我是一片漂泊在异乡的绿叶，淮北老家就是我的根，无论我走到哪里，家乡那些令我骄傲的事物我都会时刻铭记于心，就像家乡的花生、小麦、生猪、三黄鸡、伏陈醋一样，在海内外声名鹊起，让正阳的品牌有了闻名中外的理由。许多时候，我一直在想，家乡的名片应该不止于此，譬如汉代石阙、黄叔度墓、江姓故里、雷刚血战遗址等，这些，都会让我对家乡产生一种崇高的敬意。

其实，家乡只是人生旅途中一个停泊梦想的港湾，我们可以远离家乡，但是我们不能没有梦想。家乡那些熟悉的事物常常让我想起淮北老家那些淳朴善良的父老乡亲，正是那些朴素的乡村事物和亲切熟悉的乡音引领我不泯的渴望，才使我对家乡的爱有了一种切入肌肤的体验。就像回到从前的日子，我唱着《快乐老家》走在淮河岸边的家乡土地上，那种感觉美妙极了。在物欲横流的滚滚红尘里，也许我们可以很快忘却一切，但对家乡的那份浓烈的思念之情是永远也无法忘却的。

这是在淮北平原腹地上的抒情，一个曾经漂泊他乡的浪游者，用简洁而明快的方式抒发他对家乡的无限爱恋，这应该是一种最真诚的流露了。在广袤的淮北大平原，在淮河流淌的韵味中，淮河岸边的家乡将走进我永恒的记忆。

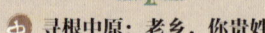
寻根中原：老乡，你贵姓

家在河洛

孙振军 | 文

一、回乡过年杂记

对我们这些已在城里生活多年的"老乡下人"而言，乡里似乎已经很遥远；但是，一得闲暇，还是常常在灵与肉的里层将故乡追念——

因为，那里埋着我的爷爷、奶奶，埋着我所有的祖先；

因为，那里活着我的老父、老母，活着我儿时的伙伴……

尽管，乡里与乡亲已成为一段永远也挥之不去、割舍不断的情缘，但离家近二十年来，平时却也很难回家完整地老老实实待上几天；因此，我盼望过年，感谢过年——唯有过年，才可以回老家真正放松地住上三五天。

乡里啊，乡亲！你的今天还好吗？

乡里的故事并不因游子的远去而停止，它仍像这村头的老树一样在顽强地发着根系与枝芽；乡亲的喜怒哀乐倒也随岁月的流失而像头顶的白云苍狗般不停地交替、更迭、变幻着……

村口的标语牌上，早年刷上的朱红口号"人口警钟天天敲，计划生育夜夜搞"的油漆即将剥落殆尽，但村里的各色孩子们，仍像我儿时那样，成群结队地在街巷或乡场上快乐而毫无目的地狂奔着；偶尔，他们也会像我当年一样，将一枚点燃的小鞭炮悄悄地置放在大人的身后，远远地等待着炮响时大人的惊骇，然后哄笑着做鸟兽散，再去寻找另一个"快乐的老家"。

哑巴叔仍是哑巴。所幸的是，他已知道什么是彩照。他拿张前两年撤乡建镇时自己站在汽车上拼着老命打锣的彩色照片，比画着让我再给

【作者简介】

孙振军，河南宜阳人。河南省广电报刊委员会常务副会长，河南省杂文学会副会长，黄河时报社董事长、总编辑、书记。河南省新闻系列高级职称评审委员会专家库成员。

他拍张照片。我拍了,但是,无论怎么讲,他也不知道放松与自然,总是像接受审问的"犯罪嫌疑人"那样,基干民兵似的僵硬地站着。最后,在我极其艰难的解释、启发下,他终于懂了"照相要和平时一个样",于是便顺手操起了一把铁锹……也许,哑巴叔今生是拍不出微笑而自然的照片了。

乡亲们普遍反映电视不好看或看不懂。因此,在大多的空闲时间他们仍是靠打麻将或晒太阳来消磨时光,让民众享受阳光与自由也是革命先烈们的追求与遗愿,只是打麻将总还伴着小金额的戏赌,令人十分担忧在"噼里啪啦"的麻将声中熏陶成长起来的孩子们,将来该会是个什么样子哟。

光棍儿红才哥基本算是打了一辈子光棍儿,年轻时他不是没媳妇,而是因为人老实、不识字,家境又不好,媳妇进门后仅留下一女便改嫁而去,再不回头。婆娘跑了,日子还得过。从此红才哥又当爹又当娘,一把屎一把尿,硬是将小闺女养成了大闺女,以后又择机"招聘"了一个外乡小伙做上门女婿。如今,他背上背着闺女的闺女,也背着余生沉甸甸的希望……

日头还在东升西落,乡里的故事还在继续演绎着,村里的老辈人一茬茬地做了"地下工作者",小辈人则像雨后的嫩笋,一簇簇从地下茁壮地往上"呼呼"直冒。年过完了,乡亲们又日出而作,日落而息;村里的"事上人"们又该为久拖未决的两委干部人选问题而去镇里说事儿了;啥赚钱营生也弄不成的,将背着铺盖卷儿夹紧瓦刀再去"走四方"……

回城上班前,街坊彦争哥问我:"你今年多大?""三十五六啦。"他低头想了一会儿,很认真地对我说:"你也该为村里办点事了。"这句话让我听了很"学生",竟让我一时无言以对。回来后,我想:我能为村里办点什么事呢?于是只好写下这篇小文。

这就是我的乡里,这就是我的乡亲!

朋友，我还想问一句：这可也是你的乡里？这可也是你的乡亲？

二、俺村在哪里

俺村在中国——

在中国中部；

在中部河南；

在河南洛阳；

在洛阳乡下。

伏牛山脚，洛水之滨，离宜阳四十多里，离洛阳十多里，一片低凹地，一片农家舍——那就是俺村。户是小户，村是小村，但人却是"大"人——识大体、明大礼、讲大局、顾大面儿。

我偶尔回村，见哥、见叔、见伯、见爷，见姐、见姑、见婶、见奶，该称啥得称啥，该叫啥得叫啥，可马虎不得。几十年来，村里也是风云变幻，村机关几番变迁，主政者几度更迭。但无论谁当干部，咱都认其为领导。领导和乡邻也都给咱面子，大事小事只要稍算点儿事儿，都要递个准信儿、打个招呼。有些事，顾不上时就推了；有些事，顾上顾不上都得到场照个面。城里人也许永远都难以理解这点：乡里有乡里的人情氛围，村里有村里的是非标准；尽管与定规无关、与法律无涉。比如某些该到的场面，话到了不行，礼到了也不行——非得人到不可。否则，就是"耍圣蛋"，就是瞧不起人、不给人面子。

前几天，村里召开捐资助教表彰大会，村长就令我们这些常年在外的人都回去了。我明白要干啥。瞅没人的空当儿，悄悄对村长说："叔，我现在手头紧啊！"村长也是大把式，说："没钱不要紧！没钱不要紧！你在会上说两句、说两句。"

于是，我在会上说——

我要说的第一点是，贫困是万恶之源。但缺少知识，则是贫困的根源。所谓知识，就是一个人对世界、对自然、对社会的了解认识程度。长期以来，由于我们缺少应有的知识，很多机遇不能获取，很多风险不能规避；健康无法保证，疾病不能防治，甚至许多本应长寿的生命也无奈提前终结，更无法谈及发家致富、走向小康。越穷，越不重视教育和学习；越不重视教育和学习，就越穷！世世代代、千百年来，我们村就是在这样一个怪圈里，像盲人牵着瞎驴拉磨一般无法前行。试想一下，假如我们村50岁以下的人，都是在镇里、县里完整上过高中的，村里决不会是今天这种蒙昧贫穷的状态。因此，第一我想说的是，我们村的孩子们的智商，也就是聪明程度，一点不比洛阳、郑州、北京的孩子差！甚至不比美国的孩子差！比如李双军，他在洛阳领办着一个现代化的企业集团；比如祝乃军，他在人民海军部队长期做教练舰舰长，即培养舰长的舰长；比如祝洪森，他在上级党委部门给主要领导同志做高级参谋。特别是李宁军，也就是和我们一起从那所破校舍里走出来的李宁军，他今天在美国当正教授，在带美国的研究生！因此，孩子们一定要自信！

我想说的第二点是，有了校舍不等于有了校风，有了书本不等于有了知识。所以，孩子们一定要自强啊！因为社会发展、进步、前进的趋势是：只有知识才能改变命运。这也是当今没有背景、缺少强势的乡村孩子的唯一出路。最后我想说的是，我们这些暂时工作、生活在村外的人，永远都对我们祖宗留下的这块土地充满眷恋，永远都对祖祖辈辈、世代为邻的乡亲们满怀亲情！由于能力有限，过去我们有许多做得不好或不到位的地方，还望你们原谅！今后，我们一定加倍工作，努力获取更多的合法收入，以期在未来的公益建设中做出应有的贡献。

寻根中原：老乡，你贵姓

家乡口音

张树民 | 文

我的家乡地处中原腹地。中原人的形体特征比较模糊，出门在外，只要不开口，别人很难一下子将你的家乡判断出来。记得那年我走在北京街头，居然有不少外地人向我问路，可一开口，我就露出了我的母语——许昌鄢陵话。可见，口音的地域属性之强极像从娘胎里带的胎记。

家乡口音有个显著特点，就是"资"与"植"、"寺"与"市"发音不准，常常混淆。这是家乡口音简洁的魅力，同时也是它的缺陷，极大地影响了它的传媒、交流和沟通。记得我在军事院校学习时，教马列主义课程的老师姓杨。第一堂课，他讲到了党的思想路线。他说："我们党的思想路线是实事求是。"他用卷舌卷过了"实事"两个字，到了"求"字，舌头来不及伸开，"是"字就来到了跟前，结果是他的舌头从头卷到了尾，"求"字不幸被卷中。课堂上一片默然——这个发音古怪极了，像金刚鹦鹉忽然说话。

我的预感一下课就被证实了。老师果然是同乡。为了不误人子弟，努力使自己的发音准确些，他讲课时的发音"宁愿多卷一千，也不漏网一下"，像一个和乡音斗争多年的独行侠。

由此，我的日子便置于一种提心吊胆之中。说话前，我都要按汉语拼音在心里、嘴里拆卸、组装、校正后才敢一字一句地吐出来。生怕自己一张嘴，语言本身所具有的表意和抒情功能就丧失了。这样的一种过程，使我对语言和倾诉产生了难以根治的畏惧心理和控制不住的分离与阻隔。

语言是一种力，既有张力也有弹力，且颇具力度，可将你吸纳，又

【作者简介】

张树民，河南鄢陵人。河南省作协会员。供职于建设银行许昌分行。

可将你弹出。在人际关系呈短线式交往的今天，口音无形之中地位上升，人反而沦落为次要的了。

居烟城十几年，我偶尔回乡，出于巩固和提高普通话成果的心理，使自己的舌头倒腾起国语来。当我口若悬河、扬扬自得的时候，不知不觉中却犯了大忌。此刻，我势必会遭到善意的"围攻"。上辈和同辈人再不叫我小名，似乎我只属于方言。我成了失去根和故乡的叛逆者。直到我恢复了家乡口音，我在他们中间的地位才逐渐变回。我不责怪乡人对方言的执着和苛求，任何一种方言的周围都弥漫着一层浓浓的感情、地理氛围，这个感情氛围构成了一种方言特定的文化环境和人的亲疏心理。

近年来，家乡的劳务输出源源不断地把家乡的口音带出去，也源源不断地把外面的口音带回来。家乡口音与外地口音的交流和汇集，为汉语提供了丰富的感性和理性资源。我喜欢普通话，它典雅、凝重、黄钟大吕。

显然，我们正在经历一个乡音逐渐消逝的过程。随着城市和乡村的交融，人们的心理疆界没有了，频繁的交流也使乡音的痕迹淡漠了，像依稀可辨但又无从记忆的童年往事，像皮影舞在银幕后面闪一下就模糊了。

家乡口音的消逝对我们来说是离开事物本源的过程，不是痛，只是怅惘。而面对略显模糊的方向，我们有莫名的不安，当然也有说不上来的欣喜。这时，听听乡音，在感伤中仿佛有了某种依靠。

寻根中原：老乡，你贵姓

乡情、乡音，还有家乡戏

睢建民 | 文

凝重的历史熏染，丰厚的文化积淀，古朴粗犷的民风，加上黄河水的滋润，养育出一方淳朴实诚的中原人。无论你走到天涯海角，仅凭一两句浓重的乡音，就能拉近彼此心的距离。几杯老酒下肚，把盏叙乡情，哼一段地道的家乡戏，老乡就是异地遇到的故友亲朋。

当年，在广西南宁市303医院里，当我的生命之火即将燃尽的时候，就是凭借乡音、乡情和家乡戏的感染力，让我振奋精神战胜了死神。

在303医院的急救室里，我被切开气管，靠通播呼吸机输氧维持生命。目睹此状，北京301医院的支前专家曾经断言：属于我的生存希望仅有百分之五。负责为我治疗的陈主任是个老八路，河南洛阳人，抗战时期曾经和著名电影演员张平在一个班战斗过。他听说我是开封老乡，特意叫来营养医生，安排我一日三餐在营养灶上吃选食。这位满头白发的陈主任尽管工作很忙，每天都要到我的床前看望几次，晚上下班仍不放心，嘱咐营养医生给我送来新鲜水果，让护士用小刀削掉果皮喂我吃，那种如慈父般的亲情，至今让我难以忘怀。

战后，著名豫剧大师常香玉和马金凤率团赴前线慰问，剧团的陈红女士（就是电影《朝阳沟》里边扮演银环同学的演员）因旅途劳顿患了病，临时住进303医院二内科，正好和我住隔壁。陈红大姐是回民，没法吃医院的大锅饭。那时候我父母从家乡赶到医院探望，母亲从营养灶上领来面粉和鸡蛋，临时开小灶为我做中原人喜欢喝的蛋花甜面汤，顺便让陈红跟我一块吃饭。陪护陈红的女演员左琦玮，她丈夫也

【作者简介】

睢建民，笔名"竹林子"，河南尉氏人。河南省作协会员。

乡关何处

是开封人,就串病房与我攀老乡,站在床前为我清唱新编歌曲《木棉花开火样红》。这位热情奔放的左大姐像一团火,她的出现使病区内几位河南籍伤员为听到乡音而激动。南阳的王保勇参谋、南召县的老兵姜德甫、平顶山的老兵刘国顺、固始县的新兵丁周来,每天都挤在我的单间病房内,听左大姐唱家乡戏。一天上午,左大姐快步走进病房对我说:"小睢,你见过常香玉老师吗?"我说:"在电视里见过。"没等我把话说完,左大姐转身出门,一溜儿小跑冲楼梯口喊道:"常老师,这儿有一位河南老乡想见您。"不多时,常香玉和马金凤两位老艺术家手挽着手走进病房,微笑着向我问好。目睹舞台上的"花木兰"和"穆桂英"壮心不已,我心间陡增一股子豪气。此后几天里,在左大姐的引见下,慰问团的高洁(《朝阳沟》里边的拴保娘的扮演者)、杨华瑞(银环娘的扮演者)、魏云(银环的扮演者)、王善朴(拴保的扮演者)等艺术家先后都到病房来看望我,王善朴老师拉着我的手说:"我代表河南人民慰问你。"瞅着昔日熟悉的"拴保""银环"站在面前,耳听亲切的乡音,我心里热乎乎的,感觉真像回到了家乡一样。当时我那满头银丝的父母从家乡千里奔波到医院,乍见我这棵独苗苗挣扎在死亡线上,母亲暗地里把双眼都哭肿了。左大姐生拉硬拽,请我父母到剧场去看戏,高洁热情地搬来凳子,安排两位老人坐在舞台边上。母亲是有名的戏迷,观看着家乡戏《花木兰》和《穆桂英挂帅》,暂且把心间的痛苦给冲淡了。

我曾经在另一篇已被入书出版的散文《乡情》中写过,在我独处异乡生命弥留之际,催人振奋的就是左大姐说过的一句话,令人刻骨铭心。那天,左大姐打外边回来,一踏进病房,就表情深沉地对我说:"小睢,今天我们去友谊关祭扫烈士墓,把采集到的鲜花都献给河南籍阵亡的烈士了。"左大姐她们的举动虽然在感情上有点偏爱,可这句话听起来却让我心头发颤,止不住热泪盈眶。我想,逝者已壮烈而去,作为生者,面对家乡人民的厚爱,应该活得更好更充实些。于是,我忍受着人们难以想象的痛苦,用拐杖支撑起坚强信念,一步步走出了生命的禁区。

如今,我早已退役还乡,在豫东那方黄土地上休养生息。每当夜幕降临,劳碌一天的我打开电视机,听着熟悉的乡音和家乡戏,一阵来自生活深处的清风会不经意地吹开心灵的门扉,唤起我对那段逝去岁月的回味和留恋,耳畔的乡音、乡情、家乡戏依旧浓如醇酒,惹人心醉。

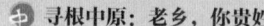
寻根中原：老乡，你贵姓

那一爿院落

丁济民｜文

【作者简介】

丁济民，笔名"甄石"，河南滑县人。河南省作协会员，安阳市作协常务理事。在多家报刊发表诗、散文、随笔等文学作品，部分作品被收录中外多种文集。2006年以来获中国作协、《诗刊》社、《人民文学》杂志社等单位举办的全国诗歌大赛奖项百余次。

这是一爿无论如何无法从记忆中抹去的柴门院落。

它就像我生命中的一个驿站，抑或是一叶方舟，承载着我少年时的忧苦与欢乐。就在今年清明节的前一天，我与从黄河南岸归来的姐姐，深情而又肃然地从它的身边轻轻走过，像从一个不敢惊动的散发着熟悉气息的老祖母身边走过，尽管它早就已经荒废了。时光荏苒，我与姐姐早已经像小鸟一样飞出了那爿小院，栖息在黄河两岸城市中钢筋水泥构筑的枝柯上。

记得坐北朝南的院落，在一个南北方向的胡同里，靠近村子中心的临街部位。两间平顶的土坯房像一个时光符号，东面紧挨的有磨屋、羊圈、门楼；西面有鸡舍、猪圈，还有一棵斜着腰身的刺槐，像一顶绿色帐篷高高矗立着。这爿院落栖息着外祖父的一家。幼年的我和长我两岁的姐姐，是在年轻的母亲去世之后寄居在那里的。在贫苦的童年时代，小院里既有外祖父他们临近暮年时渺茫而又沉沉的心事，也有少不更事的我们俩轻盈而又稚嫩飞进飞出的快乐。

寂静淡然的小院，有时候有滴翠的鸟鸣来填补。院落里有一棵椿树，像一把擎天的大伞，而门楼的前边，胡同的对面，是一方长长的宽阔地带，有洋槐树、榆树和一棵枣树，它们如一群憨厚的长者，任凭南来北往的鸟儿栖息。值得欣喜的是，我们在春天从北地的大树下移来的小杏树、小桃树有几棵成活了，竟长得一人多高，还果实累累呢。尤其是那棵桃树，如一个年轻的孕妇，步履蹒跚而又笨拙可爱，但到了第二年，却再也没有结果。听法勤的奶奶说，她家的那棵柿子树，在她年轻

乡————关————何————处

时曾经一季就结果18担，以后却再也不结果了，是累的。树也像人，劳累到极点，会有伤症的。如我姥爷那样一个卑微而又贫朴的蚁民百姓，赤贫、驼背、秃顶，因营养不良发黄的面色。姥姥是我们家的精神支柱，干练、勤快又善良。这片院落更像一叶扁舟，由指挥若定的姥姥划着远航。

如一个饱经风霜的老人，小院经历了太多事情。1963年的洪水，翻滚着浊浪，滔滔不绝地从街巷中汹涌而过，像一条大河般流向了东方。小村在黄河故道的大堤西部，是明朝迁民而来的村落。记得姥爷看着滔滔东去的洪水，说着北中原地区的谚语："云往北，墙倒屋塌一大堆；云往南，水涟涟；云往西，关爷骑马披蓑衣；云往东，一场空。"洪水过后，每一个牛蹄印里都盛满清澈的水，还有一些针样的小鱼在游动。小小的一方牛蹄印里，竟然也孕育着不屈的生命！

小院的夏夜，布满了星星的灯笼。那时的星星、月亮都异常明亮，像值班站岗的天上客，含笑看着北中原乡村的静谧。

我常常眷恋那四壁的泥墙，墙是土坯垒起的，外面抹着厚厚的泥巴，宛如卑微的人生。那泥中掺杂着许多麦壳，干透了之后，散发着淡淡的麦香。现在想来，那浅淡的麦黄色已成为我记忆里最温暖的符号，氤氲着许多人在他乡的日子。

回想那许多的草檐秋月，许多的土墙斜阳，记忆依然清晰，抑或出现在梦中，却没有比梦更遥远的地方了。年少离家时，小院里的房屋多已破旧，不再修葺。而那些草房，墙皮脱落，如斑驳的岁月中垂暮的老人，在夕阳中固守着最后的时光。

随着小院老去的，还有我的亲人。矮檐下的窗子里，流淌过太多温馨的日子，亲人们都在，巨大的幸福围绕。只是，恍若一阵风过，便消散了那些容颜。

原来，那些平凡的日子，正是因为有了亲人，有了那些爱，才成为我生命中永远的牵挂。时光飞逝，当故乡远去，一切都无法重来，才发现，小院已成为我心底永远的巢，栖息着我的灵魂。而我却如离巢的鸟，当我想起回到旧时的枝上，却只有风在停留，早没有了旧巢的影子。

那一片小院，是我永远回不去的故园。

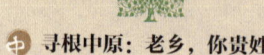

阳光来了

董素芝 | 文

> 心灵建造了天国，也建造了地狱。
>
> ——弥尔顿

不知时光经历多少轮回，郁郁的我和阳光相拥了。我像颐养天年的老人蜗居在三楼的阁楼里，守住三十多平米见方的天井院，观日出日落，瞰万家灯火，睡意蒙眬看拂晓，感受晨雾点点消散，让积攒多年的阴郁在太阳下一天天曝光。

无处不在的阳光让我想起《狮子王》里那句豪迈的话："辛巴！看，所有太阳照耀的地方都是我们的疆土。"哦，太阳，太阳，你这伟大的火神，我真的拥有你了吗？坦白地说，我是个阴郁的人，从小就是。何必讳言呢？阴郁就是阴冷阴暗就是特不阳光就是害怕光明，总是苦大仇深的我平生最仰慕的是那些特阳光的人，记得最深的一句话是："生活在阳光下的人是多么少啊。"

这三楼的天井院是我父亲的世界，这里，花木与野草并生、阳光和垃圾并存。盖房时，古稀之年的父亲把他多年的建筑知识和一生的智慧连同他惦记的旧房料——小青瓦、梁头、椽子——全派上了用场。于是，这个旧料组合而成的世界古典又现代：东、西、北三面一道脊相贯，中间是天井院。周遭的夸耀给父亲的晚年带来了不少自豪和满足。父亲守着舍不得丢弃的家什不遗余力地种花养鸟，直到三楼变成葱郁的花草世界。害怕上楼的老妈找不到父亲时总恨恨地说：不知你爸怎么那么喜欢那个三楼！当然，我们还知道，父亲从不孤单，陪伴他的还有一

【作者简介】

董素芝，河南淮阳人。中国作协会员，中国散文家学会会员，周口市散文协会副主席，现供职于淮阳县县委宣传部。出版有散文集《渐行渐远的思念》《阳光来了》和伏羲文化专著《伟哉羲皇》。

窝一窝的民间灵物——老鼠。

这年秋天，闽南归来的我被无处不在的时空压迫着、压迫着，张扬内心的渴望让我走向清幽的三楼，还因为用了十年的电脑两个月前也退在这里了，总感到那里有个老友在静静地等我。一个晚上，女儿早睡了，我一个人坐在窗前，眼前的神秘星空，让我似乎看到了无限远处的世界，我的心动了。

我空前勤劳地在三楼忙活，一点一点抖落三楼的污垢，让父亲珍藏的发霉的家什在阳光下曝光……从弥漫着尘埃的房间里冲出来，那种洗涤污油把一切大白于天下的畅快让我感受到从未有过的过瘾。小女儿则兴味盎然地在姥爷的家什中探囊取物，像阿里巴巴意外发现了宝库。

站在东厢房的水泥地面上，屋顶是残缺的红瓦、长短不齐的椽子，中间是方正的桐木横梁。靠窗的桌子上是大大的熊猫录音机和一堆磁带，西北角的书架上放着《数理化自学》丛书、《世界语初级教程》《一灯油速成日语》《新中国文物法规选编》及《报纸编辑学》等我年轻时的"古董"。我一点一点把它们梳理完，然后，把《从俗世中来，到灵魂里去》《与鲁迅相遇》《从卡夫卡到昆德拉》《无毒一身轻》《健康生活新开始》等一摞一摞装上书架，在扫描书架的一刹那，我一下子看到了交错的时空，关于时光的历史和承载我生命的根。

我被这意外的交错震撼了。我知道，这里安卧着一个关于生存的故事和一个人的心灵史。

阳光从两米高的窗口倾泻进来，照在这个旧的世界里，告诉我这是一个温暖的所在。我知道，这是一个颠覆的世界，二十多年前，我就是坐在这张书桌前，靠着懵懂的内在张力向世界冲刺。那时的我是新生代，怀揣着"榜上无名，脚下有路"的悲壮和对未知世界的迷茫，终日与读书、习字交友，在唐诗宋词汉文章里打转，在完成了印刷工、文物管理员、编辑、新闻干事等职业的转变后，如今的我又回到了这张书桌前，此时的我只想收回我放飞的心。

像多年的流浪儿找到了家，我满足地忙活于这个阁楼里，感到一种生命之火的复燃。我把十年前喜爱的字画和扔在角落里的画框找出来，放上阁楼，把一串串金黄色的吊瓜挂在房间。小女儿也不示弱，把她刚投师学艺的画一股脑儿搬出来，慷慨地说："妈妈，全贴上！"我扒出做有志青年时习练的碑帖，找出被女儿画秃的毛笔，放上老磁带，当赵传深沉激昂的"当世界遗忘我的时候，我一个人过"传过来时，沉醉在这个世界里的我，已把世界遗忘。

我还是我，世界还是这个世界。我知道，这是适合我忏悔的地方。只有守财奴的我才把这些废旧的东西当珍品放这么久。记得和朋友闲侃，讥讽朋友是败家子，什么都一股脑儿扔掉。然后嘲笑自己是守财奴，什么"古董"都扔不掉。朋友却调皮地说："世界因我而改变，因你而有文化。"

朋友的机敏、逗趣让我哈哈大笑。其实，我一点儿也没有朋友所说的雅趣，只是特没志向而已。像所有小农经济的中国人一样，在温饱里"打烊"从来就是我物质追求的制高点，从没为此有过羞愧感。20年前，我和朋友走在郑州亚细亚灯火辉煌的商业街前，朋友笑问我有何感想。我摇摇头，我真的没什么想法，只知道这个世界和我无关。而今，在深圳打拼多年的老同学得知我20年后仍在和她分手的地方，电话里笑我："你怎么这么能坚守？"我说："我只是胆子小，没有闯世界的勇气罢了。"然后又脱口而出，"外界的变化和我无关。"

唉，外界的变化怎能和我无关？听一位

朋友讲新西兰的新鲜事儿,说那里的公民没有抓小偷的权利。小偷偷了东西你只能通知警察,警察赶到之前你要想留住他,就得陪他说话、吃饭,吃了饭警察没到你还得放他走。理论根据是偷东西本不是小偷的过错,是政府的责任。又说那里要投资养殖场,国家要考察你周边的生态环境,达到几头牛、羊天然饲养的地方才能获准养殖。还说那里的鸡不允许用笼子或垒鸡窝,因为那会限制鸡的自由。我和朋友听得哈哈大笑。谁知,从那以后,我忽然有了非分之想。我也希望自己有了错能有人为我开脱责任,不想让人家冷眼笑我百无一用是书生,我也想像个人那样有模有样地活着。你想人家小偷待遇都那么高,何况我这有知有识的良民乎!

只是,再不是那个靠血脉的冲击力生活的青年了!也更没志向更没出息了!自打脑子不听使唤后,我就像两千多年前的始皇帝那样,一心八道地寻找长生不老之策,想万万年地活下去。没想到,一场关于"中国人爱家还是爱钱"的论争又刺激了我,这是中国人和澳洲人的故事,因中国同胞没回去和孩子们一起过圣诞节引发。澳洲人说,你们中国人爱钱胜过爱家。比如,你们通过降低生活标准来完成金钱积累。你们没日没夜地工作,把孩子都交给老人照管,除了关心孩子的学习成绩外,你们忙得很少有不带功利和非得学会什么的纯粹的玩。在澳洲,你们中国人基本都比当地人有钱,但没有人羡慕你们,你们就像金钱的机器,但你们为自己的赚钱爱好涂上了"为家庭"的商标。

我的同胞说,他们带着酒气的话还是很深地震撼了我,但我能和他们说什么呢?当然,我可以说的太多了,比如我可以告诉他,中国几千年来就没有完善的社会保障体系,所以大家都没安全感。我也可以告诉他,中国人真的穷怕了,哪怕他现在发了财,不管在国内还是海外,他还是会想着发更多的财,在中国人心中,能给子孙传下更多的财产才是对子孙最大的爱,才是对家庭最大的负责任。但我们能指望老外朋友理解吗?中国人好不容易可以公开、安全地追逐金钱了,千万别指望在一两代人的时间内缓解这种被压抑过久而喷涌出来的欲望和动力。这是很多中国家庭的凝聚力所在啊!不惜忍受分离、忍受白眼。我们固执地唠叨着爱家的"美德",其实已经不是为了炫耀自豪,而只是为了自警!

我的荣辱与共的同胞啊!

这场刺激后,非贤妇的我努力做得好一些:关注家庭养生,引导健康生活模式,买五谷杂粮调剂生活,回家给老人孩子包包饺子,这是20年前我宁可不吃也不愿干的事。抽时间陪孩子玩耍,做孝子和慈母。对省吃俭用的老妈说得最多的一句话是:"吃好喝好。钱是为人服务的,咱不能做它的奴隶。"在这滋生万物的阳光下,我有了醒悟和自觉:"哦,上帝,不要让我太穷,以至于我羞辱你的名;也不要让我太富,恐怕我会忘记你。"

从初秋,我一直穿梭于爬满青藤的三楼,把葡萄架看得干枯,把凌霄花瞅得落叶缤纷,爬山虎从绿变红,想剪下串串红叶挂在木屋,不忍,知道它们也如我一样在阳光下活着,一样需要尊严。拾一枚枚叶片夹在书中,让生命永恒。当录音机里"朋友一生一起走/那些日子不再有/一句话/一辈子/一生情/一杯酒"的老歌响起时,一朵朵圣洁的花开满我的心中,温暖涌满我的双眼。我曾和不少朋友有过思想情感的历练,稚嫩中带着刀光剑影的锐气,我也一直拥有轰烈得如网恋的友情世界,在这个痛并快乐的世界里,我一直很投入、忘我地享受着这个世界的滋养。这种情感历程的回味,让我充满感恩。

此时,面对消长的日月,面对归去来的霜雪风雨,我知道了什么叫地老天荒,什么叫地久天长。我知道生命属于我,我能够尽我所能地像人一样活着,不必用猥琐应对世界。

我的沉溺让朋友不放心,不是笑话我老了就是觉得我有心事。我不管这些,只体验新生的快乐。对我来说,在这种日子里慢慢老去,慢慢处理我与世界的关系,是我一生最幸福、最浪漫的事。

奥运年元旦前,盘点盈亏的我发现自己还欠着不少文字账,就在我投入其中时,多日不见的朋友约我聚会。有朋自远方来,我放下手头的文字。朋友说,我们曾像"远走他乡"的"迷走神经"一样迷路了。去年的元旦,朋友们共聚你家,定下了"健康向上"的主题,靠着这种精神我们集体走出了迷茫,成就了健康的一年、向上的一年。大家说,既然诞生了"一大",就要有"二大"。今天,我们没经你的允许来开"二大"了。

就这样,"二大"在我没一点儿思想准备的情况下召开了。我说,虽然没思想准备,但这几天我一直兴奋着,还不清楚有什么大事要发生。今早,顺应内心的呼唤,5点我就起床了。然后,朋友们齐刷刷地出现我面前开"二大",让我心中着实充满感动。在三楼的阳光老屋里,朋友们激动地共叙一年来的所得、感受,在对"健康向上"年作了充分肯定后,又确定了"再上台阶"的主题。我说,阳光来了,朋友来了,一切的一切都来了。从二楼到三楼,我已按朋友的要求站在新的台阶上。一位伟人说:"心灵建造了天国,也建造了地狱。"与其等待阳光照射到谷底,不如自己去追逐!让我们一起寻找属于自己的心灵天国吧。

春天,我嘱父亲把我钟爱的吊瓜籽种在三楼的天井院。这种小时候在房前屋后见到的金黄色吊瓜,历经无数个萧瑟寒冬仍让我温暖和无法忘怀。庆幸的是,成年的我又见到了它。像找到了多年一直钟情的朋友,我费尽心思把它们弄下来,希望它们长满我家的天井院。我想,有一天,当金黄色的吊瓜挂满阳光普照的院落时,那一定是我心中渴慕已久的天堂!

老屋纪事

孙 兴 | 文

【作者简介】

孙兴，曾用笔名"黄痴人""白汀"等，自号"晨露斋主"，河南封丘人。中国散文学会会员，河南省作协会员，河南戏曲学会会员。出版有散文集《蓦然回首》《文化感悟》，长篇小说《天光云影》，杂记《陈桥兵变史话》，豫剧伶人传记《封丘艺苑撷英》等。

我回家一次，三哥说一次：老屋不行了，到处都是老鼠洞，一下雨遍地流。他的话我没往心里去，只点点头。三哥以为我同意了，上个月果然找人将老屋拆了。那天回老家，看见老宅周围堆满了木石梁檩门窗过木碎砖烂瓦。再看老屋，则早已被夷为平地，连地基都已荡然无存，一座新屋即将拔地而起。想到老屋以后只能出现在我的梦里，顿时心中一阵悲凉。

老屋并不算太老，也就四十五六岁的样子。四十多年里，我在老屋生活了14年。老屋先后迎娶了我的二嫂、三嫂、四嫂和媳妇她们妯娌四个，至于哪个孩子在老屋出生，我们说不清楚，老屋也记不起来。待送走了父亲和母亲，老屋就一直空着。现在老屋猝然离去，似乎割断了我的青春与记忆，割断了我与父母弟兄之间的亲情纽带，让我找不到家的感觉，我止不住泪眼迷蒙。

一

1963年秋天，雨水特别大。阴雨绵绵，连月不休，平地能行船。

那天下午，爹冒雨从村南找来木匠喜增和他的大徒弟小甄。师徒俩绕着我家南楼，里里外外上上下下仔细打量了一番。然后，从院子里"呼哧呼哧"抬来两根粗壮的旧檩条，搁着号子将它竖起来，上端顶住南楼底层大梁，下端坐在垒好的砖墩上，而后用木头楔子"嘣唧嘣唧"打紧。干完活儿，师徒俩接过爹恭恭敬敬递过去的香烟，点上，深吸了几口，说："无大碍，多操点心，有事言一声！"说完匆匆走了。雨还在下，屋檐下"滴滴答答"响个不停。

夜里我做了个梦，梦见我家院子里，人来人往，熙熙攘攘，像村上一年一度的三月三庙会。我不胜其烦，待要醒来，那喧哗声却又戛然而止。于是，我翻翻身重又睡去。早上醒来，我发现平时黑漆漆的当门，今天却亮如白昼。揉揉眼再看，嚯！原来不知什么时候，我家南楼后墙整个儿垮塌下来，碎砖烂泥，一片狼藉，屋顶却安然无恙。后墙坍塌使我家和二伯家连成一体，二伯院中那棵弯腰枣树赫然在目，树上泛红的大枣，在蒙蒙细雨中更显得鲜亮夺目。想想以后吃二伯家的大枣，再也不用翻墙越院了，我心中一阵窃喜。而这时，娘正斜坐在床沿上轻轻抹泪，爹则一脸沮丧蹲在地上抽烟。

南楼已有百年历史，爹说，盖南楼时他爷爷刚会搬砖。南楼充其量只能叫阁楼，它东西三间，上下两层，两丈来高，高脊翘角，飞檐斗拱。楼上前墙安有三座砖雕玛门，两侧山墙各留一孔八角月窗。天长日久，玛门月窗木门窗格悉数损坏。于是，麻雀、鸽子、猫头鹰们能从从容容飞进来抱窝，从从容容飞出去觅食。更多的是蝙蝠，白天黑压压吊在屋梁椽子上睡大觉，傍晚纷纷从玛门里钻出去，在院子上空上下翻飞。楼内木隔木梯木板，油漆剥落殆尽，榫扣疏

寻根中原：老乡，你贵姓

松老朽。人走上边，"咯咯吱吱"，颤颤悠悠。夜深人静，老鼠奔走跳跃，窃窃私语。

作为最后在南楼出生的人，我亲历了南楼的最后岁月。解放后，南楼曾数易其主。先是当大队部，大队部搬走后，我家重新入住。接着刮"共产风"，南楼二次充公，分给北街三家王姓人居住，我家搬至西街孙姓人家的两间草屋。散"食堂"后，屋归原主，我们搬了回来。经过几年数家的折腾糟蹋，南楼迅速衰老。房顶艾蒿瓦松杂草丛生，墙体砖石风化剥蚀，屋内鼠洞蛇窟遍布，垃圾尘土堆积，木石梁檩腐朽折损。南楼已到了风烛残年，摇摇欲坠岌岌可危……

三天后，还是喜增师徒俩，加上我家老少几口，在院子里就地使土和泥，将南楼后墙塌下来的碎砖一块块扒出，刮磨干净，重又砌墙。随着墙体一层层长高，屋子里恢复了先前的黑暗，二伯家和他的大枣树连同树上鲜亮红艳的大枣，又回到了二伯家。

"老叔，不买点白灰把墙粉粉吗？"喜增一边砌墙一边问。

"不粉了，将就一时，来年开春，拆掉盖北屋哩。"爹咳了半天，才吐出喉咙里的痰，气喘吁吁地说。

二

果然，第二年春上，三月三庙会刚过，爹就把生产队队长善忠请到家，好烟好酒好茶饭，好吃好喝好招待，和他商量盖房的事。善忠说：队里有规矩，五丈深，九尺高，里生外熟三间房，包打夯、脱坯、拉土和泥、拆旧房、盖新房，整套下来，工价60块钱交队里。队里出小工，老师儿自己请。那时，请木匠、瓦工老师儿干活不掏工钱，只需管饭。大家也都理解，都是街邻街坊，谁都有用得着谁的时候。再说，人活一辈子，修房盖屋能有几回？至于搬砖提泥的小工，无论男女，也就是队里记工分，上梁时管一顿饭，平时则有烟茶供应。规矩大家兴，房檐滴水照道描，走到谁家都一样。

那天一大早，鸡刚叫头遍，娘就起来了。烧水、和面、烙饼、煮咸鸡蛋，忙忙活活准备六个人三天的干粮。爹则摸黑在院子里收拾平车、荆芭、绳索、塑料布、铺盖卷、打气筒……鸡叫三遍，天刚亮，爹头天晚上靠好话请的五个脚力都来了。院子里或蹲或站，碗筷叮叮当当，烟头儿明明灭灭，说话高声低语，引得邻居家黄狗不住声狂吠。吃了饭，脚力连同15岁的三哥共六人，三人一辆平板车，一人驾辕，两人打梢儿，匆匆然上路了。他们要到200里外的太行山拉白灰。那时白灰块一分半一斤，一吨要30块钱，加上盘缠得50块。头天晚上，娘就用针线缝在三哥的裤腰口袋里，以防万一。

这边趁着晴天，善忠一边组织队里青壮劳力二十多人和泥脱坯，一边安排有拆房经验的人，拆除我家南楼。早在三天前，爹娘已将几件破旧家具搬到二伯家一间磨屋。炉灶风箱锅碗瓢勺柴米油盐，一应放在院中老槐树下行炊。南楼，在拆房人洋镐抓钩铁锨"嗵嗵"的敲击声中，在拆房人遇见老鼠蝙蝠蛇蝎发出的惊叫声中，在烟尘滚滚四处弥漫人们不住的咳嗽声中，一寸寸、一尺尺下降，最终夷为平地。像一位年事已高的老人，它站立时看似寒碜单薄，一旦放倒

了，拆下的砖瓦物料却堆积如山。当拆到南楼地板时，人们发现地下泥土里埋有不少铜板制钱，一镐下去，能捡到一大把。拆房人顿时来了精神，同时也招引来街上不少大人孩子，他们纷纷用抓钩铲子在南楼房基泥土里扒刨铜钱，拿到公社废品站三毛钱一斤卖掉。从拆房人爬上南楼房顶，到拆完清理地基，爹一直瘫坐在院中摆好的瓦堆上，脸颊发青，一言不发，默默抽烟。

第三天晚上，三哥一班人，风尘仆仆将两车白灰块拉回来了。当然，大家脚上都打满了血泡，走路一瘸一拐的。饭桌上，他们一边喝酒，一边大声讲述着这几天来不平凡的经历。沿途的风光、城市博大、火车漫长、太行山高……

第五天，风耗日头晒，土坯干透上架，搭黄昏用土车盘到北屋地基上。

第七天，是黄道吉日，拉火鞭，摆供飨，祭宅神。北屋终于破土动工。

第十二天下午，瓦工老师儿瓦完了北屋顶上的最后一片瓦。爹松口气说："真是盖一回房子，屠戮一层皮。我这辈子再也不用盖房了。"接着，他从地上拾起一粒白灰块儿，在北屋前墙上规规矩矩地写下这样几行字——

欠：支景瓦50个、赵运房滴水20个、孙虎白灰膏1筐、孙德椽4根……

直到20年之后，父亲离世的时候，这几行字依然隐隐约约的，还在。

寻根中原：老乡，你贵姓

姥姥家

芭蕉雨声 | 文

梦中的老屋终于出现在我的眼前了。脚下瓦砾闲草的羁绊挡不住忽忽的心动，暗暗与三十多年前的印象片段相比对，不能完全重叠，但交集占了多半。姥姥家的堂屋，黑瓦，重檐，高脊，通体青石垒砌，明三暗五，木窗棂。庄重与威严在颓败的石瓦间豁然呈现，神衰微，韵仍在。

无缘由地，最近老是想姥姥家，那个沉入深山怀抱的叫"碾盘沟"的小村，四合院，石头房。南瓜秧般起伏不定的蜿蜒小道，稀松地牵扯出六七个自然村，碾盘沟，在我年幼的心里是最圆满的一个小南瓜，结在那根最粗的藤的尽头。顺藤摸瓜，本来就是一场刺激神秘的出动，况还要穿平时不得穿的新衣裳。花蝴蝶样起

【作者简介】

芭蕉雨声，本名郭艳先，河南辉县人。现居新乡。2006年发表处女作。有散文随笔百余万字，其中二十万字散见于国内大小纸质媒体。

飞,被人夸赞的羞涩与兴奋,见亲戚的好滋味经久而不淡。

恰好妈打电话说给我攒了些鸡蛋,也没工夫送来。我放下电话就收拾东西准备出发。妈的念想被刚强致密包裹,差一点儿就蒙住了我。母女间很微妙,一个不说透,一个不点破,我只轻淡地应了句,正想回去到俺姥姥家走走。

妈是不想回娘家的,她不明白,连个人影儿都没了的小山窝,我为啥非得去看看。嘴上那么说,脚下并不停顿。采石场的轰鸣声将她的话音震得支离破碎,爸指着西坡尖残存的一截"边疆岭"说,快崩完了。战国时魏赵两国的边界长城,眼看着要坍塌和毁灭在我的面前。走在新开的"大"路上,爸妈相互补充着给我指点旧时小道。我只管大胆跌入深深的梦境。最后一次去姥姥家是小妹恋爱时跟家人闹别扭住在二舅家,我去接

她回来,路遇启蒙恩师薄老师,他就在这个石窝里起石头卖钱。他对我在省城读书流露出欣喜和关注。眼下石窝还在,他却已离世十年。妹妹的女儿也已有了女儿。算不清隔了多少年月我不曾走过这里。石头模样没变,青灰色泽;野草品性不移,苦菜花灿若金片。远离采石场后渐趋安宁,偷炼柴油的遗迹处仍隐约散发着刺鼻气味。荒芜偏僻的深沟,鸦默雀静,若一个人走,大白天也瘆得慌。

妈指着对面斜坡的一块石头说,就是在那儿,她出嫁那天,我爸骑的毛驴前蹄一滑,卧倒了,我爸险些摔着。紧随其后的她对牵驴的叔说她想下来自己走,她叔不让,说没事儿,他勒紧缰绳用身子给驴一个支撑。果然安稳走过那块斜面,新娘脚没沾地。妈说50年了,一直没敢忘了牵驴有经验且贴心的叔的好。

　　暮春的山岭绿意稀薄，沟对面一处茂盛的绿树林十分醒目，妈面朝那里双手合十，念念有词。大意是我们只是路过，不敢惊扰。得她渲染或别的，我对那个石洞里住着一方神仙深信不疑。

　　妈对爸的催促并不在意，主张曲线慢走，她的磨蹭里似乎隐藏或透露着啥。有路人打招呼，我高声说去姥姥家，母亲却说成是挖白蒿苗。近乡情更怯吧。她说上次摸游到这一片时，我爸想进村看看，她不进。她生气地说："要进你进！"我爸果然一个人到碾盘沟转了一圈。我妈守在村口，恰好下着小雨。妈说是天意，让人心里不中受。人都不在了。

　　我妈平时很要强，主意定，能顶半个天。可一到我姥的坟地就使劲儿哭，哭成个糊涂蛋。所以清明和十月一，逢年过节，都是我爸去烧纸，不让妈去。她想娘想得不像样，半辈子了还想不开。进村前她小声叮嘱我儿子不要拍照，说这些老屋老树多年没沾人气，不宜惊动。说得我头皮发麻。

　　爸指着废墟间的一面石碾说当年他来迎娶时，我妈就是踩着这个碾盘上的驴。妈说东邻大门外这个墙旮旯儿是她端饭碗喷闲话的地场，现在看很窄小。老树倾倒，全力压在邻家门头上，爸妈不让我靠近。

　　姥姥家的大门没了门框和门楼，仅靠厚重的石块撑着。妈在门外望着东屋山墙说原是三层小楼，可以瞭望很远。爸说门里的下水道有秘密，地下道深可容人通行，便于逃脱，与前院楼房相通。动乱年代很实用，兜着包袱也可轻易潜伏过去。门墩上残留着儿时从妈那里听云话时想象的画面。我忽然想到二舅母竟然在汤面条里放香椿，浓香味实在难吃。拨开闹人的楮桃枝条，怔怔打量没有姥姥的姥姥的堂屋。

　　屋顶的一部分已开了天窗，尘土碎叶累堆在地面以及散了架的木隔扇上。木格和雕花上浸染着多少亲人的手印和体温，还有我的倚靠和气味。妈和舅舅舅母以及姨们的说笑声，靠窗灶台的菜香味，墙上的画儿，都归入梦境了。门槛很高，出入需高抬脚。

爸妈都没进来。西头一间是老姥姥（妈的奶奶）的屋，狭长，不算很大，于我是深幽的记忆。妈讲给我的故事全部源自这个小屋，老姥姥的肚里藏满了传说和神话。我对这个拄拐棍儿的老太太满心崇拜。但因我姥爷姥姥去世早，她晚年看孙媳脸色过活，很是委屈。用拐棍儿费半天劲把湿衣裳捅到搁条绳上，一声呵斥，她就得乖乖地重新挑下，她不恼，笑眯眯慢悠悠地说，孙媳妇不让搭，不搭就不搭。

东山墙拐过去直通后院。当年姥姥家还算殷实，人称常家大户。前墙上的木橛依然排列完好，挂过的红辣椒、红柿子和金黄玉米，皆化成土，木橛成了忠实的守望者。妈最先撤离并连声唤我们出来，有啥看的！再不出去，万一她哭了，可是不好哄。

前前后后，上上下下，一家一户能走的都走了。一草一木一石一瓦，都有稠密的蕴意，妈从她少年讲到出嫁，从饿狼背猪到叼小孩，有只野狼闻了闻我姥的头发，慢慢下坡离去，姥姥翻身从凉席上起来拽住我妈就朝屋里扯，吓个半死。从屋后看姥姥家堂屋，宛若鳞片斑驳的一条长龙，静卧着休养生息。

村东头的老皂角树，爸目测至少150年，爸在草窝里拾的几枚黑皂角后来被我儿携到了新乡来。妈在皂角树东边的坑洼处止步，话题一下漫到国共内战，有个风吹草动，村人便麻利地把锅碗盆勺沉入水底，等军队撤了再捞上来使。妈压低嗓音说，心有余悸。转而又对一个军官给她糖果吃念念不忘。

暮色苍茫中回望这个被丢弃的"小南瓜"，甜蜜早已被岁月一点点风干，炊烟般散尽。空瘪的房屋不知或不在乎自己空瘪了，照旧保持挺立的气势。前村唯一的老人和他的几只山羊，无意打破这孤独而巨大的寂静，倒是倏然惊叫着腾起的一群野鸡，骇人一跳。

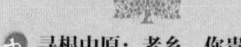

寻根中原：老乡，你贵姓

寻找家乡的根

臧 放 | 文

我的家乡背靠天然盆景嵖岈山，南依飘逸如带的汝河，东距遂平县城四十多里，它有个响亮的名字——文城。

童年时，我就很纳闷：生我养我的地方明明是典型的豫南农村，当地乡邻过的就是日出而作、日落而息的农耕生活，赶集交易商品的集镇和其他乡的集镇也没什么区别，典型的农村集镇，但为什么叫"文城"呢？并不是一个文化之城呀。

出生于民国初年的爷爷赶集时，不说到文城街，而是常说"到吴（音窝）集儿去"，更加引起我的好奇心：这里明明不是个城市，为什么叫"文城"？明明是文城集，而爷爷为什么叫"吴集儿"？

有时，我会缠着爷爷，问个究竟，没有读过书的爷爷只是说："这是人老几辈子传下来的称呼，我也不知道为什么这么叫，你就好好念书吧，有了文化，自然就会知道了。"

十多年的求学生涯中也没有接触过地方志，仍然是个谜，直到最近在《博生活》上看到了杨忠欣老师写的《厚重遂平的历史文化解读》一文，才逐渐知道了答案。

远古的时候，遂平称"房"或"房地"，尧舜禅让时，舜帝封尧帝的长子丹朱于房，为房侯，房地就在我的家乡文城。

传说丹朱出生后全身通红，奇异非凡，舜帝有顾虑，才把他封在了较偏僻的房地。丹朱的后裔就以封地"房"为姓，丹朱便是房姓的始祖。最近两年，世界各地的房姓华人代表齐聚遂平，还来到房地都邑遗址——文城乡小文城村凭吊先祖呢。

西周时，诸侯分封，封房地为房国，子爵，称"房子国"，都邑设

【作者简介】

臧放，河南遂平人。从事乡村教育二十多年，业余或读书，哲学、历史、文学，观世间百态，品人文哲理；或舞文弄墨，叙人生，议生活，抒真情。发表小说、散文、随笔、文学评论百余篇。

乡————关————何————处

在依山傍水、土地肥沃的文城。

公元前505年，吴王阖闾进攻楚国，其弟夫概乘机在国内自立为王，阖闾闻讯，回师攻打夫概。夫概败，叛吴国投降楚国，楚昭王封夫概于房，因封吴国的夫概于此，故房地又称"吴房"。

西汉高祖时，始置吴房县，隶属于汝南郡。

唐朝时，设道，改郡为州，吴房县属于河南道蔡州。

唐宪宗元和十二年（公元817年）十月初十的傍晚，唐大将李愬带领大军冒着大雪，顶着刺骨的寒风，从吴房县城文城栅向东出发，经过一夜的急行军，黎明时悄悄地潜入蔡州城中，经过一天的激战，活捉了叛军吴元济，这就是历史上赫赫有名的"李愬雪夜入蔡州"的故事。

宪宗得到胜利的消息，龙心大悦，重奖了元帅裴度和主将李愬，并且为了纪念这次平叛的辉煌胜利，下诏"敕改蔡州吴房县为遂平县"，县治所移至吴房县东部的灈阳城，即今天的遂平县城，文城开始远离政治的中心。

漫步在吴房大地上，伫立在古房邑遗址旁，我思绪万千。斗转星移，岁月沧桑，多少英雄豪杰在这里金戈铁马、建功立业！秀丽如画、绵绵不绝、哺育人类的汝河在默默诉说着千百年来的历史变迁。

俱往矣，数风流人物，还看今朝。如今房地的人们继承先人自强不息的精神，正在生机勃勃、一往无前地建设着自己美好的家园，朝着小康社会迈进。

忘记历史意味着背叛。人到中年，我终于找到了家乡的根，文城曾经就是一座文化名城啊！我为家乡有这样悠久、非凡、博大、厚重的历史而自豪。

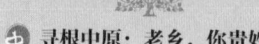
寻根中原：老乡，你贵姓

怀念与死亡无关的那些年

小酉Eric | 文

曾是清明。

关于清明，我的记忆并不丰盛，而且，亦不悲苦，甚至，还能连带出几分欢乐的色调来。

那时，并不记得清明前一天有什么寒食节的。大抵，在我们豫东，有许多个在别的地方无比看重过得无比热闹的节日，在我们那里都不值一提一般。比如，端午；再比如，重阳。

只记得，那时候清明的前一天的黄昏，家家户户的大门以及正屋的门楣之上，都是要插上鹅黄色、飘逸着的柳枝的。二三十年过去，如今，莫说寒食，竟是连柳枝都不再插的了。

那时节，每逢清明当天，一大早，母亲便会摊两张金黄金黄的鸡蛋皮儿。其时，像这样的美食是极其难得一见的。一大长年之中，家里的老母鸡拼了老命下的那些个鸡蛋，被母亲数日子一般地细数着，小心翼翼地放进橱柜深处的那个黑色陶罐中。攒了这些鸡蛋，一来是为了哪天急用钱要拿这些鸡蛋换几个钱，二来是为了到麦收的季节里每天煮一个鸡蛋给要出大力干活的我的父亲吃了补充营养。也只有清明，才会有这两个例外的鸡蛋皮儿。

印象中，那时候的母亲是从来不去我爷爷奶奶的坟上去的。甚至，父亲也极少去。清明那天，都是我带了妹妹去上坟。母亲在厨屋摊煎鸡蛋皮儿时，我就蹲在院子里，把昨天甚或几天前就已经买好备用的黄纸取出来摊在地上，三张一份、角角要相互错开地分好、叠好。等母亲把鸡蛋皮儿摊好，盛放在盘里，妹妹突然之间就不知道从哪里蹿了出来，双眼放着绿光一般，喜滋滋地接过盘子。母亲说，去

【作者简介】

小酉Eric，河南周口人。媒体工作者。出版有作品集《红楼梦中少年事》。

吧,带你妹去给你爷爷奶奶烧纸送钱去吧。

我怀抱了纸、手攥了火柴在前边走,随时都要回头注意在后面磨磨蹭蹭向前挪的妹妹。"不许掐着偷吃!爷爷奶奶还没吃呢!"我反复警告她。无奈,每每到坟地的时候,鸡蛋皮儿的四周都会被掐得像齿轮一般精彩。

母亲后来回忆说,有一年的清明,她让我带了妹妹去给爷爷奶奶"送钱"去,我那时候还太小,带了妹妹,直接来到我家屋后的邻居家里,那家有一个身子骨还硬朗、而且平日里对我极好的被我称作"奶奶"的老太太。我怀揣着烧纸,推开这"奶奶"的屋门,她正巧在,我欢乐无比地说:"奶奶,俺妈让我和妹妹给你烧纸送钱来了。"

老太太先是一愣,继而一句"我的乖乖儿",紧接着又大笑,一边笑一边冲着前面我家的院子喊我母亲的名字,"快来吧,你这个傻妞是咋给我这俩乖乖儿交代的啊?"

或许是因了这一出,那以后每年的清明,我都能够带着妹妹在坟头密密麻麻的坟场里,准确无比地找到我爷爷奶奶的坟头。

我先是找了根树枝或烂砖头块,对着坟头画了个向上开口的半圆,把两张鸡蛋皮儿放在圆圈最上方的开口处,然后把金黄的烧纸放进圆圈底。点火。然后,嘴里学着大人那样,嘟嘟哝哝地对坟里头躺着的人说些话。比如,"孙子孙女给你们送钱来了,要舍得花啊";比如,"这是俺妈给你们做的鸡蛋皮儿,吃点吧,可香了"。不过,好像也仅此而已,确确实实说不出太多。爷爷奶奶在我的父亲10岁之前就先后不在了,爷爷、奶奶,在年幼的我和妹妹这里,仅仅就是一个符号而已,被父母教育、暗示了:要对这个符号心存敬畏。至于感情,那是需要长大之后自己再去慢慢体悟、培养的吧。

纸燃着的时候,我例行公事一般地嘟哝着,蹲在坟前,没跪过。妹蹲也没蹲过,就站在旁边看,看被热浪掀起的燃成了灰屑的纸花,在她眼里,那些翻飞着飘远的纸灰或许更像蝴蝶,那才是一个对远方有向往的小女孩最简单的欢乐。

纸燃尽。鸡蛋皮儿上已经落了薄薄的一层纸灰;因太靠近燃烧的纸堆,鸡蛋皮儿都能够嗅出一缕烧焦的味道。只是,我和妹再顾不得这些,像经历了千辛万苦,终于摘到了胜利的果实一般,心安理得地开始享用起这一年当中兴许是唯一的一次与鸡蛋的"亲密接触"。

我想,爷爷奶奶如果真的有知,看到我和妹在他们坟前,就不顾形象地分享鸡蛋皮儿的贪婪样子,是不是会会心一笑呢?

已是清明。

转眼,我已近"不惑"。记忆里,在我人生的前30年,基本上算是没有经历过至亲骨肉的死亡。虽傻大胆地跑去围观过一下子

寻根中原：老乡，你贵姓

死了十几人的车祸现场，见识了血流成河的恐怖场景；虽年少无畏地在参加一个已经出了五服的族人的葬礼时，偷偷掀开躺在灵床上的死人脸上的黄纸，只为看一下死人的脸色是怎样的……但还算幸运的是，我至爱的那些亲人们倒都平安无事地给了我一个与死亡无关的30年。

我曾经以为，我们都不会死，永远就这么或快乐或吵吵闹闹地，在一起。

只是，最近10年。准确来说，是从10年前的那个除夕开始，死亡已经开始在一步步侵蚀着我至爱的亲人们。

10年前的那年除夕，恰恰是我三姑父入殓的日子。我们两家相距将近二百公里，又是风雪又是严寒又是过年，最终，那年不足30岁的我，第一次作为娘家人的代表，一个人"千里走单骑"地奔赴了那场葬礼。第二天，大年初一的凌晨4点多，我站在三姑家附近的公路上等回城的长途车。风很大，夜很黑。陪我等车的表哥不知道从哪里搞来了一堆柴火，点燃，火光亮处，终于看清有大片大片棉絮般的雪花在凛冽的空气里飘飞……那一天，我人生第一次体验到了什么叫蚀骨的寒冷。

也就是从那一年开始，每年冬天气温太过低寒时，我都会咳个不停；也就是从那一年开始，以后每年除夕这样举家欢庆的日子里，我都会想到死亡与离别，以及一场葬礼。

紧接着，8年前的2007年，从正月开始，接二连三，先是我的外公，23天之后，是我的外婆。参加完外婆的葬礼，回到混着的这座城市，我寻了家小旅馆租了个房间，一个人躲在里面，没有泪水，只是一个劲儿地昏睡，良久。

继而，是旧历二月清明的前几天，我的二姑父，心脏病，就在两个人晚饭后散步上楼马上要走到三楼自家门口的当口。当晚10点多，二姑哽咽着打来了电话。可以想象，被二姑父疼爱了一生的我的二姑，在突然失去了这个男人的疼爱之后，未来不可预期的苍老余年会变得如何荒凉。那晚，是全家出动。还平生第一次租了车，夜奔。凌晨两三点的时候，我们已在三百多公里之外的二姑家，陪她难过，尽自己的心与力安慰她。

四年前，大伯家的我那唯一的堂哥，也是我们这个大家族里我们这一辈除我之外的第二个男子，酗酒，车祸，被撞身亡。尚未成婚，身后无子嗣。

今年清明，我难得地在离清明还有将近一个月的时候，就回到了故乡，回到了埋有我的爷爷奶奶以及大伯、堂哥的故乡。陪在我身边的，是我的儿子。参加工作十多年，第一次有了这么长的假期,可以在老家的这片干净、宁静的乡土之中,挖挖田间地头的野菜,捉捉杨树林间的苍虫,尝尝许多年都没再吃过的榆钱;甚或在自家多年已不曾住人的老院子里,开出一畦荒地,撒上一些菜子,安安心心地等待它们的出芽。这一切在正备战于工作一线的同事及同龄人们看来,像是"超级福利"的长假,彻彻底底仅仅是因为一场大病,一场进了重症监护室、有医生第一次谈及我的死亡的大病。

第一次,我感觉到了死亡的可怕。第一次,我深味了清明的悲凉。

从来,人只有自己亲身经受了一场与死亡密切相关的劫,他才会真正懂得,懂得清明。真正懂得清明的时候,他已是一个年近不惑的男人,他沉稳内敛,很多话很多悲苦沧桑无奈甚至欢喜,都不大愿意与人道了。这种内心的一个人的清明,无疑是寂寞的。

又是清明。

我仰头看鹅黄色的柳枝,告诉儿子,它在清明的日子里曾被我们插在门楣之上。

我带着儿子去给我的爷爷奶奶上坟,他看到坟头上盛开着一朵金黄色的蒲公英,手脚并用开始向上攀,想去摘取。我像他这么年幼的时候,我从未曾谋过面的爷爷奶奶,对我来说也仅仅是个符号,我又怎能奢望年幼的他懂得这符号代表着的深厚的血缘关系?我也是直到不惑之年,才终于懂得,对这个符号,我应该给予的,除了敬畏,还应该有感情,因为他们是我这条脉路上我所能知道、或许也是目前我身边尚还活着的前辈们所能知道的,生命信息传承的起点。从坟上回来,我告诉自己,我一定要找一找我们的家谱,查一下我父亲的爷爷,甚或是我爷爷的爷爷,然后记载下来,留给儿子,等哪天我不在了,我要让他知道,他来自何方。

清明尚未到来时,我和儿子陪着七十多岁的二伯在坟场里放羊,因为这里有铺天盖地的、羊儿们爱吃的蒲公英。我和二伯一边看着羊一边闲聊。看着爷奶的坟,旁边挨挤着大伯的、堂哥的,再然后就几乎没有了余地儿,四周围挨挨挤挤的,全都是这个家族里尚不出五服的前辈先人们。二伯说,等他走了,肯定是没办法像大伯一样紧挨着爷奶的坟了。我听后笑说,那更轮不到我了;没事儿,无论到时候你躺哪儿,到我的那个时候,我都从远方回来陪着你。

无论走多远,无论离开故土有多久,就算我的儿子如今的身份证号都不再是故乡的了,到我的那个时候,我依然会义无反顾地,回来;我都会非常严肃地告诉我的儿女们:清明,记得回家,莫让那些曾经深爱过我们的人,寂寞。

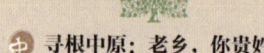

寻根中原：老乡，你贵姓

你是谁的日渐苍老

成 城 | 文

2011年岁末，似是突然之间，我便坐立不安起来，有些神经质地再三向父母提出，要去新疆一趟。而且，除了要带上他们二老，还要带上二伯、二姑，以及我年幼的一双儿女。

父亲有些讶异。我只道：我们这些孩子们相见的机会，自然还有很多；但是你们这代老人，如果不及时相见，真怕……

父亲一声叹息后，倒也欣欣然地对新疆之行满怀期待起来。我把要去新疆的消息告诉老家的二伯、二姑时，他们也是惊喜且期待起来。

查过机票，核算下来，这一众人等，仅是单程机票钱，下来也得一两万。父母当场翻脸，找各样理由推托着不去。比如年底了，马上要过年了，过完年再说吧；这会儿新疆零下二三十度，去了受不了……如此犹豫、推托着，一直拖到2012年的端午前夕，我强硬地订下机票，然后又向单位申请年休，连带着端午节放假……终于，端午翌日，我拖家带口，带着六十多岁的我的父母、七十多岁的我的二伯、将近八十的我的二姑，外带我6岁的女儿和两岁的儿子，浩浩荡荡一行七人，从河南新郑机场起飞，五个多小时后，降落在了新疆乌鲁木齐的地窝堡机场。

机场出口处，有一群人在翘首以待。

来的人与等的人，隔着护栏，隔了漫长的半个世纪的光阴，在相互照面的瞬间，便认出了彼此，哽咽着呼唤着，然后是拥抱，泣不成声。

等的人，是我大伯的女儿们以及她们已成年的儿女们。

这一切，终究是要从头说起，从根儿上说起，从我所能了解到的我的爷爷辈儿上说起。

我爷弟兄三个。我爷排行老三。老大实诚，老二精明，老三——我

【作者简介】

成城，河南扶沟人。中学教师。

的爷爷，性子实诚且木讷。

老大一支，1942年前后逃荒去了西安，再没回河南；如今，他的后代子嗣定然已成了地道的西安市民。但于我，那里都有谁，住在具体何处，都陌路人一般的了。

老二一支，一直在老家，就算1942、1958，都没有挪过窝，只养了一儿一女。倒是那一个儿子，接下来生养了五个儿子三个丫头。

我们这一支，我的爷爷生养了三男三女，依次是我的大姑、大伯、二姑、二伯、三姑，以及排行老六的我的父亲。

大姑早逝。出嫁没几年便病逝了，没给夫家留下一儿半女。

接下来，便是1958年前后，我爷去世，死在逃荒讨生活的西安。多年之后，才迁坟回归了故乡。我爷去世时，我的父亲不过七八岁的样子。

我奶，一个要强而有本事的小脚老太太，给自己已成年的大儿子——我的大伯操办了婚事；虽对亲家是"资本家"的身份不满，但到底还是遂了女儿的心意，把我的二姑也嫁了出去；紧接着又给即将满20岁的二儿子——我的二伯张罗媳妇。

1960年前后，河南大面积地饿死人。1963年，当大伯的大女儿还在襁褓中时，为了不至于饿死，我奶大手一挥，赶着大伯带着自己的媳妇和女儿，和那时的大多数河南人一样，为讨一份口食，万里迢迢，奔赴了前途未卜的新疆。大伯这一走，就再也没能回来。他在新疆，留下了两个女儿一个儿子。

其实，大伯走后第二年，我奶也去世了。因为除了远赴新疆的大儿子、已出嫁的二女儿、已成家的二儿子，她还有已说了婆家但尚未出嫁的我的三姑，以及我那当时不过十二三岁的父亲，要养活。不管是天灾还

是人祸，20世纪60年代的中原农村，没东西吃是肯定的。奶奶越过房顶，爬到已被人捋得只余下树冠处还有些青叶的榆树上捋榆叶；结果，从高高的树顶上摔下来，就此一病不起，很快便草草地去了。13岁的我的父亲跟着刚成家的我的二伯生活。

二伯也生养过两个儿子，却都不幸早夭。倒是生养的三个女儿，个个身体壮实地长大成人。

早早没了爹娘、几乎穿百家衣吃百家饭长大的我的父亲，结婚很晚，生养了我和妹。

如此，我爷爷这一支，到了我们这些孙儿一辈，共有八人——我的五个姐姐一个妹妹，男丁，只有我，外加新疆大伯家里，我的那个哥哥。

二伯家自不必说，与我家对门儿。从小我同二伯家的三个姐姐厮混在一起。或许是自家没男孩的缘故，我的这三个姐姐从小就

一个个性格彪悍，对我这个堂弟绝对是疼爱有加，有谁敢动我半根毫毛，我那二姐三姐立即就会跟你拼命，追你半条庄子，杀到你爹娘老子跟前。

大抵是基因缘故，我们这一支，从爷爷那里始，女子便个个显得有担当有气势，相比之下，倒是男丁显得不争气了许多……

二姑嫁的夫家是"资本家"，却是在"文革"后，一切风平浪静。二姑父对二姑疼爱有加，又是个极有学问的人，因了这学问，虽费了些周折，但到底是全家进了市里，成了市民。二姑接济娘家最小的弟弟，从始至终都未停止过，直到80年代后期，农村生活渐渐有了起色。

二伯是个性格极为温和宽厚的人，有着我爷爷的实诚，却不见木讷。后来，做到了生产队队长，一做就是许多年，受到村人的尊重。

三姑强势，夫家家境也还不错。可怜我那三姑父早逝，留下性格强势的我的三姑跟她的儿子儿媳生活，动不动火上房地吵到姥家。三姑后来信了神，中原大地上东跑西奔地四处去敬神烧香，不常在家，倒也相安无事；只是，多年下来，三姑信神信得迷三倒四，竟对亲情都有些淡薄起来。

我那父亲是兄弟姊妹中的老幺，又是十几岁上没了爹娘，终是养成了他天地管不了的性子，暴脾气，骂人打人都是常有的，好在，梁山好汉似的重情重义，双手又极为灵巧。二姑常对我说，他们兄弟姊妹六个，最像我爷的是二伯；最像我奶的，就是我爸。二姑说，但凡有本事的人，都是有脾气的。

父辈兄弟姊妹六个，除了早逝的大姑，虽都各自成家，但不曾出了这中原大地。时常能聚，大家亲亲热热、互相帮扶着，也就这样日子越过越好地走到现在。

倒是远赴了新疆的大伯一家，孤零零地漂在异地他乡，想一想，都不免让人心生悲凉与牵念。

大伯去了新疆后，再没能回来。就像我爷一样，也是在自己儿子七八岁时就早早撒手去了。其时，他的大女儿——即我的大姐，十六七岁；二女儿——即我的二姐，十三四岁。据说，大伯母是有些不大管事儿的；从那以后，大姐便几乎撑起了那个家。

中原大地大搞承包分地的时候，我的父亲七凑八凑凑了一笔路费，坐了三天四夜的火车去了新疆，想让寡嫂带着儿女们回到中原来。只是，从襁褓之中就已来到新疆的大姐，还有出生在新疆的二姐和哥，都似乎更习惯了新疆的生活。大伯母更是不大愿意回河南来，提起58年、60年那饿死人的惨状，都心有余悸。在新疆虽然艰苦点儿，到底还不至于饿死。

1984年前后，大姐回过河南老家一次，正是深冬，大雪封门。那时我尚年幼，印象几乎没有；只记得，后来大姐一直说，老家可真是冷啊！受不了，再不要提搬回河南老家的事儿了。

二姐和哥，自始至终都没有回来过。

2012年端午，我带着我的儿女——我爷这一支的第四代人，还有都已是七十上下的二姑、二伯、我的父母，飞降到新疆时，距大伯一家离开河南老家时的1963年，整整过去了半个世纪，离1984年大姐回老家的那匆匆一见也已整整28年。出生在新疆的二姐已是四十有余，在此之前，除了偶尔的电话里那几乎听不懂彼此口音的联络，以及偶尔通信里夹带的照片，第一次，见到了除自己父母姐弟之外，血缘最亲的人，我赠送给她了一个弟弟，以及小侄女小侄子。

我还在愣神儿间，他们已是抱头痛哭成一团。旁边站立着的，也都是泪光莹莹，虽一时不知该如何称呼，却心知，都是至亲至爱的骨肉，是这个世上最亲的人。

没有见到哥——我从小到大，都一直在希冀、想念，甚至向人无比炫耀过的，跟我血脉最亲的，唯一的哥哥。

大伯家所在的小城——吉木萨尔，在天山以北，离乌鲁木齐还有百十公里的距离。姐包了车。在从乌鲁木齐往吉木萨尔去的车上，姐才缓缓向我吐口——你哥不在了！

姐说，他去了也好。因打小没了父亲，加之母亲宠溺、姐姐年弱，我这哥哥也是打小有些无法无天，长大后，更是谁也管不了，不务正业，赌博、酗酒、泡网，都是常事儿。三十好几了，也没成家。2010年年底，大雪漫天。等大家得知他出了车祸赶去医院时，人已离世。据说，是酗了酒，骑摩托车跟什么车撞了；天寒地冻、漫天风雪，四下更是无人，对方肇事逃逸，留了酒事不醒又受了伤的他在那雪野里，连伤带冻……

天山脚下，一片坟茔之间，有大伯的坟，旁边便是哥的坟，上面的招魂幡还在……

姑、伯、爸，三人唤着"哥，我们来看你了"，在大伯的坟前痛哭失声；我盯着哥的坟，眼睛也越来越模糊，直至泪如泉涌。

2011年年底，我莫名地千方百计想要到新疆时，恰是你去世一周年的日子。冥冥之中，是否是你在呼唤？无论你是贫穷还是富贵，无论你是人中翘楚还只是平凡小民，我都只要你在就好；只要，我能热乎平地、发自内心地亲口叫你一声"哥"就好；只要，你还在，我就不会觉得孤单。

可是，如今，爷爷这一支，没了你，我竟成了这要站在最前面为我们的亲人遮风挡雨的唯一男丁，我的儿子成了这个大家族"三亩地里一棵苗"。看看为了逝去的亲人、为半个世纪后终于还能见上这一面的亲人，而哭成一团的白发苍苍的他们，我站在那里，觉得孤零零的。

在吉木萨尔逗留一周。吉木萨尔俨然已是一座小城。大姐在城里有几十年的老宅，

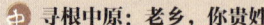
寻根中原：老乡，你贵姓

面临拆迁，政府已许诺给予新的楼房及补贴；大姐的一双女儿皆已成年，郁郁葱葱地立在那里，让人心生欢喜。二姐在县城购置了房产，在乡下亦有百余亩的承包田，每年种植些红花、葵花等，虽辛苦些，但大都可雇河南去的劳力，倒也自在；唯一的儿子高大壮硕，也已到了成家立业的时节。

与之相比，倒是显得老家河南在这过去的半个世纪里，长进不足了。见姐家如此，老人们安心，我等自然也可以欣然慰然了。

带了儿女闲闲漫步在县城小街，折进一家不起眼儿的小店，为儿女购置零食，刚一张口，那店主便惊讶言道：你是河南的吧？说起根由，那人老家竟与我邻乡，只是依然是有数不清的年头未回了。细问起家乡种种，总免不掉一番再无法归根的怅惘。临了，拿了更多的零食给孩子，直说不用付钱不用付钱，难得见到老家的人来……

2013年初春，大姐二姐带着离开河南整整半个世纪的大伯母，终于回了河南老家一趟，看看尚还在世的同一辈的老人，想念想念已然离世却能够念叨起他很多往事的乡邻旧人们……当年青壮，如今皆已耄耋。可叹这，岁月匆匆，来不及收拾的离情别绪……

父辈已然苍老，而我正值壮年，我同样也会在这同一条脉路上，日渐苍老着他们的岁月。我站在那里，唯一能做的，就是成全，成全已然苍老了的我们的父辈们对血脉相连的亲人的想念与团团圆圆。然后，勇敢地担负起一个记录者、传承者的责任，告诉我的儿女们，我们的根在哪里，我们这一脉经历的我们记忆能见的尚不足百年、四代的时光传承而来的脉路在哪里；有朝一日，连我也要随着岁月的催逼苍老而永诀的时候，能让我的儿女们知道，他们来自何处，在这个世上，他们还有哪些血脉相连的亲人……

是为纪念。

追根溯源

中华文明在中原这块古老的土地上倏忽数千年,中原寻根,我们不仅仅只是对一个人、一个家族的寻根问祖,更有我们作为泱泱中华大国的对母语的寻根、对文字的寻根、对思想学说的寻根……

寻根中原：老乡，你贵姓

寻根母语到中原

黄典诚 | 文

我来自福建厦门，我说的是闽南方言。闽南方言和闽北方言(还有闽东方言)同是我国九大方言之一。它和普通话有较大的区别。

在闽南、闽东和闽北，祖祖辈辈都传说祖宗是河南来的。这件事，记在地方志上，写在族谱里。据《三山志》说："(晋)永嘉之乱，衣冠如闽者八族。"又据《河南光州府志》载，唐高宗总章年间，福建南部蛮獠啸乱，朝廷以光州固始人陈政、陈元光父子率58姓前往征伐。陈政阵亡，陈元光年方十八，代父领兵。结果削平祸乱，疏请建置漳郡。又据《五代史》，唐末光州固始人王潮、王审知兄弟，率众起义，南下福建，建立闽国，采取了若干有效措施：开发了福建，发展了经济，推广了文化，安抚了流民。在中原动荡的时代，福建成了偏安一隅的地方。

这是中原人民成批流入福建的简况。福建和河南有着密切的乡土关系。福建方言就是从河南带去的。至今"客话"区人民还称闽语(方言)为"(黄)河洛(河)话"，称说闽语的人为"河洛人"。

我这次带研究生到河南来为福建方言寻根，去固始县作了实地调查。

自从上年元旦我人大常委会发出《告台湾同胞书》，台湾人民为响应统一祖国的号召，纷纷发起往大陆寻根的运动，他们写了许多"唐山过台湾"的故事。他们寻根的起点是闽南，终点无疑是河南。

河南光州固始人陈元光开辟了漳州，被尊为"开漳圣王"，当菩萨膜拜。这位陈圣王也随郑成功到了台湾。至今台湾全省有大小陈圣王庙近百所。香火之盛，是很可观的。

像陈元光这样有作为、有贡献的历史人物，正统历史新旧《唐书》

【作者简介】

黄典诚，字伯虔，笔名"黄乾"，福建龙溪人。曾任厦门大学中文系教授，汉语史博士生导师，著名语言学家。

没有他的专传,难怪有人为漳州南台庙(即陈圣王庙)撰下一对楹联:

唐史无人修列传,漳江有庙祀将军。

通过这次调查发现,《固始县志》也缺了这一重要材料。应该参照福建《漳州府志》《龙溪县志》迅予补上。

时隔千年,这回找到什么"根"没有?回答是不多,但就所得的几条,已经很重要,够说明问题了。例如这里有"洛阳桥",闽南也有"洛阳桥",能是偶然的吗?又如管"没有"叫"毛",甚至连"卤面"也被携带过去了。

我们的寻根,将引起台湾同胞的极大兴趣。今后,希望闽豫两省语言学界的同志们,在共同为实现四个现代化的语言工作中,互相支持,互相配合,并肩前进!最后愿以小诗七律奉赠:

河洛中原是故山,永嘉之乱入闽南。
谋生更遍南群岛,击楫全收淡水湾。
莫谓蛮人多缺舌,须知母语在乡关。
寻根不是寻常事,唤取台胞祖国还。

寻根中原：老乡，你贵姓

孔子还乡祠堂访古

郭良正 | 文

上世纪90年代，因工作原因，我到距公司三百多公里外的夏邑县，工作和生活了六年。

夏邑是豫东平原上一个农业县域。这里历史悠久，民风淳朴。在波澜不惊的世俗生活中，一次国际性学术会议在此召开。也正是这次会议，增长了我的见识，同时也开阔了我的历史视野。

那是1994年夏初，夏邑县迎来一批远道而来的客人。42家科研单位、大专院校和新闻媒体108名史学专家、学者、记者，分别从美国和咱们国内九个省市款款而来。

他们要在这里召开一个论证孔子祖籍的研讨会。不明就里的我生发了疑问：孔子，鲁国陬邑（今山东曲阜）人士，这是连中学生都知道的历史常识，还有何可研讨的？

我的疑问，也正是我历史知识局限所致。研讨会最终确认：夏邑县王公楼村是孔子祖先居住地。并在会上成立了孔子祖籍文化学会，负责孔子祖籍文化日常工作，孔子第七十七代嫡孙女孔德懋任名誉会长。

出于对这个历史知识的兴趣，我边工作，边查阅史料，囿于术业有专攻原因，得到的说法最终没系统起来。

这时，一个实地考察想法油然而生。我那里距孔子祖籍有数十里，况且要转三次车，但这也没能阻挡我前去访古的愿望，数月后终于成行。

20年前的那里，还没铺通柏油路，就是乡下三轮车也很少前往。

当我向一位拉客老乡搭讪道："到孔子祖籍去不去？"

【作者简介】

郭良正，笔名"东壁逸人"，河南泌阳人。中国化工作协会员，鲁迅文学院学员。发表作品一百多篇，并有作品入选年选本。出版有小说作品集《中山街往事》和长篇小说《山雨欲来风满楼》等。

"咦——嘻——咋不去呢，咱马展（马上）走。"

"多钱？"

"你不用佛（说）呢，多少都管（行）。夜阁（昨天）我还拉一个人去那里呢，坐这嘣嘣嘣（机动三轮车）比溜地崩（步行）快多了。"

听着这渐趋熟悉的方言，我笑了，随即坐在了没车厢的车帮上。他回过头说："坐好，你笑啥几（什么）？"

"见到你高兴呀。"我说。

一听这话，他边开车边说了起来："嘻嘻，你这文化人佛（说）话就是好听。"

"你咋着我是文化人？"

"一看你都是文化人，也就文化人才喜欢到这儿来；文化人有文化人的好，也有文化人的不好。"

"文化人的不好咋说？"我想一探老乡真实想法。

"文化人干净、体面、佛（说）话中听，就是办事儿磨蹭，唉，一个半劲儿地磨蹭。好比佛（说），这孔子老家，老百姓都知道是这儿的。文化人就不这么认为，他们得研究研究，得挖出地下石碑，得用小锤敲敲挖出的烂砖碎瓦，得用手电照照，得用镜子（放大镜）瞄瞄，还有别的我叫不上名儿来的东西再去鼓捣鼓捣，倒腾好多年才佛（说），这儿是孔子老家。最后才给俺佛（说）的一样，这不白忙活么，哈哈哈，哈哈哈……"

说到高兴处，他是如此开心。他高兴了，我心倒凝重了起来：一为史料发掘的不易；二为孔家的不幸迁徙。要是孔家祖先不迁徙，现在可以自豪地说，孔子是俺河南省的人了。唉，历史不能假设。

路两边是细腻黄土地，秋作物日趋成

 寻根中原：老乡，你贵姓

熟，暑气被一汪绿色渐次稀释，在此况味下，我走进孔子还乡祠大殿。仰头观瞻森严居所，一列塑像有序排列，牌位前书写着和孔氏不太"沾边"的先祖列位：从微子启到弗父何再到叔梁纥，共11人。

拂去历史的烟尘，一段历史轮廓在我眼前渐次清晰起来。

殷商早期，纣王庶兄微子被拜为卿。周武王伐纣灭商，周朝立。纣王子武庚迁朝歌延续殷商。武庚起乱，被诛杀，微子启被封上公，立国宋，称宋国始君。微子启卒，立弟仲思衍（史称微仲）为君。微仲四世孙弗父何无心为君，让位给弟厉公，从此起清心寡欲日子，被封为世袭公卿，食采邑于栗（夏邑县古称栗）。

不问朝政不理国事的弗父何，悠然自得享受人间天伦之乐，代代耕读传家，下五代至孔父嘉，始以"孔"为姓。理出了孔姓渊源，同时，也掘了个难以填平的空洞：这上几代为何没一个固定姓氏，而最终又为何以孔为姓呢？

撇开疑问，继续对孔氏人脉探究。

孔父嘉父亲正考父从小对孔父嘉耳提面命，最终培养其成为文韬武略之才，被任命为"掌建邦国之九法，以佐王平邦国"的大司马。

才能历来是把双刃剑，既可治国理政，也可招杀身之祸。自古以来，文武两派很难尿到一个壶里。孔父嘉虽手握重兵，终没能逃过太宰华督心计，在他刀下终成怨鬼。自此，孔家渐衰，华家日盛，且两家矛盾日深。30年后，宋国内乱又发，孔家满门处在风雨飘摇乱局之中。为保血脉，孔父嘉曾孙孔防叔携带家眷护卫，颠沛流离，一路车辚辚，马萧萧，驱车仓皇向北逃去。途经追兵胁迫、箭镞横飞跋涉之苦，终逃出魔掌，在

鲁国陬邑得以落地重生。

"树挪死，人挪活。"这句俗话不知始于何时，但我总觉得像是最先为孔家所说。在鲁国，防叔生伯夏，伯夏生叔梁纥，叔梁纥生孔子。于是，后来孔子还乡寻祖，有了足够依据和强大说服力。

这一幕历史正剧在我眼前渐次落幕，从石刻上抬起头来，揉揉酸涩眼睛，思绪也从数千年前回到了现实。身后传过来一句话："下一步该孔子还乡了。"

我扭头一看，那个车夫正看着我。我诧异道："你怎么没走？哦，是我没给你车钱吗？"

"不是。钱是给了。我还想给你佛（说）佛（说），在这石头上看不到的东西。"

历史上孔子还乡远非一次。早年还乡，纯粹为了祭祖。是祀先，是省墓，是朝拜，以此发远古幽思，历数先贤丰功伟绩，激励后来者继承先辈遗志。到后来，随着在诸子百家中风生水起，确立了儒家在百家中的旗舰地位。再还乡，除祭祖外，又筑杏坛以传道和讲学。孔子成年起，还乡累年不辍，最后一次还乡已是58岁年迈之人了。这位白发飘飘的老者，站在故土上的风范是何等沧桑和伟岸呀。为更进一步体会那个氛围，我盘腿打坐在杏坛前，疑似聆听到了两千多年前的谆谆教诲。

"还乡大事已毕，再下一步如何？"我对着老乡问。

"你跟我来。"说着他在前面引领我前进路线：出大成殿，驻足《重修孔子祖籍史迹碑记》，仔细研读重修的来龙去脉；折向孔圣人祖先碑林凭吊，在看不清楚的碑文前遐想；到七十二贤像附近，侧耳倾听他们探讨的主题；跨棂星门，到戟门，观瞻陈放的古代棨戟仪仗；进东西两庑，仰观后人供奉的先贤先儒；入四代祠稍息，旋即迈步到官厅，查看古代地方官员参与祭祀时，如何做祭前准备。待巡礼完毕，复到由香港孔教学院院长汤恩佳博士捐赠的孔子行教大铜像前顶礼膜拜，至此，对孔子还乡祠访古礼成。

现在孔子还乡祠占地50亩，所有建筑是历史遗迹的重现。《夏邑县志》记载，还乡祠早在唐朝初年已初具规模，后因朝代更

迭，屡遭战火，多次被毁。宋真宗时，为保证祖先前贤祭拜场所完好，孔子第四十五代孙孔良辅、孔彦辅辞别曲阜，返还祖先居住地定居繁衍生息，并对还乡祠修复扩建。延至金代，为怀念孔子立坛讲学，立杏坛碑。明天启四年（公元1624年），山东右参政陈陛《重建还乡祠记》石碑中写道："夏邑即古下邑，宋地也。而夫子自言'丘，殷人也'。故还乡有祠，杏坛有碑，此证据之最者。"清道光年间，增建四代祠（崇圣祠）。返乡孔子后裔，各朝均有惠策，至清代仍享有"素免差役者五百户……东曹村修祠致祭，历久不懈，有倦倦不忘至圣之意，故深嘉乐"。

完成了这一连串实地考察和历史回眸，我倒想起了老乡的话："在石头上到底看不到什么呢？你佛（说）吧，老乡。"

"你看你手在石碑和地上弄得腌臜的，赫撒赫撒（抖动），要不去洗洗得。"

我边洗边听老乡唠叨："这地儿紧（阴森可怕），后航晌（下午）还没啥，要是晌午顶子，或月黑头加阴天，常能听到，一位撼声浊气的老头在开会（意指孔子讲学传道），还有孩子乖儿读书（诵经）声。"

我又笑了。

"你这文化人，就不信我说得？"老乡埋怨了起来。

我笑的不是老乡的迷信，而是认可传承孔子还乡文化的另一版本。

史证，传说，都在印证《礼经》《孔子家语》载孔子"少居鲁，长居宋"的历史印记。

历史无论怎样变迁，站在这多少人朝拜过的圣地上，耳旁响起的仍是太史公"高山仰止，景行行止。虽不能至，然心向往之"的高论。

赫赫始祖，吾华肇造

王剑冰 | 文

一

春天里，到处开着鲜花，芬芳在清明的空气里飘散。

新郑黄帝故里，人头攒动，香烟缭绕，一个小女孩儿问奶奶，俺们给谁烧香？奶奶说，给祖先。女孩儿说，谁是俺们的祖先？奶奶说，黄帝。女孩儿重复着奶奶的话，黄帝，他们都是给黄帝烧香的吗？奶奶说，是啊，都是在给黄帝烧香。

从烧香的地方往前走，那里正在举行拜祖大典。来自全国、全世界的华人代表聚集在这里，礼炮轰鸣，乐曲悠升，颂歌高唱，施拜行礼，天地动容。

天边出现了一道彩虹，小女孩儿喊起来，奶奶，彩虹！大家因着喊声抬头看去，中原大地的上空，真的出现了一道七彩的虹练，像一条祥龙。台湾来的连战也兴奋不已，说，祥瑞之兆啊！

"三月三，拜轩辕。"春秋时期的历史典籍中就有三月三朝拜黄帝的记载，唐代以后渐成规制。每年三月初三在新郑公拜轩辕黄帝，是中华民族的传统大典。

儿时以为中华始祖叫的是"皇帝"，皇上的皇，后来知道是黄色的黄，猛一惊奇，这名字更好啊。黄帝站在黄土之上称王，从此黄皮肤的黄种人世代繁衍，延绵不断。中国出现文字之前，黄帝就在人们口中代代相传。有说公元前2697年是黄帝的出生日，也有说那年黄帝20岁，做了有熊国的国君。有熊就是新郑。道家把这一年作为道历元年。

《史记》中记载，黄帝一生下来，就显得异常神灵。生下没多久，便能说话。15岁已经无所不通。司马迁距离黄帝时期还有着很长的距离，他从传说及想象的路上走来。黄帝被称为"轩辕"，古书上说是

【作者简介】

王剑冰，河北人。河南省作协副主席，河南省散文学会会长，中外散文诗协会副主席。出版有散文集《苍茫》《蓝色的回响》《绝版的周庄》等，诗集《日月贝》《欢乐在孤独的那边》，文学理论集《散文时代》和长篇小说《卡格博雪峰》等。

寻根中原：老乡，你贵姓

因为他在战争中发明了一种战法。战时将士站在战车上，休战将居中，士阵列，中间有一个出口。也有说黄帝居轩辕之丘，故得姓"轩辕"；还有说黄帝着轩冕之服，故谓"轩辕"。不管哪一种传说，我都信，都属于我们民族的特征。

我们的始祖还被传在泰山之巅，指挥大军作战，目的是统一河山，制止纷乱。泰山之巍之稳，是那般有象征意义。传说黄帝还是上古名医，作于春秋战国时期的《黄帝内经》，也要托黄帝之名，只有黄帝才能达其高度和流传的广度。去洛阳总能听到河图洛书，表明天下安宁、大祥征兆的河图洛书的出现那么神奇，黄帝与天老游于河洛，先是三天大雾，后，又七日大雨，接着就有黄龙捧图自河而出。

二

黄帝成为氏族首领之后，有熊氏的势力得到迅速发展，原始农业进入到高度繁荣阶段。《史记·五帝本纪》说轩辕黄帝的功绩之一是"艺五种"。"五种"就是黍、稷、菽、麦、稻。黄帝还掌握了平原农业的许多特点，《路史·疏仡纪·黄帝》说："岁时熟而亡凶，天地休通，五行期化，故风雨时节，而日月精明，星辰不失其行。"黄帝已经认识到挖掘土地的潜力，广耕耘，勤播种。黄帝在管理土地的制度上也有创新。黄帝之前，田地耕作混乱，黄帝以步丈亩，将全国土地重新划分，划成"井"字，中间一块为公亩，归政府所有，四周八块为私田，由八家合种，并穿土凿井。这就是延续很长一段时间的"井田制"。此外，黄帝还开辟园圃，种植果木菜蔬，饲养兽禽。

　　这个时节走来一个女子。河边生长着翠绿的野桑，女子看到一棵棵树上都有白色的果实，摘下来发现里面有一条晶莹小虫在吐丝。这就是最早发现桑蚕的嫘祖。自从嫘祖发现桑蚕并且学会了缫丝织锦，人类才有了自己的衣服。嫘祖是黄帝的元妃，黄帝把嫘祖的才能推而广之。

　　黄帝的背后，还有一个女人嫫母。史上一提美女就会举出一堆的名字，而丑女的代指就是嫫母。那么有名的黄帝，身边怎么会有一个有名的丑女？这也许正是黄帝的伟大之处。为制止抢婚习俗而引发的纷争，黄帝决定选娶贤淑温柔而相貌丑陋的嫫母作为第四位妻子。黄帝说："重美貌不重德者，非真美也；重德轻色者，才是真贤。"黄帝不是作秀，娶了嫫母就喜欢嫫母，信任嫫母，把管理后宫的事情交给她，并授予方相氏官位，利用她的相貌来驱邪。

　　黄帝不止得益于两位女性，他还智慧地支使着有不同智慧的能人，如让羲和与常仪负责观测太阳月亮，臾区观测行星，伶伦创制律吕，大挠创立甲子，隶首发明算数，容成制作乐律和律历。黄帝还让伶伦和垂制造乐器，让仓颉造字，史皇作图，雍父造杵臼，夷牟和挥作弓矢，共鼓和货狄造舟。有了舟车可以远行，建造房屋以利居住，将华夏分为九州以便管理。这说明黄帝时期已经开始进入从蒙昧走向文明的征程。可以想见，明媚的阳光下，广袤的井田边，一派"三山五岭银锄落，笑语欢歌采桑忙"的男耕女织景象。黄帝族经过夏、周两代与其他各族的冲突与融合，到战国时期基本形成了统一的华夏族。人民生活得以富足，国家疆域得以巩固。

三

　　微雨中，我踏上陕西黄帝陵的台阶，和我随行的是一群年轻的中学生，他们来自全国各地，是一帮文字的精英。第一次拜谒高高的黄帝陵，原以为陵墓只是一个象征，当看到漫山遍野的古树和一块块历代碑刻，才知晓那是天地认可的地方。桥山顶口立着"文武百官到此下马"的下马石，古代祭陵者，均须在此下马。历代皇帝也有到此祭拜的记载，宋、元、明、清还有保护黄帝陵的指示或通令。

　　据说全国共有黄帝陵七处，分布于甘肃、河南、山东、河北等地。河南灵宝和陕西黄陵、河北涿鹿每年都有祭祖活动，甘肃天水有轩辕文化节。从古至今，所有华夏子孙都把黄帝当作华夏文明的始祖来敬仰。

　　队列展开，恭立肃正，一个女学生朗朗颂道：

赫赫始祖，吾华肇造。

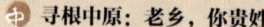
寻根中原：老乡，你贵姓

胄衍祀绵，岳峨河浩。
聪明睿智，光被遐荒。
建此伟业，雄立东方。

我忽然感觉这颂词接续了新郑黄帝故里的声音：

华夏各族，中原家乡。
和平天下，国运兴昌。
和睦百姓，社稷安康。
同根同源，龙族荣光。

拜祖也好，祭祖也好，都是一个意思，都有一个共同的祈愿。

每年的拜祖和祭祖大典，越来越多的中华子孙归来，印尼的、新加坡的、马来西亚的，更远的来自欧洲、非洲、拉丁美洲的，他们举着旗帜，拉着横幅，给各方人士递着他们的联络方式，表达着他们的赤诚。他们感觉着，来了就是回到家了，拜了黄帝就是找到了真正的根源。

这是一个节日，把大家聚在了一起，认识的不认识的，老的少的，有着各种各样口音的，相拥相抱，泪眼蒙眬。他们互赠礼物，互传文字，举办各种各样的研讨会、还乡会、茶话会，在会上朗诵自己的感怀，诉说自己的思念。他们来到黄河边、洛河边、渭河边，登上嵩山、泰山、华山，他们激动啊，由黄帝创立的华夏之国，已经屹立于世界之巅。颂歌飘绕，钟磬萦响。他们拉起手来，就像五大洲的中国人拉起手来，像一条根系，将炎黄子孙的血脉紧紧相连。

大风起兮云飞扬，吾土吾心吾欢畅。
四海之内皆和谐，吾思吾梦吾向往。
……

追根溯源

寻根伏羲陵

董素芝 | 文

人们说，五岳归来不看山，黄山归来不看岳。那是因为黄山集各岳所长。人们说，到了北京，就了解了中国的历史。那是因为北京是中国的缩影。这些，使曾经在太昊伏羲陵园工作生活过多年的我，有一种渴望，渴望人们像赞美北京、黄山那样不约而同地说："到了太昊陵，就……"

1997年6月，国务院总理朱镕基到太昊陵视察，在淮阳太昊伏羲陵的统天殿前，他深情地说："三皇之首在这里，我们的根在这里！"并欣然题下"羲皇故都"四个大字。他的话道出了华夏儿女的心声，引起了海内外华人的共鸣，台湾学者李耕以"万言书"向全世界发出呼吁，为"中华民族始祖"正名，提议：请以"羲黄"取代"炎黄"。

【作者简介】

董素芝，河南淮阳人。中国作协会员，中国散文家学会会员，周口市散文协会副主席，现供职于淮阳县县委宣传部。出版有散文集《渐行渐远的思念》《阳光来了》和伏羲文化专著《伟哉羲皇》。

寻根中原：老乡，你贵姓

和北京、黄山相比，太昊伏羲陵确乎太没有名气，她曾荒漠在历史中，以至于大大小小的版图上都无法找到她。对太昊伏羲陵的了解，我也曾经历了一个漫长的过程。记得小时候，就听说淮阳县城北关有个大坟，叫"太昊陵"，是人祖爷的坟。当时的感觉很淡，远远赶不上听说中国的孔圣人曾三次来淮，并被厄于陈蔡的惊奇。中学的时候，渐渐知道了淮阳的古迹很多，是出名人的地方，淮阳又被称为"陈"。尤其令我惊叹不已的是，第一批代表农民利益摇旗呐喊名震天下的陈胜、吴广，竟是在淮阳树起"张楚"大旗；还有那妇孺皆知的包青天包拯，曾微服私访到淮阳，一怒之下铡了米里掺沙、欺压百姓的国舅爷，鲜血染红了金水桥，连金水桥边绿色的结巴草也被染成了红色，被淮阳人民从古至今传得沸沸扬扬。然而，太昊伏羲陵却依然只是我记忆中的一个大土冢。

记得我第一次逛的淮阳太昊陵庙会，是20世纪80年代改革开放后的第一个古庙会。太昊陵前到处是人，人挤人，人扛人。整个太昊陵园内是地摊连地摊，香摊连香摊，到处是泥泥狗、布老虎、花棒槌等各类玩具。不仅如此，来自晋、冀、鲁、豫、皖等地的各种戏剧、杂技、曲艺说唱、民间杂耍、精工刺绣、草织竹编也随之而来，好像全中国的老太太都云集于此，令人感叹"今夕何夕"。当时，太昊陵的整体规模被太极门前的玉带路分成两部分：一边是宫殿式建筑群；一边是皇家园林。太昊陵内，一队队老斋公（指烧香的老太太）手执各色龙旗，怀抱香楂、楼子恭敬地走进太昊陵园内，然后把香插在香炉里，面北而跪，嘴里念念有词。看到这些摆动龙旗、到处游动、拉开阵势对唱的老太太，加入无人之境地跳起花篮舞，我顿生憎恶：这些没有文化的老太太就会搞封建迷信，基于这点，当时的我，代表

有"志"之士中的"唯物主义者",愤然走出了太昊陵。

两年后,我参加高考,因名在孙山后,被挤进了待业的队伍,整日愁眉不展。第二年的太昊陵朝祖会上,我到淮阳太昊陵庙会上做临时工。白天,我坐在太昊陵的太极门前卖门票,看着老太太把省吃俭用的几角钱,从裹了一层又一层的手绢中小心翼翼地拿出来,然后买一张门票走进太昊陵园内;晚上,我因路远借宿在太昊陵西边的朋友家,听着一夜不断传来的踢踢踏踏的脚步声,看着老太太拎着提包奔赴太昊陵的情景,我的心里时常涌上莫名的感动。感动于他们对人生的执着和无私,他们有赤诚的信仰;同时,也为自己稍遇挫折就一落千丈的精神状态而羞愧,于是我开始留心起太昊陵和老太太。

太昊陵仍是涌动着龙旗和朝祖进香的人流。老太太们仍是怀抱香裱,手举楼子,或自发集结跳经挑舞。有不少朝拜者,高举着用十字披红的12岁童子,在唢呐声中缓步走进太昊陵。有不少海外游子、专家学者专程来淮,拜谒人祖,寻古探幽。但不约而同地,回去的时候他们总忘不了捎一袋物美价廉的泥泥狗。

渐渐地我明白了,太昊陵内飘舞的龙旗,是每一个龙子龙孙的标志和骄傲,那三五成群的担经挑者,是一种集祭祖、求子为一体的远古遗风。担花篮中的动作之一是二人背靠背,使背后下垂的黑纱相互缠绕交合,象征伏羲女娲交尾状。千年不衰的担经挑,实则是对伏羲女娲抟土造人、繁衍人类的追念:"上天神留下他兄妹二人,无奈何昆仑山滚磨成亲,日月长生下儿女多对,普天下咱都是龙的传人。"那奇禽怪兽风格各异的泥泥狗,既是人们心中的吉祥物,又是远古时代各氏族的图腾物,供在太昊陵园内,是为人祖守坟、报警,向人们传播人祖

寻根中原：老乡，你贵姓

的圣德。因之，专家们誉泥泥狗为"真图腾""活化石"。这些古老的风俗，带来了华夏民族古老悠长的文化信息，中化民族同系一脉，根在太昊伏羲氏，它也使人们感受到遥远的古风民俗的分量，以及历经沧桑仍绵延不息的文化底蕴。

从这时候起，我忽然感到这拥挤的太昊陵不再杂乱，而是实实在在的生动；也明白了这从古至今绵延不息的古庙会，并不只是一种旧的习俗，而是源远流长的民族文化积淀使然，而我自以为代表科学而产生的骄傲，乃是因为自己的浅薄和无知。

"巍巍庙貌冠三皇，肇始文明第一章。德被中华光万代，千秋万世永流芳。"对太昊陵来说，无论是昨日的被淡漠，还是今日轰轰烈烈的祭祀，其实都是一种表象，而真正的魅力来自于太昊伏羲的始祖地位，来自他创造的博大精深的伏羲文化，这份精神遗产将永远成为世世代代"羲皇"子孙生活中不可磨灭的精神支柱。

追根溯源

河洛郎的乡愁

张正良 | 文

没有人能阻挡洛阳，没有人能阻挡洛阳回归世界，或者说世界回归洛阳的脚步。回望洛阳，她是中华民族永远的精神家园，是一个民族挥之不去的乡愁。

故乡，是一个人的乡愁，人无论走到哪里，无论贫富、贵贱，故乡都如影随形；站在华夏文明的源头上，洛阳是一个民族的乡愁，无论这个民族行进到何处，无论强弱、成败，作为中华民族永远的精神家园，洛阳是每一个华夏子孙挥之不去的乡愁。

洛阳不是省会，不是区域中心，更不是国际化大都市，但没有人能阻挡洛阳，没有人能阻挡让"世界回归洛阳"的脚步。有谁，会拒绝回头看看自己的来路呢？

每年，涌进洛阳的人络绎不绝，他们操着不同的口音，来自天南地北、五湖四海。

他们心怀虔诚，从遥远的他乡迤逦而来，不避风雨，不辞辛劳，一为现世的风景，一为历史的烟云，更多的，只是为了找寻——循着先辈们流亡的足迹，找寻那一段悲惨的过往，找寻那段长长的背井离乡的前身。他们有一个共同的名字，叫"河洛郎"。

洛阳是一部中华民族彪炳世界的文明史，也是一部凝聚着无限民族伤痛的灾难史。

河洛是华夏民族最主要的生发地，是整个华夏文明的源头，洛阳地处天下之中，挟崤渑之阻，当秦陇之喉，虽八关为锁而襟带天下，自古平夷洞达，万方辐辏，以形胜而为繁华，当历史的重心没有发生偏移时，这样的洛阳很难选择平淡。

【作者简介】
张正良，《企业观察家》记者。

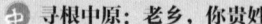

寻根中原：老乡，你贵姓

北宋以前，洛阳可以做的选择其实很有限，不是做朝代的都城或者陪都，就是被人一把火烧光，毁灭殆尽。这里有一个很糟糕的逻辑，如此王气之地，要么为我所用，若不为我有，必毁之——自己不进去，别人也不许来。万千繁华常常被付之一炬，井生旅葵，雕梁画栋兔起鹘落，"春风不识兴亡意，草色年年满故城"。这么一路烧过来，一路毁过来，洛阳只好把一个民族的历史埋藏在自己的脚下。

东汉末年，被18路联军击败的董卓着意西撤长安，一把火把承平了近二百年的都城洛阳变为灰烬。董卓先是差人捉拿洛阳富户上千家，以逆贼之名，皆斩于城外，尽没其财，又驱赶洛阳百姓数十万人前赴长安，百姓一队，间军一队，互相拖押，行动迟缓，即遭格杀，死伤者相枕于道，军士随意淫人妻女，抢人钱财，杀人父子，啼哭之声，前后相闻；其后又差人于诸城门放火，宫室、民屋尽为焦土，又掘帝陵、挖民坟，以盗取陪葬之财，洛阳城为之一空。

而当历史行进到西晋的时候，洛阳又遭遇了一场难言的灾难。

魏晋南北朝是我国历史上著名的乱世，兵祸连年，战乱不休，河洛地区首当其冲。都城洛阳是其时的政治经济文化中心，更是各种势力的必争之地——控制洛阳就意味着控制了政权。三国鼎立、西晋统一、南北朝的更迭，把好端端的一座洛阳城祸害成断壁颓垣，民不聊生，家园不再，河洛百姓只好流离、迁徙。

"八王之乱"是历史上"赫赫有名"的家族大混战。司马王朝被搅得底朝天，灭亡倒在其次，铁蹄过去，数十万人丧命，百姓无以为生，纷纷出逃。随后的"永嘉之乱"，归降匈奴族的王弥攻下洛阳后屠城，王公士民三万多人被杀，洛阳城为之一空。

混战与屠城给洛阳、河洛乃至整个中原

地区带来了难以述说的灾难，汉人难以在自己的家园里生活下去，只好远离故土，迁移到人烟稀少的南方。历史上中原汉人南迁的第一次狂潮就此产生，流寓南方的逃难者成了今日客家人的第一批先民。

以河洛人为主干的中原汉人的大规模南迁还出现在隋唐时期、五代时期、两宋时期、明清时期。

为了平定闽粤交界的土著叛乱，唐高宗先后派陈政、陈元光父子率府兵3600人、战将123员入闽，后又派陈政之兄陈敏、陈敷带58姓军校在漳州落籍，后又带84姓定居福建。

"安史之乱"以后，黄河流域的生产生活遭到严重破坏，农耕难以为继，少数民族趁中原空虚大量内迁。唐末五代时期，少数民族与地方势力争权夺利，百姓生灵涂炭，家园被毁，只好背井离乡，到相对安定的南方谋生，这也是我国历史上的第二次人口大迁徙，这次迁徙从根本上改变了中国人口地理分布的格局，人口中心首次由黄河流域移到长江流域。

大量士人南迁，为南宋以后南方文化、教育超越北方提供了丰厚的人脉基础。

"靖康之变"及"宋室南渡"导致了历史上的第三次人口大迁徙。南宋建立之后，北方广大沦陷区的人民不堪忍受金朝的统治与压榨，被迫举族南迁，南方的安定与大量尚未开垦的可耕地吸引了渴望安居乐业的人，"中原士民，扶携南渡，不知几千万人"，以至于"建炎之后，江浙湘湖闽广西北流寓之人遍满"。

南宋末年，为避战火，滞留南方的143姓又移居珠江三角洲，至今广东29县（市）。

明清时期，郑成功收复台湾带去大批中原士兵。清朝统一台湾后，大陆入台垦殖的百姓不绝于道，而由广东、福建向台湾和广西、四川移民的绝大部分都是中原人、河洛人的后代。

以后，为谋生计，客家人又在世界范围内流动，东南亚、美洲、非洲、欧洲、大洋洲，河洛郎的身影遍布全球，以至于"凡有人类的地方就有华人，有华人的地方就有客家人"。

乡愁是现代人对传统的眷顾，是对本民族精神的依恋。"河洛郎"的乡愁，不单单是对洛阳的怀旧，真正萦绕他们心头的是河洛地区所承载的人与人之间的感情、文化以及共通的民俗。洛阳，是天下"河洛郎"的情感纽带，是他们最温暖的拥抱与安慰，也是他们生生不息的乡愁。

寻根中原：老乡，你贵姓

寻找一段丢失的历史

庄 学 | 文

【作者简介】

庄学，本名王建文，河南洛阳人。原洛阳市作协副主席，河南省作协会员，郑州小小说学会理事，洛阳小小说学会副会长。发表小说散文以及其他文学作品四百余万字，出版有小说集《保守一个秘密》《左为上，右为上》《银手链》，以及长篇小说《同宗》等。

洛阳东去不远有一座不大的小山头，名曰"缑山"。缑山之巅原有升仙观一座，如今仅余一高六米七、宽一米五五的石碑，该碑的盘龙首龟座高一米三。这座碑是武则天留下的。武则天公元699年由洛阳赴嵩山封禅，返回时留宿于缑山升仙太子庙，一时触景生情而撰写碑文，并亲为书丹。碑文表面记述周灵王太子晋升仙故事，实则歌颂武周盛世。

我曾敬谒缑山，怀念王氏先祖太子晋。遥想两千五百多年前，洛阳谷、洛二水泛滥，几淹王宫。周灵王束手无策，而治水的大臣皆无功而返。太子晋谏议改用大禹的疏导之法。灵王不纳，反以太子晋欺君犯上而治罪，废为庶民。成为庶人的太子晋备受百姓尊崇，人们呼其为"王子晋"。太子晋即为王门得姓之祖。太子晋似乎看破了红尘，于一夜乘鹤西去，升天于偃师缑山。缑山从此成为灵异祥和之山，夜间立于缑山之上，好像还能隐隐约约听到太子晋横吹仙笛的乐声呢。

后来，太子晋（王子晋）的后裔离开中原，迁居太原，称"太原王氏"。太原王氏后分两支，即太原王氏和琅邪王氏。再后来，太原王氏又分为五支，即晋阳王氏、祁县王氏、中山王氏、乌桓王氏、三槐王氏，其中三槐王氏一支又迁居晋南阳城。元末明初战争连年，河南等地人口大减，而山西隔河相望偏于一隅，免于战火祸害，又连年丰收，且人口稠密。明朝政府为了恢复与发展中原生产，充实国家收入，实行晋民南迁。于是，就有了王氏家族"回家"的一段家谱记载，亦有了寻找其中丢失的百年家谱的历史。

雨夜，细雨敲打着窗棂，宁静中便有了婉转低回绕梁不止的滴滴答答。从正在修编的王氏家谱草稿里拉回思绪，一幅移民迁徙的图案出现在眼前……明初洪武年间，阳城王氏一老太太带着九个儿子挑担负重，晓行夜宿，从山西阳城来到洛阳的龙门西山。老太太指一指一条荒芜的小山沟，这里便成了家族定居的王沟。如今，这里却没了"王沟"，也没了王氏家族，若干年后，九个儿子再次迁徙，分散开来，沿着伊河上下定居在栾川、嵩县、伊川、洛南、偃师等地。颇为纠结的是，之前的家谱时空有所堵隔，有近百年时间的缺失。这其中蕴含着什么样的人文密码？细雨蒙蒙腾起的朦胧堵隔了我们望向历史的视线，让人不得不启程去寻找一段丢失的历史。

对于这一段历史，之前的文字仅仅用了"因时势所迫"五个字一带而过。"因时势所迫"这五个字读来实在是令人感到了一丝沉重、一丝窒息。

在西去龙门不远的地方，通过走访散居此处的王氏族人，我们得知了这样一番口口相传的说辞：六百多年前的王沟，王氏先人辛勤稼穑，使荒芜的山沟绿树成荫田陌成片。与之相邻有一座皇家官办寺庙，叫"皇觉寺"，寺旁还有一口古井。后来因为土地和祖坟，王氏族人与寺庙有了纠纷，导致一个小和尚丢弃了性命，王氏族人也遭到官府的通缉抄家，于是星夜各自逃离了王沟，祖碑也被丢弃到了古井中……如今的"王沟"绿树葱茏虬枝劲干，一片草木葳蕤里，不知埋藏了多少岁月沧桑。

"时势"者，当时的情况趋势也；"所迫"，即被动地接受。氏族后裔再次择地而栖，实在是不得已而为之。然而，这样一件存在的事实为什么氏族家谱要避讳呢？合上家谱，我不由得思绪万千。我们的民族，是以儒家文化思想为主体浸润了的，自然处处尊崇和恪守的是儒家先贤的教导。儒家先贤曰：为尊者讳，为亲者讳，为贤者讳。还有一种说法：为尊者讳耻，为贤者讳过，为亲者讳疾。春秋时期鲁国公子庆父谋杀太子般，遭国人唾弃，后不得已亡走他乡。但是史书上却简单地记叙了这件事——"公子庆父如齐"，再不多说一字。一个"如"字，即掩盖了"君弑""贼奔"这样的事实。讳莫如深，深则隐。一个氏族、家庭的历史大概也需有所取舍的隐去吧。这样一件僧民相争的流血命案，自然不是什么可光宗耀祖的好事，况且还遭官府通缉，家丑还不可外扬呢，家谱记载又如何明说？也就隐吧，即以"因时势所迫"来一言而概之避之、讳莫如深之。

也正是这"为尊者讳，为亲者讳，为贤者讳"揉搓出了多少历史的谜团、错觉和误传，使后人一代代穷其所有地去探究，踏破铁鞋般地去求索破解。如今已经步入一个新的时代，但我们的现实生活仍不乏此类现象，比如说：报喜不报忧。该扬的扬，该隐的隐；或者说，如何报喜，如何报忧，何时报喜，何时报忧，需权衡利弊据情形来定。"为尊者讳"是为了我们所处的社会，"为亲者讳"是为了自己的家族脸面，"为贤者讳"是为了自己心中的理想……

古人在《元圣宗谱序》里说："先治其国，必齐其家。家之要在谱……"是的，家谱是中华民族灿烂文化的一个组成部分，家谱可为正史之补充；家谱中蕴含了丰富的历史和文化代码，对于中华民族的传承起到了很大的作用。说明真相，厘清疑团，也是我们民族一个剖面的文化传承。

小雨渐渐停息，天空仍铅云低垂，得到滋润的庄稼墨绿墨绿的，秋后又是一场丰收。这段丢失的王氏家族历史终于被寻了回来。幸哉！

寻根中原：老乡，你贵姓

汉字寻根

刘 杰 | 文

上初中的时候学习历史，我就开始背诵"殷墟甲骨文出土于河南安阳小屯一带"，以后在不同的材料中多次看到类似的句子。女儿上初中了，她的历史书上也这样记着："商朝时，人们把文字刻在龟甲兽骨上，用来占卜吉凶，这是最早的中国文字——甲骨文。"

多次看到，基本没有什么感受，对我而言，殷墟是个地方，充满了神秘感，仅此而已；甲骨文是龟甲兽骨上刻的图画，用来占卜，别的我就无从知晓了。甚至于汉字，尽管我把六种造字法的定义背得很熟，尽管知道文字背后有着悠长深远的文化，尽管我是一个热爱和传播中华文化的语文老师，我对其却知之甚少，更多的是把它当成一种符号，把精力放在了如何指导学生把字写好上。

这次有机会去安阳，真正站在"河南安阳小屯的殷墟"上，跨越三千多年的历史，回到商朝，了解汉字的起源和发展，我才真正感受到文字强大的生命力，震撼于传承文化的载体——文字是如此的沧桑和厚重，惭愧着自己以前只是认识文字，而没有了解和亲近文字背后灿烂辉煌的文化。

在殷墟博物馆缓步前行，隔着玻璃仔细观察那些刻在兽骨和龟甲上的文字，我惊讶地发现它们竟然如此美丽，细致的笔画，奇特的形状，似字似画，排列整齐，尽管无法确切地知道它们的含义，但那些文字亲切而熟悉，充满了无穷的魅力。遥想三千多年前，商王就是通过这些甲骨来占卜的吧，他需要灵魂传递，向祖先提出问题和愿望。那些问卜的贞人就将龟腹甲内面钻出整整齐齐的圆洞，让甲壁变薄，根据灼烧时出现的裂纹走向预示祖先对王的回答；他们还把问卜的结果刻在甲骨上记录后保存起来，就这样，一部分龟甲兽骨延续到了今天，展现在了我们的眼前。

【作者简介】

刘杰，网名"秋雨桐"，来自江苏徐州，高级教师。多年来，在国家级、省市级刊物上发表论文八十余篇，在省市范围开设公开课和专题讲座六十余次。

这一切是那么神秘莫测，令人浮想联翩，征战也好，狩猎也好，建筑、祭祀、天气、年成都是通过这种方式来预测的吗？频繁的占卜仪式是怎样的场面，怎样的庄重严肃？当甲骨裂开发出清脆的"噗——"的一声的时候，商王又是怎样期待的心情……

恋恋不舍地走出殷墟博物馆，我们又在讲解员的带领下来到写意书法长廊，近两米长的书法墙上有五百六十多个甲骨文字。按照文字的不同特点，分为人体、人体器官、自然和人体行为四个部分。除了甲骨文的本体字和写意书法字之外，还有一些简要的诗句附加说明，生动形象、图文并茂。徜徉其中，再次感受甲骨文的魅力，了解汉字的起源和发展。

走进金碧辉煌、庄重大气的中国文字博物馆，更是完整地走过了文字发展的历程，触摸着那段尘封已久的历史，体会着祖先们的生活状态，感受着中华民族丰厚的历史记忆与文化积淀，我感慨万分，思绪万千！专题展厅"甲骨文与安阳"，详细记录和展示了甲骨文的发现、发掘和研究过程，的的确确是"一片甲骨惊天下"啊！作为中国最早的成熟的文字，甲骨文是那么绚烂、那么夺目！基本陈列馆"中国文字发展史"的"字法自然"，使参观者了解了先民们用图画记录事情使得文字逐步产生。"甲骨纪事"单元展示了象形、会意、指事、形声、转注、假借的造字规则。"钟鼎千秋""物以载文""说字传义""由隶到楷""信息时代"等各个单元将中国文字的发展、演变梳理出一个清晰的脉络，展现了中国文字从远古发展至今的非凡的历程。我欣赏着、沉思着、陶醉着，直至我的眼前出现了一排排电脑，讲解员讲解汉字如何进入计算机的时候，我才如梦初醒，发现自己已经从远古走到了现代，与甲骨文一起穿越时空，将"生命"延续到了今天……

安阳——汉字寻根之旅，终生难忘！再打开书本，再看到文字，感觉真的是绝然不同的……

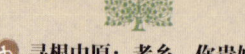

寻根中原：老乡，你贵姓

礼拜商祖

黄家煜 | 文

作为一个河南人，很久之前便有了去商丘一游的打算。只是每每都被去过商丘的朋友以各样的理由劝阻："很破的一座小城""除了老城墙有些看头儿之外，其他的真没啥"……"听人劝，吃饱饭"，到底也不是什么紧要的事儿，便一推再推，竟是匆促间数年已过。

今年暑假，女儿的暑假作业竟然是考察省内几座曾经做过都城的古城，看一些它们的古往今来。盘点河南的古都，开封、洛阳不必多说，郑州也勉强算一个。竟不想，商丘也赫然在列。除了商丘，那些个"古都"皆已去过，这趟商丘之旅终于成行。

"归德府"，这是商丘的旧称，是比"商丘"二字不知要好听上多少倍的名字。归德府老城墙巍峨高耸，侯方域故居因了李香君的出现多了些香艳无比的色泽来，便是那火神台、阏伯台，也不经意间终能让人窥见商丘那曾经挥斥方遒的雍容气度来。却不想，竟然还有一个所在，竟是我这等对商丘历史孤陋寡闻之人在此之前所未闻的。那便是——商丘更是商人之祖庭，这就像淮阳是人祖之庭、新郑是万姓之庭一般，在每年的某些个日子里，海内外的中华商业之子到此聚集，共同祭拜商祖王亥，共谋商业之粲然未来。

王亥姓子，名亥，又名振，因首尊为王，所以称王亥。他是阏伯的六世孙，商汤的七世祖。他驯牛造车，以物易物，肇始经商，故被后人誉为"华商始祖"，遂建庙祀之。商丘，也因此被誉为"华商之都"。

商祖祠位于商丘古城西南华商文化广场内，是为纪念华商始祖王亥所建。该景区主要由三商之门、富商大道、万商广场、商祖殿、三商大道、花戏楼、阏伯台等几个部分组成。商祖庙的山门是由三个变形的甲骨文"商"字组成的，也叫"商祖门"。大三商即：玄鸟生商，王亥经商，成汤都商。小三商即：商人，商品，商业。三商之门象征商丘是

【作者简介】
　　黄家煜，河南潢川人。现供职于郑州某教育培训机构。

商部落的肇兴地、商业的发源地、商朝的建都地；门上三只腾空的玄鸟，寓意商人、商业、商丘都在腾飞。

进山门是一条笔直的富商大道。富商大道上有各个历史时代的货币图案。按朝代先后顺序，把每个时期使用的货币，雕刻在大道上。远古的贝币、商周的刀币、汉代的五铢钱，以及满清的银元、铜板，应有尽有。大道宽9米，由进三商之门开始，穿过万商广场，一直延伸到王亥塑像前。富商大道的寓意是富商丘、富商人。

再向里走有商旺门、商德门。商旺门由两根石柱组成，高7.2米，直径0.8米，柱身上有古币、金蟾、貔貅和中国印图案。柱头是火炬形，寓意商人事业红红火火、生意兴隆。柱头下伸展的两翼，翼下洪流，寓意经商有道、财源滚滚。

过商旺门就是商德门。商德门柱头为玄鸟生商图案，柱头阴阳两侧有"仁""义"二字，寓意商人要有商德。柱身上有王亥功绩图和中国印图案，人物形象逼真，动物栩栩如生。

富商大道尽头是华商始祖王亥像。像高9.5米，重达5吨。王亥魁梧高大，既有王者风度，又有商祖风范。

因王亥是中华商业始祖，也是举办国际华商文化节的核心理由，所以，王亥塑像的设计和制作就显得异常重要。由于王亥本身是夏代中期诸侯国商国的国君、商部落的首领，不是一般意义上的商人，他带领商部落人到其他部落以物易物，除了一般意义上的物质交换，以满足生活、生产需要等经商行为之外，还具有增强国力、开拓疆域等政治目的。王亥的这一身份和地位及其活动性质和目的决定了他是一个"亦王亦商"的人。这尊塑像既表现了王者气概、大家风范，又表现了商人的睿智精明，人物造型动感逼真，面部表情慈祥亲和，准确反映了中原人特有的气质、体质特征。

大道两侧的广场地面上全是不同写法的"商"字图案，广场南侧东面有一外圆内方的古钱雕塑，西面为战国古币雕塑。大道两旁有两个水池，池中有两条带帆的金船。池边护栏处还有金蟾，金蟾嘴里还叼着金钱。大道两旁还有牛拉四轮车、石磨、石碾、碓窑等物。

王亥塑像背后便是商祖王亥庙。庙东边是武财神庙，里面祭祀的是关羽；西边是文财神庙，里面祭祀的是比干。

整个商祖庙，其建筑、雕塑无不与金钱、经济有密切关系，这也与邓小平的改革开放、发展经济的理念如出一辙，只有国家、人民富裕了，社会才能进步，国家才能安定，才能达成和谐、和睦、和平。

刚开始学着做生意的妻在王亥面前倒身下拜，一个劲儿地说："祖师爷，多多关照，多多关照。"

寻根中原：老乡，你贵姓

不要问我从哪里来

韩晓民 | 文

"问我祖先何处来，山西洪洞大槐树。祖先故里叫什么，大槐树下老鸹窝。"这首民谣在许昌流传已久。

莫非我们真是从山西省洪洞县来的移民？不全是。追溯许昌的历史，专家在灵井"许昌人"遗址发现了距今八万年至十万年的人类头盖骨化石，这恐怕和人类的起源都能挂上钩。故，许昌土著居民堪称"人祖嫡传"。相比之下，明朝的大槐树距今才多少年？

许昌这地方太肥，沃野平旷，物产丰富，地处"九州腹地，十省通衢"，惹得兵家必争、战事连绵。然而，无论谁是胜利者，每次铁蹄踏过，定是一片狼藉。最可恨的是北魏大将周几，这家伙"袭许昌，夷许昌城"。战火烧过，"许昌人"的血脉能保几支？元朝时期，许昌更惨，统治者横征暴敛，蝗虫也穷凶极恶。元世祖至元十九年（公元1282年），"蝗食禾稼，草木俱尽"，许昌出现了"人相食"的惨景，百姓流离失所，十室九空。

朱元璋推翻了元朝，深感"中原草莽，人民稀少"，决定向中原移民。元末战乱时，察罕帖木儿父子统治的山西相对安定，风调雨顺，连年丰收，经济繁荣，人丁自然兴旺。加上外省难民流入，山西的人口更加稠密。于是，山西成了移民之源。当时，洪洞城北有座广济寺，寺旁有棵"树身数围，荫遮数亩"的大槐树，树上有数不清的老鸹窝。明政府在广济寺设局驻员，集中办理移民事务。于是，移民从各地汇集到这里，就在大槐树下待命，走了一拨，又来一拨，大槐树下就成了移民的集散地。

当地百姓好不容易才过上安稳日子，让他们当移民，肯定不愿意，但官兵有的是手段。官兵把移民一个个反绑起来，用绳子一绑一串儿，牵着走。人们一步一回头，大人们看着大槐树告诉孩子："记住了，

【作者简介】
韩晓民，河南许昌人。民俗专家、学者。

祖先故里叫什么，大槐树下老鸹窝。"途中，如果有人要大小便，就得向官兵报告："老爷，请把俺的手解开，俺要拉屎撒尿。"次数多了，便直呼"解手"。于是"解手"成了大小便的代名词，沿用至今。

移民的手臂一直被反绑着，时间一长，胳膊渐渐麻木，也就习惯了。移民到达目的地后，恢复了自由，可许多人走路时仍然背着手。也许这种走路姿势比较优美、有风度，移民后裔也跟着学。到现在，许昌民间还有许多人喜欢背着手走路，特别是悠闲时、踌躇满志时。

另有一则传说，虽然毫无科学依据，但民间非常认可。为防止移民逃跑，官兵在每个移民的小趾甲上都切了一刀作为记号。移民无论逃到哪里，只要小趾甲是两瓣的，就得被抓回去。刀伤不会遗传，移民后裔的小趾甲应该是完整的，但许昌民间确实有不

少人的小趾甲是两瓣的，而且还流传着"谁是古槐迁来人，脱履小趾验甲形"的说法。于是，小趾甲是两瓣的人就成了铁证如山的"真老乡"。如果"验明正身"是"真老乡"，那么，"同是古槐迁来人，数世之后喜相逢"，一个字，即"亲"。

一些移民来到许昌，便在这里安了家。为寄托对故乡的思念，他们便在新居院子内外栽种槐树。他们认为，如果槐树上有老鸹搭窝，那便是老家的鸟也跟了来。

其实，在许昌历史上，远古时期就有许由等部落的迁移，后世有组织的迁徙也有很多次，因为天灾人祸或其他原因造成的家族、家庭搬迁更为频繁，大小规模的你来我往早已经成为一种社会现象，而且这种现象愈演愈烈。

不要问我从哪里来，既来之，则安之。从一个地方到另一个地方的人叫"新来的"，时间一长，"新来的"就成了资深的"老人儿"，在当地就会有许多"熟人儿"。出了许昌，这些人就是老乡。

从文化的角度来看，来自四面八方的人们，带着各自的生活习惯，渐渐融入许昌的社会生活，使得许昌的民俗内容日益丰富。入乡就得随俗，风俗经过同化和异化，积淀下来，便成了一种厚重的文化。

敬启

在本书编辑过程中,我们经多方努力,未能找到一部分作者的联系方式。

我们尊重作者的权益,为此预留了稿酬。见书后请即与本丛书编委会联系。

联系方式:(QQ)2086670494(大中原文化读本)

电子信箱:dzywhdb@qq.com dzywhdb@126.com

另:编委会正在筹备"国风读库"系列丛书,欢迎多多赐稿。约稿详情及样文,请关注"文心出版社"微信公众号(wenxinchubanshe),详细了解。

(欢迎扫码关注)
"文心出版社"微信公众号